庫

新・御算用日記

美なるを知らず

六道　慧

徳間書店

目次

主な登場人物

生田数之進　元加賀藩の勘定方。二十七歳。姉二人がつくった借金を返すため、幕府の御算用者となった。仕事は身分を隠して疑惑の藩に勘定方として入り込み、内情を探る。

早乙女一角　数之進の盟友。二十六歳。御算用者。タイ舎流の剣の遣い手。藩主に仕える小姓として入り込み、数之進と協力して内情を探る。

村上杢兵衛　数之進、一角の上役。幕府の徒目付組頭。六十四歳。

鳥海左門　御算用者を従える指揮官。幕府の両目付。幕府の直臣である旗本のほか、諸大名の動静を昼夜、監察している。

生田冨美　数之進の三人いる姉のうちの次姉。国元の加賀で嫁いだが、離縁され、妹の**三紗**とともに江戸の数之進のもとに転がり込む。数之進は二人の姉に振り回され、頭が上がらない。長姉の**伊智**は婿をとって家を継いだ。

松平信明　老中首座。大名の取り潰しに積極的で、左門と対立している。

序章

紙燭の灯が、風で揺れている。

「十二月に入って、すでに二人、死んだ」

老人は言った。狭い部屋には彼の者を含めて五人、集まっている。暖を取るものはなく、湯飲みの茶が凍りつきそうだ。

「このままでは、自死する者が増えるは必至。わしは幕府の両目付様に、我が藩の酷い有様をお知らせするつもりじゃ」

しわがれた声は、ふだん以上にかすれている。具合が悪いのか、顔は青白く、声を出すのが辛そうに思えた。

「なれど、幕府御算用者など信じられませぬ。表向きは諸藩改革の手助けを謳っておりますが、その実、小藩を潰すのが目的と聞いております。潰した後はむろん幕府の領地になるとか。ご隠居様のお考えは、非常に危険な賭けであるように感じます」

男は反論する。年は四十二、この密議に同席していたのがわかれば、処罰されるのは間違いない。しかし、幕府御算用者などという幻のような者たちに、我が藩の命運(めいうん)をまかせられるのかと強く疑問に思っていた。

まかせればうまくいくのか。それならば、受け入れるがと、虫のいいことを考えたりもしていた。

「われら侍は、いったい、だれに食わせてもろうておるのか?」

老人が問いかける。

「幕府でござります」

男は答えた。

「では、その幕府は、だれに食わせてもろうておるのか?」

「それは」

口ごもった男に、老人は告げる。

「民(たみ)じゃ」

説明が足りないと思ったのか、

「われら侍は、農民や商人(あきんど)、職人らの働きのお陰で、なんとか生業(なりわい)をたてられておる。にもかかわらず、大名家では財政が逼迫(ひっぱく)すると『仕法』や『主法』などという勝手な口実を並べて、町人の債権を踏み倒しておる。さよう。幕府が公然と行う棄捐令よ」

きっぱり言い切って、続ける。

「大名家は幕府の真似をしておるのだが、許されぬことよ。わしは今一度、訊ねたい。民を守るのが、侍ではないのか？」

あまりにも率直すぎる問いだったかもしれない。

「…………」

黙り込んだそれが、答えだった。

「幕府御算用者は、よく口にするそうじゃ。『民富めば国富む、民知れば国栄える』となる。しかし、このままでは」

話すのが辛くなったのかもしれない。一度、息をついて、ふたたび口を開いた。

「『民死ねば国死ぬ』じゃ。愚かな幕府は、民の苦しみをわかっておらぬ、いや、わからぬふりをしておる。ゆえに、わしは訴える」

語尾が乱れて咳き込んだ。いまや土気色の顔になっており、唇まで紫色に変わっていた。

「まさか」

男は狼狽えた。他の者たちも異状を察した。

「ご隠居様。お腹を召されたのでは……」

「老い先短い身ゆえ、悔いはない。見事、死に花、咲かせてみしょうぞ。さあ、わしを連れてゆけ、両目付様のお屋敷へ」

民死ねば国死ぬ。

老人は何度も繰り返している。

紙燭の灯が、ふっと消えた。

第一章 猫絵の侍

一

黄鶯睍睆（うぐいすなく）。

「ウグイスか？」

生田数之進（いくたかずのしん）はウグイスの鳴き声を聞いた……ように思えて足を止めた。

文化九年（一八一二）一月。

江戸の町は白々（しらじら）と夜が明け始めていた。昨夜、降った雨が、あちこちに水たまりを作り、それが凍って歩くたびにパリパリと音をたてる。吹きつける風は、耳がちぎれんほどに冷たかった。

「寒い」

言いたくないのに口をついて出る。数之進が立つ永代橋（えいたいばし）のたもとは、橋の番人などが住む長屋が目と鼻の先だ。まだ数は少ないものの、天秤棒を担（かつ）いだ振り売りたちが行き交うようになっている。かれらの吐く息の白さが、春まだ浅い早緑月（さみどりづき）の冷え込み具合を感じさせた。

——橋の番人は目覚（めざ）めておらぬか。

なにか起きたときには駆け込もうと思い、周囲を確かめるのが習（なら）いになっていた。着いて来ないのを不審に思ったのだろう、

「数之進」

盟友の早乙女（さおとめ）一角（いっかく）が、引き返して来た。

「いかがしたのじゃ。後ろにいるとばかり思うたものを、姿が見えぬので驚いたわ。気になることでもあったのか」

端整な顔立ちの若侍は、数之進より一つ下の二十六歳。武芸十八般の頼もしい男で、物心両面ともに助けてくれる。女子（おなご）にもてるのだが、当人は伊達（だて）男だと思っていないらしく、気取らない人柄だった。

「ウグイスの鳴き声を、聞いたように思うたのだが」

数之進は、あらためて周囲を見まわした。川縁（かわべり）に植えられているのは柳であり、ウ

グイスが似合いそうな梅は見あたらない。後ろの方で聞こえたように思ったのだが、空耳だったのだろうか。

「おぬしは聞かなんだか」

友に視線を戻して訊いた。

「いや、聞かなんだ。初鳴きにしてはちと早いやもしれぬが、縁起のいい話ではないか。昨日から我が友は、いつもの苦労性と貧乏性の業が疼いている様子。厄介事があると落ち着くという、まさに厄介な気質ゆえ、仕方ないのやもしれぬがな」

一角は笑いを嚙み殺している。

数之進には、国元の能州（石川県）で生田家を継いだ長女の伊智、江戸に借りた本材木町の長屋に暮らす二番目の姉・冨美、そして、昨年の十一月に恋い焦がれた杉崎春馬と祝言をあげたばかりの三番目の姉・三紗という美しい姉たちがいる。

伊智は理想的な跡取り娘なのだが、冨美と三紗は、なにかにつけて騒ぎを起こすお騒がせ姉妹であるため、一角が言うところの苦労性と貧乏性の業が胃の痛みをもたらすのだった。ちなみに数之進は、長女を姉上様、二女を姉上、三女を姉様と呼び分けている。

「姉様が年賀の挨拶に来なかったのが、やはり、気になっているのだ。深川で営む総菜屋が大流行で休めなかったため、元旦だけはゆっくりすると大晦日に顔を見せたとき言うてはいたがな。顔ぐらい見せに来るのではないかと思うた次第よ」

三紗は祝言を挙げた後、深川に一軒家を借りて総菜屋を始めた。美人で料理も旨いとなれば、評判は上々となって、連日、賑わっている。数之進は時々様子を見に行っているが、傍目にも繁盛ぶりが見て取れるほどだった。

「惚れて惚れて惚れぬいた五歳下の愛しい亭主殿と、仲睦まじい時を過ごしているのであろうさ。若すぎる姑殿が、いささか気にならなくも……」

「それよ」

数之進は受けて、続けた。

「まさか、姑の文乃殿が、三十九、いや、年が明けて四十か。姉様と一回り違いとは思わなんだ。十七の年に杉崎殿を産んだとは」

深い溜息は湯気のように白く見えた。祝言をあげるまでは、三紗の春馬に対する燃えるような想いに圧倒されてしまい、とにかく二人を幸せにと考えていたが、いざ一緒になればなったで現実的な問題が出てくる。

「確かに若い。さらに文乃殿は、早くに夫を亡くしているからな。一人息子の春馬殿への気持ちは、人一倍であろう。春馬殿もまた、国元から母君を呼び寄せて大切にしておるようじゃ。そこに三紗殿が加われば」

一角はニヤニヤしている。

「おぬし、愉しんでいるな」

「まあ、『食足りぬ姫』の我儘ぶりに、我が友は振りまわされてきたからな。少しは苦労しても、よいのではないかとは思うておる」

正直に答えた。一角は着道楽の冨美を『着足りぬ姫』、食道楽の三紗を『食足りぬ姫』と呼んでいる。

故郷で二人の姉が作った借財は、なんと三百五両。加賀藩の勘定方に奉公していた数之進は、肩代わりしてくれた幕府に引き抜かれて、重い役目に就いた。怨み言を口にしたくもなるが、末っ子でありながらも生田家の長男としての責務を強く感じている。あくまでも二人の姉を敬い、立てていた。

「それにしても、数之進。いつまで立ち話を続けるつもりだ。さすがに寒くてかなわぬわ。腹も空いてきたゆえ、蕎麦でも食わぬか」

身震いした友に、目顔で土手を示した。

「下からの方が橋の傷み具合が、わかるのではないかと思うたのだ」

数之進は言い、土手の方に歩いて行った。昇り始めた太陽が、川面を明るく染めている。橋桁や橋脚の様子が見えないかと思い、永代橋に目を凝らしたのだが……。

「やはり、船からでなければ無理か」

あらためて一角に訊ねる。

「橋を渡った感じは、どうだ。不自然に揺れたりはせなんだか」

「さあて、半分まで渡りきらぬうちに戻って来たからな。軋みや揺れ具合などは、わからぬわ。そろそろ人通りも出て来た。自ら試してみるがよしじゃ」

先に立った一角に、数之進も続いた。東河岸の長屋の戸が開いたのを見て、なんとなく安堵している。友の言葉どおり、人が増えてきたこともあって肩の力がぬけた。

「三紗殿で思い出したが、借財はどれぐらいになったのじゃ。婚礼衣装や引き出物に、かなり使うたのではないか」

友は常に率直な物言いをする。年が近いこともあって、互いに兄弟のように感じていた。あるいはもうひとりの自分とでも言うべきか。数之進も正直に告げた。

「祝言の費用で五十両、借りたからな。順調に減り続けていた借財が、百三十五両まで増えてしもうた。頑張らねばならぬ」

「やれやれ。冨美殿が『花嫁衣装は〈越後屋〉の反物でなければなりませぬ』などと、よけいな入れ知恵をしたからな。仕立て代も馬鹿にならなんだ。あの花嫁衣装は、自分のときにも着るつもりなのであろうか」

「そうであれば助かる。姉上は一度、嫁しておられるゆえ、新しいものでなくても、よいのではあるまいか。もう一度、使うことを考えて〈越後屋〉の反物にこだわったのやもしれぬ」

「なるほど。それで古着屋に売らなんだのか」

「うむ」

と、数之進は永代橋のたもとに立って見あげた。

大川の上流から大川橋（吾妻橋）、両国橋、新大橋、永代橋の順で、これらの橋のなかで永代橋は最下流に架けられている。日本橋北新堀町の西河岸から深川佐賀町へ渡り、長さも百十間（約百九十八メートル）余と一番の長さだった。

橋の反りがきわめて高い造りなのは、大川の河口という特徴のためで、橋の下を通る帆船が帆柱をぜんぶ倒さなくて済む造りになっていた。

「風が強いな」

呟いて、渡り始める。びょうびょうと鳴る風が、冷気を叩きつけてきた。橋の欄干に摑まらないと吹き飛ばされそうなほどの勢いだった。

「揺れておるわ。なれど、橋桁や橋脚に不備があるのか、風のせいなのか、わからぬ。

船で川から見るにしても今日は無理じゃ。出直した方が、よいのではあるまいか」

「そうだな」

橋上からは、西に富士山、北に筑波山、南に伊豆や箱根を臨み、東には安房、上総を眺められる。西に渡っているので、富士山の美しい姿が見え始めていた。

「昨日の雨ゆえか。富士の見事な姿が浮かびあがっておるわ」

「うむ」

一角の言葉に頷き返したとき、

「うっ」

数之進は右脇腹に熱さを感じた。それはすぐに痛みへと変化する。ふれてみると、右手に血が付いた。

「あ……」

後ずさった町人ふうの男が、包丁を握り締めている。大きく瞠られた目には、恐怖のようなものが滲んでいた。

「きさま！」

一角は手刀で素早く男の右手首を打った。橋に落ちた包丁を草鞋で踏みつけると同時に、男の腕をきつく握り締める。逃がすまいとしたに違いない。

「大事ないか、数之進、ええ、右の脇腹に血が滲んでおるぞ」

「血は滲んでいるが、さほど深く刺さったわけではないようだ。包丁の切っ先が食い込んだだけだろう。すぐさま番屋に届けて……」

歩こうとして膝から崩れ落ちる。たいした怪我ではないと思っているのに、包丁で刺された衝撃が大きすぎて目眩を覚えた。

「しっかりしろっ、数之進。傷は浅いぞ！」

「わか、わかっている。あまり大きな声を出すな。大事ない」

「役人を呼べ、こやつが下手人じゃ。包丁でいきなり刺した。きさま、名は？　住まいはどこじゃ？」

「………」

町人ふうの男は、呆然と立ち尽くしている。年は四十前後だろうか。朝陽が青ざめた顔を照らし出している。

「なぜ、なにも答えぬ。もしや、われらを……」

「一角」

数之進は小声で遮る。

われらを、幕府御算用者と知っての狼藉か？

呑み込まれた一角の言葉が、脳裏に浮かんでいた。永代橋には野次馬が集まり出している。吹きすさぶ風が、耳元で唸りをあげていた。

二

幕府御算用者は、表向きは全国の小藩を取り締まるため、実際は小藩を助けるために潜入する危険な役目だ。幕府の老中首座・松平信明によって設けられたのだが、配下の両目付・鳥海左門は信明の真の命令——取り締まるのは口実であり、実際はお取り潰しの材料を探すためという内々の申し渡しには従わず、密かに救済策を取っていた。

信明は、左門を仇敵と考えているのではないだろうか。

幕府内で水面下の激しい駆け引きや取り引きが行われているであろうことは想像するに難くない。左門はそれらを巧みにかわして、数之進と一角が動きやすいように心を砕いていた。

また、両目付という役目は、一代限りとして特別に設けられたものであり、通常は老中支配の大目付が大名家を監察し、若年寄支配の目付が旗本を監察している。大名と旗本の両方を取り締まれることから両目付という役名になっていた。

能州加賀藩の勘定方にいた名もなき下級藩士だった数之進の、有能さを見出して幕府に引き抜いたのは、左門だと言われていた。

十一代将軍・徳川家斉公の思惑が、どこにあるのかはわからない。小藩を潰して天領にするべく、松平信明に密かに下知したのか。あるいは松平信明自身が、将軍の覚えをめでたくするために考えた策なのか。

幕府御算用者は、言うなれば外れ者。

裏切り者になりかねない状況を承知のうえで動いていた。


その日の夕刻。

「番屋に引っ立てられた男は、貝のように口を閉ざしておる。名前すら口にしない由。知る者がおらぬか、調べ始めたところじゃ」

村上杢兵衛が言った。徒目付組頭を務める男は六十四歳、数之進たちにとっては直接の上司になる。枯れた柳のようなひょろりとした老人は、村上家を旗本にしたいらしく、老体に鞭打って務めている。三紗に想いを寄せていたようだが、行方不明だった春馬を密かに探し出して、祝言を挙げさせるという辛い役目をはたしていた。

「わたしを狙うたのでしょうか。それとも人違いなのか」

数之進は遠慮がちに意見を述べる。いくつか気になる点はあるものの、まだ口にはしなかった。とらわれすぎるのはよくないと思うがゆえだ。

一角も同席している場は、本材木町一丁目に左門が借りた『四兵衛長屋』のうちの一軒だ。ここは日本橋で蚊帳や筵を商う〈北川〉が地主であり、〈北川〉は一角の生家でもある。四男坊に生まれた彼は、早乙女家に持参金付きで養子縁組をしていた。

左右に三軒ずつ設けられた一番奥の二つの家が、数之進と姉の住まいになっている。奥の六畳間は押入付き、手前に三畳間、土間に竈という、貧乏長屋とは比べものにならないほどゆったりしていた。向かいの家は数之進が借りたのだが、今は冨美の住まいになっており、左門が借りたこの家を使っている。お騒がせ姉妹のひとりが嫁いでくれたお陰で、金銭的には多少、楽になっていた。

「われらの命を狙うたのであろう。新たな刺客やもしれぬ。商人の姿をしていたが、もとは侍だったのではないか」

一角が言った。

「それにしては、慣れておらぬように思えた。刺したものの、血が流れ出たのを見て動転したのではあるまいか。己がしでかした事の大きさに、茫然自失という体に見えたが」

数之進は下手人の顔を思い描きつつ告げる。六畳間に敷かれた布団に横たわって話すのを許されていた。

「確かに、な。いともたやすく、お縄を掛けられて、番屋にしょっぴかれて行った。だれかに命じられたのやもしれぬ」

と、一角は杢兵衛に目を向ける。

「事前になにか話は入っておりませなんだのか。われらはかつて『柳生五人組』なる刺客に命を狙われ申した。危うい目に遭うたのは、一度や二度ではありませぬ。村上様が宿敵よりも早く話を得られるかどうかに、われらの命運はかかっております。いかがでござりましょうや」

いちおう礼儀に則っていたが、責めるような雰囲気が感じられた。自分が付いていたにもかかわらず、数之進に怪我をさせてしまったことが許せないのだろう。杢兵衛に投げた言葉は、そのまま己に向けられたものだと思った。

「あの男は、どちらの方角から来たのだろうな」

数之進は露骨に話を変えた。

「わかるか、一角」

「東河岸じゃ」

即答して、続ける。

「間違いない。われらは、東河岸から西河岸に渡ろうとしていたではないか。向かいに富士のお山が見えていたゆえ間違いない。言い訳になるやもしれぬが、後ろから迫って来たのと殺気がなかったので、気づくのが遅れた。数之進にはすまぬと……」

「もう、よい。何度、詫びれば気が済むのか。耳にタコができてしもうた。おぬしが包丁を叩き落としてくれたお陰で、これぐらいの怪我で済んだ。感謝しておる」

「なれど」

「杢兵衛は来ているか」

戸が開き、声がひびいた。

「鳥海様」

数之進は急いで起きあがろうとしたが、

「そのまま、そのまま」

いち早く左門が襖を開けて、六畳間に入って来た。掲げた風呂敷包みからは、橙色の果実が覗いている。すかさず一角が立ちあがった。

「蜜柑ですな」

「さよう」

左門は、一角に風呂敷包みと薬袋を渡した。

「ちょうど見舞いの品が届いたゆえ、持参した次第よ。薬は傷に効果のある膏薬と煎じ薬じゃ。手間をかけるが、煎じてくれぬか」

見舞いの品が引っかかったが、数之進は黙っていた。左門の屋敷には昨日、年賀の挨拶に行っている。引きも切らず訪れる客に遠慮して、短いやりとりで終わらせていた。

「かしこまりました。肴は重箱に充分すぎるほどの料理が残っております。大晦日に三紗殿が、食べきれぬ量の品を届けてくれましたからな。すぐに膳の支度を調えまする」

土間に向かう一角を見やりながら、数之進は平伏せずにいられない。

「申し訳ありませぬ。大仰な騒ぎになってしまいました」

「そのままと言うたではないか。傷はいかがじゃ。医者の見立てでは、さほど深く刺されてはおらぬとのことであったが」

手当てをした医師に、あらかじめ傷の具合を聞いて来たのは、いかにも左門らしいといえた。数之進の身体や心の負担を少しでも軽くしようという思いやりが伝わってくる。晒しを巻いた傷口は血こそ止まったが、動くと鋭い痛みが走った。

「大事ありませぬ。一晩、眠れば治ると思います」

答える間に杢兵衛が、起きあがるのに手を貸してくれた。枕を座布団で高くして、半身を起こす形にする。数之進は皮肉めいた笑みを浮かべずにいられない。

「まるで大身の御旗本のような扱い。いたみいります」

「わしの懐刀には、いつも明るく笑うていてほしいものよ。諸藩の苦しい台所事情を救えるのは、無私の心と千両智恵のみ。無理をさせているのは承知のうえじゃ。すまぬ」

平伏した左門に慌てた。

「手をおあげくださりませ。それがしの借財が減っているのは、鳥海様のお陰でござります。ここにきて、いささか増えてしまいましたが」

「花嫁衣装と引き出物でござるよ。張り込みましたからな」

一角が片手に重箱、片手に盆を抱えて現れる。杢兵衛が片隅に重ねられていた二つの箱膳を置くと、手早く取り皿や湯飲みを並べた。数之進にとっては贅沢な箱膳だが、ここに集って話す機会が多いので、左門が揃えてくれたのである。

「さようであったか」

受けた左門を、杢兵衛が継いだ。

「なれど、三紗殿は美しゅうござった。まるで天女が舞い降りたかのごとき様子に、それがしは胸が熱う、あ、いやいや、年寄りの戯れ言でござる」

向けられた視線に、言い訳めいた言葉を返した。刺客のひとりだった杉崎春馬と大騒ぎした挙げ句の祝言は、だれにとっても思い出深いものだったのかもしれない。一角がさりげなく渡そうとした湯飲みに、数之進は首を振る。

「いや、わたしは」

「今、薬を煎じておるゆえ、しばし待て。たった今、冨美殿が鯵の干物や作ったばかりの肴を届けてくれた。鯵の干物は振り売りから買い求めた品らしいが、炭を熾してまずは薬を煎じ始めたところよ」

一角ばかりでなく、姉上までもがと小さな労りが胸に沁みた。左門は冨美をいずれ後添いにと考えているようだが、静かな想いが伝わるのだろう。気鬱の病に悩まされがちだった冨美は、三紗が祝言を挙げたあたりから落ち着きを見せるようになっていた。

「蜜柑は、紀州産でございまするか」

数之進はふと片隅に置かれた風呂敷包みを見やる。

「いかにも、紀州産よ」

左門は意味ありげな笑みを返した。思ったとおりの答えに、小さく頷いて数之進もまた、意味ありげな顔になる。

「今の日顔は、なんでござるか」

土間に足を向けかけた一角が、目敏く読み取った。興味津々という顔になる。

「例によって例のごとくの謎めいたやりとりは、はてさて、いかような意味でござろうか。お、その仏頂面から察しまするに、村上様もおわかりにならぬご様子。それがし、安堵いたしました」

「なにを申すか、わしは以心伝心よ。両目付様のお考えは、手に取るようにわかるわい。いちいち伺うまでもないことじゃ」

むきになったそれが答えだった。

「そういうことに、しておきましょうぞ」

一角は笑って、土間に足を向けた。

気になったのだろう、

「三紗殿は？」

李兵衛が小声で訊いた。

「今年は顔を見ておりませんが、忙しいのだと思います。先程、一角の話にも出ましたが、大晦日におせち料理を届けてくれました。心のこもった正月料理を、ありがたく頂戴した次第にございります」

「総菜屋は、今日から商いを始めたようじゃ。怪我をした話は知らせたのだがな。年始の挨拶がてら様子を見に来るように思うが」

　ふたたび李兵衛は不満が顔に出た。三紗は祝言を挙げる際、武家の身分を捨てて町人になると告げた。密かに想いを寄せていた李兵衛にしてみれば、嫁いだだけでも寂しいだろうに、もはや武家ではないと宣言されたのは辛かったのかもしれない。逢いたいという気持ちが正直に浮かんでいた。

「李兵衛よ。三紗殿の話でごまかそうとしているのやもしれぬが、ぬしには三月頃、子が生まれると聞いた。年が明けて六十四になった身で子を授かる気持ちやいかに。是非とも教えてもらいたいものよ」

　左門が揶揄するように言った。李兵衛は、屋敷に行儀見習いとして奉公した若い女子と懇ろになったらしく、目出度い話となっている。年甲斐もなくと恥じているのか、耳まで赤くなっていた。

「両目付様もお人が悪い。かような話をここでせずとも」

もごもごと口ごもる。一角が軽く炙った鯵を盆に載せて来た。先に干物を焼き、時間のかかる煎じ薬を七輪に戻したに違いない。

「それがし、ちらりと見たことがござる。三紗殿によく似た瓜実顔の別嬪でござった。大店の娘である由。思いまするに村上様は、ああいう顔がお好きなのでござるな」

口を出さずにいられないようだった。

「油断がならぬわい」

杢兵衛は横目で睨みつける。

「さすがは両目付の配下と褒め称えるところではないか、杢兵衛。してやられたな」

左門の言葉に唇をへの字にした。

「然り」

思わず笑ったとたん、

「いたたたた」

数之進は呻いた。動こうとした左門に、仕草で大丈夫だと告げる。一角は箱膳に独活の炒め煮とこんにゃくの白和えの丼を加えた。

「それも姉上が？」

「さよう。鳥海様がおいでになられておるゆえ、張り切っているのではあるまいか。

頑張りすぎて明日は早う起きられぬやもしれぬがな。いかにも呑らしいのは、膳だけではないようじゃ」

一角の答えを聞きつつ、数之進は炒め煮と白和えをいち早く口に運んだ。「おかしい」と首をひねったとたん、

「出たな、我が友の十八番が。さて、こたびはなにが『おかしい』のじゃ。お助け侍の頭に引っかかった事柄を述べよ」

一角がすかさず言った。

「いや、後にしよう。まずは、それがしを襲った男についてでござる」

数之進は答えて、上司たちを交互に見る。

三

「李兵衛が話したやもしれぬが、男はなにも語らぬ」

左門が口火を切る。

「着物は上物の木綿ゆえ、食うに困っての仕儀とは思えぬがな。小店や中店を営む商人か、京に本店を持つ江戸店の番頭といった風情なのだが、とにかく、ひと言も話

さぬ。動きがあれば知らせるようにと与力には伝えておいたが」

微妙な言いまわしを、数之進は鋭く読んだ。

「直々にでございますか」

町奉行所に自ら足を運び、町人の下手人の詮議を行うのは、幕府両目付の役目ではない。町方の与力や同心がいやがるのは容易に想像できた。様々な状態を鑑みてなお動かずにいられない左門の配下への熱い気持ちが伝わってくる。

「うむ」

応でも否でもない、曖昧な答えを返した。

「なにか気づいたことはないか」

李兵衛が問いかける。数之進は、浮かんだ事柄を口にした。

「永代橋を渡ろうとする前、ウグイスが鳴きました」

「ほ」

李兵衛は、口をすぼめた。思わず出たのであろう小さな驚きの声とともに「ホーホケキョ」と茶化したかったのかもしれないが、左門の冷ややかな目に止められたように思えた。渋面になっている。

「他にはなにかあるか」

今度は左門が訊いた。

「橋の番人の店開きが、いささか遅かったように感じました次第。朝の早い職人たちが、すでに訪れる時間だったように思います。いささか不安になりましたが、渡る寸前、お店の戸が開いておりましたのを見て、安堵したのを憶えております」

橋のたもとで髪結い床を営む者は、橋の番人と目されており、江戸では各町お抱えの髪結いがその役目を担っていた。ほぼ毎日、月代を剃ることを通じて、町内の人員点呼をするのである。また、出火の際は町奉行所に駆けつけて書類を持ち出したり、橋の見守りを常時、行うことも義務づけられていた。

それゆえ数之進は、店開きが遅い点に引っかかったのだ。

「ウグイスの初鳴きと髪結い床か」

左門は呟き、紙片に筆で素早く書き記して、一角に目を向けた。

「一角はいかがじゃ。なにか気になることはあるか」

「は。ウグイスの鳴き声は聞こえませなんだが、永代橋を渡る直前、背後にだれかの目を感じたように思いましてございまする。今にして思えば彼の者だったのやもしれませぬが、気づきませせなんだ」

友の謝罪が続くのを懸念して、数之進は言った。

「新たな刺客でしょうか」

殺気を漂わせていなかったのが気になっている。さらに刺した後の茫然自失といった様子はなんなのか。だれかに命じられたように感じるのだが……。

「そうでなければいいと思うておる」

左門は答えて、言い添えた。

「なれど刺客でなければ、なにを目論んでいたのか。私怨の線は考えにくいように思うがな。男の顔に見憶えは」

あらためてという感じの問いには素早く首を振る。

「ありませぬ」

「金に釣られた刺客ではござらぬか。あやつが町人なのか、町人を装うておるのかはわかりませぬが、不意を突かれたのは確かでござる。御算用者の命を奪うには、意外な人物を雇うのが得策ではないかと」

「一角が言うとおりやもしれぬ。人を殺めるのに剣の遣い手は要らぬからな。こたびの男が、それを示してくれた。不満やもしれぬが、二人には今までどおり、目立たぬように護衛役をつける。連絡としても役に立つゆえ、うまく使うてくれ」

左門の申し出に頷き返した。

「お心遣い、かたじけなく存じます。永代橋の調べにつきましては、やはり、船で橋桁や橋脚の状態を見たいと考えておりますが、いかがでしょうか」

次の調査を願い出る。

「承知した。永代橋においては数多くの死者が出ている。幕府が修理に心を砕くのは、無理からぬことであろうな。あのときは、さよう、橋が崩れて千五百人を超える者が命を落としてしもうた。二度と起きてはならぬ惨事よ」

左門が言ったあのときとは、文化四年（一八〇七）八月十九日の朝四つ（午前十時）頃に起きた永代橋の崩落事故のことだ。深川富岡八幡宮の大祭で押し寄せた群衆の数があまりにも多すぎたに違いない。橋が崩れ落ち、多数の死者を出す大惨事となった。

「御府内随一の長橋でござりますうえに、江戸湾河口に位置しておりますことから、真水ばかりの川とは、橋杭の腐食が違うてまいりますのは致し方なきことかと」

数之進の言葉を、一角が受けた。

「江戸に架かる橋のなかで、真水ばかりの川などあるのか」

左門や杢兵衛に、怠りなく酒を注ぎながら、煎じ薬の様子を見に行ったりしている。御役目の際、数之進は勘定方、友は小姓方に潜入するのだが天職かもしれない。空気を吸うような自然体で、いつも臨んでいた。

「千住大橋がそうだ」

数之進は答えて、続けた。

「彼の橋の辺りは、ほとんどが山水――真水であるため、海水混じりの川水の差し引きが少ない。それゆえ橋杭に、川虫や船虫が棲みつきにくいとされてきた。なれど船の行き来が増えた昨今は、油断できぬがな。船底に付いた川虫や船虫が、そのまま運ばれて橋杭に巣くうやもしれぬゆえ」

「わしの思い違いやもしれぬが、永代橋は幕府より町人に払い下げられた橋と聞いた憶えがある。違うたかの」

杢兵衛が口をはさんだ。

「いえ、正しい話でござります。享保（一七一六～一七三六）の頃だったと思いますが、先程、傷みやすい橋と申しましたとおり、永代橋は腐食が激しく修理や維持に費用がかかることから、幕府は廃橋にすると決めた由。なれど、町方が反対の声をあげ、以来、町方が管理するようになりましたが、やはり、修理に不備があったのかもしれません。崩落事故の後は、すぐに公儀普請を行って架け替えました」

視線を左門に向ける。公儀普請は幕府自ら執り行う工事であり、これに対して大名に命じる工事を天下普請と言う。天下の将軍様に命じられるがゆえの言葉である。

「お役目前に、是非、橋桁や橋脚、川に埋め込まれた橋杭の状態をこの目で見たいと思います。そもそも橋用の材木が、準備できているのか否か。本当に橋の修理をするつもりなのか、あるいは」

「橋の修理はあくまでも名目であり、実際は工事費用を着服するための策か。小判を手にするために、幕府の重臣に賄賂を贈って普請役を勝ち取ったのか」

左門が継いだ。口にした重臣のひとりには、仇敵がいるのではないだろうか。すぐに言葉が出た点に、金まみれの裏工作が浮かびあがっているように思えた。

「はい」

わかっておりますと、短い答えに気持ちを込めた。少しの間、土間に行っていた一角が、煎じ薬を入れた湯飲みを盆に載せてきた。

「猫舌のおまえが飲みやすいぐらいに冷ましておいたゆえ、一気に飲め。ちと味見してみたが、苦いぞ」

水まで湯飲みに用意してある。どこまでも気配り怠りない友だった。

「かたじけない」

ぐいっと流し込み、すぐに水を飲んだ。左門は、独活の丼を抱え込み、綺麗に平らげた杢兵衛をちらりと見やる。

「数之進に食べさせるために作られた品であろうが」

「あ」

そこで気づいたに違いない、

「すまぬ。わしは独活が大好物でな。近頃は長く出まわるようになったが、それでもせいぜい五月頃まででであろう。ゆえに、つい意地汚くなってしもうたわ。冨美殿の料理の腕前があがったこともあるがの」

冨美を褒めて左門の咎めを少しでも軽くしようとしていた。数之進は笑って言った。

「農家で独活の初物づくり（促成栽培）が、競うように始められたのは、四、五年前でございます。それまでは山独活だけでしたので、春先に少し出まわって終わりでした。室を作れば胡瓜よりずっと簡単に育てられる野菜です」

「独活が好きなら屋敷にいっそ室を作ったらどうじゃ。若いご新造が、喜んで作るであろうよ」

左門の揶揄に、杢兵衛は苦笑いを浮かべた。

「できすぎて食べきれぬのではありますまいか」

「余ったときは漬物にすればよいのではないかと」

話が逸れたと思い、数之進はお役目の話に戻した。

「鳥海様。船の手配をお願いできますでしょうか」

「承知した。なれど、今少し養生せよ。焦りと油断は禁物じゃ。たいした怪我ではないと思うておるやもしれぬが、軽く考えてはならぬ」

「は」

一礼したとき、

「ご免くださいませ」

玄関先で声がひびいた。

「大屋の彦右衛門じゃ。見舞いだけであればいいがな。おせっかい大屋は、お助け侍をあてにしておるゆえ、別の頼み事があるやもしれぬ」

一角がいち早く立ちあがって玄関に出た。六畳間と三畳間の間に設けられた襖を開けるたび、凍えそうな風が流れ込んで来る。三畳間には火鉢もあるのだが、ほとんど役に立たなかった。

「傷にさわる」

すぐ襖を閉めようとした左門に、開けたままでと仕草で示した。一角とのやりとりが聞こえてくる。

「長屋や近隣の住人、さらに以前、生田様にお助けいただいた者たちからの見舞いが、届いております。すべては並べきれませんので、明日にいたしますが、長屋からのお見舞いとしてこれを」

彦右衛門の言葉を一角が受けた。

「おお、見舞いはこれに限るわ。医者代もかかるゆえな。彦右衛門たちの気持ちはわかったが、怪我人には休みが必要じゃ。今宵はこれにて……」

追い返そうという気配を感じたのか、

「いえ、あの、生田様に直接、お見舞いを申しあげたく思います。すぐに帰りますのでどうか」

慌てて気味に声を張りあげた。

「生田様、彦右衛門でございます、ひと目、ご尊顔を！」

「ええい、怪我人ぞ。大声をあげるでない。おまえの小賢しい企みはわかっておるのじゃ。見舞いに乗じて頼み事をするのであろう。今宵は帰れ」

「ですが」

続きそうなやりとりを、数之進は聞き流せなかった。

「一角。寒いゆえ、中で話をしてくれぬか」

白旗をあげて招き入れる。

怪我をしても休む間がないのは、いいのか悪いのか。左門や杢兵衛は、なかば呆れ顔で苦笑していた。

暮れ六つ（午後六時）を知らせる前の捨て鐘が鳴り始めていた。

四

「てまえどもの甥のご相談でございます」

彦右衛門は喜々として言った。『四兵衛長屋』の角の表店で絵双紙屋〈にしき屋〉を営む男は、四十代なかば。左門はよくひょうたんなまずのようだと言うが、のっぺりした顔にナマズの口ひげを生やせば、確かに似ているかもしれない。面倒見は悪くないものの、勝手に数之進への依頼を引き受けたりしかねないので、一角は常に警戒していた。

「うむ」

数之進はおとなしく受けたが、

「なぜ、おまえの甥の頼み事を、怪我人の数之進が聞かねばならぬのじゃ。しかもすでに暮れ六つを過ぎた。さっさと終わらせろ、彦右衛門。よいな」

一角がきつい口調で申し渡した。

「わかっております、はい。すぐに終わらせます」

背筋を伸ばして口を開く。

「甥は、浅草で小店を営んでいるのですが、これといった特徴のない一膳飯屋でございますゆえ、客の入りが今ひとつなのです。旨い飯さえ出せば良いと思ったらしく、総菜はなかなかの味なのですがねえ」

「小店の目玉がほしいと？」

数之進は先んじて言った。煎じ薬のお陰なのか、眠くなってきている。一角ならずとも早く終わらせたかった。

「はい。わたしも色々と案を出したのです。春ですので、薄切りした蛸を使って桜飯はどうだとか、鯛のゆで汁で炊いた鯛飯。これは汁を掛けて味を変えても楽しめますが、どれも近くの飯屋で出している由。話題を呼ぶ品はないでしょうか」

彦右衛門もまた、桜飯や鯛飯は平凡すぎると機先を制したように感じられた。数之進の疲れを見て取ったのだろう、

「われらはこれにてお暇する」

左門と杢兵衛が立ちあがって玄関に向かった。あるいは彦右衛門が長っ尻にならぬよう、暗にほのめかしたのか。

「ありがとうございました」

数之進は見送ろうとしたが、またしても左門が「そのまま、そのまま」と繰り返した。その場で頭をさげ、友が戸口まで見送る。流れ込んだ冷気に首を縮こませながら六畳間に戻って来た。

「うー、寒いな、今宵はいちだんと冷える。富美殿が戸口から顔を突き出していたぞ。鳥海様と」

そう言いかけて一角は口をつぐんだ。噂話が好きな彦右衛門に、富美と左門の大人の恋を広められるのを警戒したのは確かだろう。尾鰭どころか、胸鰭、背鰭まで付け加えられるのは想像できた。

「もうよかろう」

一角は、わざとらしく音をたてて座る。

「おまえの大事な甥の小店については、話を聞いた。なれど、知ってのとおり、千両智恵が閃くには多少の時間が要る。見てのとおり、数之進は具合が悪い。今宵はこれまでにしようではないか」

「承知いたしました。そうそう、もうひとつ」

と、彦右衛門は懐から一枚の錦絵を出した。承知いたしましたと返事しておきながら、居座って話を続けるあたりに、したたかさが滲んでいる。渡された紙には大きな目をした猫が、こちらを睨みつけるような顔で描かれていた。

「これは、もしや、ネズミ除けの猫絵か」

数之進は彦右衛門と絵を交互に見やる。

「さようでございます。晦日月の二十日頃、そう、十日ほど前でございましょうか。買うてくれぬかとお侍が、五十枚ほど持って参りまして」

「ふむ、なかなか凄みのある絵じゃ。闇のなかで目が光れば、ネズミは逃げていくやもしれぬな」

覗き込んだ一角は、目が光る云々などと、ありえないことを口にした。要は揶揄しているのだが、彦右衛門は気にするふうもなかった。

「試しに十枚ほど並べてみたところ、まあ、そこそこ売れたのでございます。買い求めましたのは、米屋や蕎麦屋、一膳飯屋といった小店の主たち。どのお店もネズミに悩まされておりますからね。驚きましたことに、ネズミがいなくなったと言いまして」

「ありえぬ」

　一角は一蹴した。

「たまたまであろうさ。師走の大掃除でネズミどもは、居づらくなったに相違ない。こりゃたまらんとなって逃げ出したのじゃ。とはいえ、忌々しいネズミどもが逃げ出したのは吉兆よ。今年は良い年になるやもしれぬ」

「早乙女様のお考えを、頭から否と言うつもりはございません。大掃除が理由のひとつではあると思います。なれど、噂が噂を呼びまして、それはもう飛ぶように売れました次第。あのお侍が今一度、来てくれぬかと首を長くしているのでございますが」

　首を長くする仕草をして話し終えた。

「………」

　奇妙な沈黙が訪れる。

「このおかしな間はなんじゃ、彦右衛門。言いたいことがあるなら申せ。早う終わらせろと言うたではないか。数之進を見ろ。薬湯が効き始めたせいで、今にも目を閉じそうではないか」

　一角に言われて、船を漕ぎ始めていたことに気づいた。強い眠気に襲われている。このまま横になりたいほどだった。

「申し訳ございませぬ。なにか、その、生田様や早乙女様に、猫絵のお侍のお心あたりがないかと思いまして」

婉曲に御算用者の役目を匂わせた、ように思えた。隠密行動のすべてを知っているわけではないだろうが、左門や杢兵衛の人相風体卑しからぬ様子に、大屋なりの推測があるのかもしれない。

「その侍というのは、何歳ぐらいだったのか」

数之進は訊いた。ちょっと引っかかっていた。

「若いお侍でございました。ご浪人か、御旗本の下士、下級藩士といったふうに見えました。どこの、だれなのか。訊いておけばよかったのにと、りくに叱責されましてね。もしや、お二人であればと、お見舞いのついでにお伺いした次第です」

りくとは言うまでもない、彦右衛門の女房だ。

「猫絵の話を聞くついでに、見舞いではないのか。おれにはそう思えてならぬがな」

一角の皮肉を、数之進は仕草で止める。

「心あたりはないが、気にかけておこう。味わいのある絵だ。しかもネズミ除けの霊験あらたかとなれば、さらに売れるだろうな」

「気をつけろ、彦右衛門。その若い侍は、暖簾師ではあるまいか。猫絵は欲深な輩を引っかけるための策やもしれぬ。あらかじめ周辺のネズミ退治をしておいたうえで、猫絵を売りつけ、いかにも効果があるような顔をして、贋物の狩野探幽の掛け軸などを売りつける。よくある策じゃ」

暖簾師は贋物を売る商人のことで、妖賈とも称する詐欺師である。世事に長けている一角の指摘は、あながち的外れとも言えなかった。現に大屋夫婦は期待に胸をふくらませて、猫絵の侍の訪れを待っている。

「あらかじめネズミ退治でございますか」

一部を繰り返したのは、同意せざるをないことがあったからのように思えた。数之進は眠気をこらえて記憶を探る。

「猫絵で名を知られているのは、上野国の岩松様だがな。養蚕の盛んな地域ゆえ、大敵のネズミを追い払う猫絵を自らお描きになられていると聞いた。猫絵は養蚕農民には『蚕の神様』として重宝されておる由」

岩松氏は、大名ではなく、百二十石を与えられた交代寄合の旗本だ。領地では当然のことながら殿様と呼ばれており、猫絵だけでなく、病退散の除札なども手がけているようで近隣ではそれなりに名を知られていた。

「岩松様の猫絵は、おれも噂を耳にした。関八州の各地からは、村の鎮守の扁額なども頼まれる由。病の除札は、狐憑や疱瘡などにも効果ありと謳っているらしいが、はてさて、どこまで信頼できるか」

一角はまたしてても皮肉っぽく言い、唇をゆがめた。

「その猫絵は、てまえも一度だけですが扱ったことがございます。けっこう人気がありましてね。お願いするのですが、あまりまわって来ないのでございますよ。こたびの猫絵は、新たな画風ですので人気が出るのではないかと」

話し終えたと思ったのだが……腰をあげる気配がなかった。

「まだ、なにかあるのか」

一角が、うんざりしたように訊ねる。

「いいえ、生田様におかれましては、気づいておられるのかと思いまして」

「なに？」

友は不審な顔になる。数之進が頷いたのを見て、さらに首を傾げた。

「今のはなんじゃ。また、おれだけ蚊帳の外か」

「おわかりであるならば、申しあげることはございません。てまえはこれで失礼いたします。猫絵のお侍につきましては、新しい話が入りました折には、是非、お知らせいただきたく存じます」

「承知した」

数之進が答えると、彦右衛門は一礼して立ちあがった。一角は玄関先で見送った後、戻って来る。

「どうもよくわからぬ。彦右衛門の意味ありげなあれはなんじゃ」

「すまぬが、厠に行って寝みたい。眠くてたまらぬ。夜中、厠に起きるのは辛いゆえ、ちと手を貸してくれぬか」

「気づかなんだわ、すまぬ。待て。厠が空いているかどうか、見てくる。冷えきった玄関先で待つのは、傷にさわるゆえ」

「すまぬ」

数之進の返事を聞く前に、一角は玄関の狭い三和土に降りて、引き戸を開けた。そのとたん、

「うわぁっ」

珍しく狼狽えたような大声をあげる。

──やはり、そうであったか。

諦念の境地にいたるには、あまりにも若すぎるかもしれない。しかし、姉たちとの暮らしによって、悟るしかなかった。

「数之進、大変じゃ。路地に……」

「姉様か」

問いかけではなく、自問含みの確認が出る。

「知っていたのか。おれは幽霊かと思うたわ。青ざめた顔で路地に突っ立って、この家を見ていたゆえ」

「独活の炒め煮だ。あの味は姉様の手によるもの。おそらく鳥海様も気づかれたに違いない。年賀に来なかったのは、早くも出戻ったからであろう。ああ、だめだ、一角。わたしは眠くて、たまらぬ。一刻（約二時間）でよい、眠らせて……」

あとはなにもわからなくなる。

夢であってくれればと眠りに落ちる寸前、思った。

五

夢ではなかった。

おまけに一刻、仮眠するつもりが、翌朝まで一度も目覚めずに熟睡した。思いのほか疲れていたらしく、朝五つ（午前八時）まで寝入るという失態を犯した。急いで身支度を調え、朝餉をすませたときには、昼四つ（午前十時）を知らせる前の捨て鐘が鳴り始めていた。

「それで」

数之進は重々しく口を開いた。

「どのような理由で、お戻りあそばされたのですか」

冨美の家の六畳間に、きょうだいと一角、そして、なぜか一角の父・伊兵衛が、顔を揃えていた。伊兵衛は悠々自適の暮らしを満喫している〈北川〉の隠居だ。独活の炒め煮を食べたときから、もしやと思いつつ、まさかと否定していたのだが……花嫁衣装を着たはずの三紗が、こうやって目の前にいること自体、まだ夢のなかを彷徨っているように感じられた。

「…………」

三紗はうつむいて唇を噛みしめている。少しくずした島田髷は、町人の間で流行っている髪型だろうか。面やつれした様子は、以前にも増して美しく、伊兵衛はずっと相好を崩していた。

「三紗殿、いや、すでに町人になられたと宣言されたゆえ、三紗さんと呼ばせて、いやいや、どうもしっくりこぬ。やはり、三紗殿にするか。それはさておき」

と、一角は伊兵衛を睨みつける。

「おれは、なぜ、親父殿がここにいるのか、合点がいかぬ。しかも好色心たっぷりの顔つきでな。まずはそれが知りたい」

友の疑問を、数之進は頷いて同意する。なぜなのか、気になっていた。

「大晦日から元旦、さらに昨日まで、隠居先の別宅に三紗様をお泊めいたしました。婚儀を執り行いましたのは、日本橋の〈北川〉本店。その際、てまえは後見役としてお世話をいたしました。なにかお困り事や相談事があったときには、ご遠慮なくどうぞと申しあげましたので」

「そこを敢えて帰すのが、後見役の務めであろう。鼻の下を伸ばして、別宅に泊めるなど言語道断。七十の爺様に、それだけの元気はないと思うがな。妙な噂をたてられて困るのは、三紗殿ぞ」

「ご案じなさいますな。てまえは本店で年賀の挨拶を受けておりました。別宅には泊まっておりません。下働きの夫婦者に、三紗様のお世話をまかせましたので」

「世間がそう思うてくれるかどうか。杉崎殿は誤解するであろう、姑の文乃殿も然り。恥知らずな嫁と……」

「一角」

数之進は素早く止めた。口がすぎると思ったからだが、三紗の青ざめた顔に生気は戻らない。以前の三紗であれば怒ってすぐに言い返しただろう。元気がなかった。

「理由をお聞かせください。得心できる話だったときには、わたしから杉崎殿にお話しいたします」

「…………」

それでも三紗は、なにも答えない。

「言いなされ、文乃殿になにを言われたか。話さなければわかりませぬぞ」

冨美がしきりにせっついている。春馬ではなく、姑との確執らしいが、大晦日からとなれば今日で四日目だ。これ以上、長引かせるのは得策ではなかった。

「姉様」

数之進が促すと、目をあげた。

「『水火器物を一つにせず』と言うではありませんか。わたしと義母上は、まさに水と火。違いすぎるのです」

性質の違うもの、ひいては善と悪とを同じところには置けないという意味だが、さて、三紗はどちらが善でどちらが悪だと思っているのか。想像はつくものの、問いかければよけいに話がこじれる。

「『上善は水の若し、水はよく万物を利して争わず』とも申します」

数之進は穏やかに切り返した。水のあり方に学ぶべしと諭したのだが、とたんに三紗の頬が赤く染まった。

「義母上は『早う春馬のお子を、早う杉崎家の跡継ぎを』と、朝から晩まで同じ言葉を繰り返すのです。総菜屋の仕事は手伝わなくていい、それよりも子作りに励めと」

涙目になって言った。

「わたしは、子を産む道具ではありません」

「………」

これには数之進も返す言葉を失った。三紗は二十八。姑の文乃は十七で春馬を産んだが、決して珍しいことではない。三十になれば大年増と囃される世とあっては、早くお子をと急かすのも仕方ないのかもしれないが、総菜屋を軌道に乗せるまではと、三紗が必死だったこともまた、数之進は知っていた。

〝この娘が男であれば〟

と、亡き父はことあるごとに口にしていたらしい。算術や論語の覚えもよく、商いにも長けている様子が見えていたのだろう。ところが、待望の男子誕生となって、三番目の娘は褒められる場が減った。

それだけに江戸へ出て来た後、なにか商いをと考えていたのは間違いない。

「そうですとも」

我が意を得たりとばかりに富美が大きく頷いた。

「ひどい仕打ちではありませんか。深川のあの家は三紗が大食い大会で稼いだ賞金などを貯めた金子で借りた家。総菜屋の店開きに関しても、杉崎家は一銭も出しておりません。わたしは文乃殿が一緒に住むと聞いたときから、いやな予感がしていたのです。おまけに口を開けば跡継ぎのことばかり。愛想が尽きますよ、ええ、もう離縁するしかないと思います」

代弁するような言葉に力が入ったのも道理、富美は子ができなかったため、嫁ぎ先から追い出されるようにして離縁されたという辛い過去がある。姉妹は大晦日の忙しさにまぎれて、伊兵衛の別宅に足を運んでいたのではないだろうか。数之進たちが食べた正月料理は、別宅で三紗が作ったものに違いなかった。

「いまや文乃殿が、女主のごとく振る舞っていると聞きました。三紗はあの家に居場所がないのです。わたしは、かわいそうでなりません」

よよと、妹の代わりに泣き始める始末。村上杢兵衛の話では、昨日から店を開け、文乃総菜を売り始めているようだ。お店がいつもどおりに繁盛するのはすなわち、文乃にも料理の才がある証となる。

――ますます姉様は帰りにくくなるな。

このまま離縁という流れは、江戸の生田家を与る数之進としては避けたかった。三紗にしても惚れて惚れて惚れぬいた男と添い遂げたいと思っているだろう。いや、そうであってほしかった。

「杉崎殿は、迎えに来ないのですか」

気乗りしなかったが訊いた。

「昨夜、おいでになりました」

冨美が答えた。

「なれど大晦日のうちに来るのが、筋ではないのかと戸口で追い返しましたよ。新妻が出て行った三日目に、ようやく動くような男では困ります。帰りにくくなるではありませんか。それをノコノコと、どの面さげて来るのか」

「おかしい」

一角が、数之進の十八番を口にして笑った。

「これは失礼いたしました。おそらく、そう思うたであろう友の心を、僭越ながら代弁いたしました次第。それがし、杉崎殿は三紗殿に惚れていると思うております。なにかのっぴきならない用事が、あったのではありますまいか。迎えが昨夜になった理由を言うておりませなんだか」

「いいえ」

冨美は即座に否定する。数之進の頭には、左門の手土産の蜜柑と、杢兵衛の言葉が浮かんでいた。

――蜜柑は紀州産。そして、村上様は、姉様のお店は昨日から商いを始めたと言うていた。店が開いているかどうか、見に行っただけとは思えぬ。

ひとつの推測が成り立ったが、お役目に関わることは、たとえ姉たちにでも伝えられなかった。

「杉崎殿と話してみます」

数之進の申し出に、三紗はすぐさま首を振る。

「少し考えてみたいのです。江戸に来て以来、色々なことがありすぎて……事と次第によっては、深川の家と総菜屋の商いは、義母上にお渡ししてもよいと、わたしは思うております」

「えぇっ」

冨美と伊兵衛の驚きが重なった。

「そんなもったいないことを」

「貯めていた金子を使うて、やっと構えたお店ではありませんか」

「伊兵衛さんの言うとおりですよ。そなたは本当に戻らぬつもりなのですか。このまま離縁しようと思うているのですか」

冨美が、代弁するように言った。離縁を口にしたのは姉なのだが、本気ではなかったに違いない。狼狽えた様子が、白っぽくなった顔に表れていた。

「春馬様に従いたいと思います」

対する三紗は、肚が据わっている。

「義母上の料理の腕前は、なかなかのもの。商いが向いているようにも思えます。ひとつの家に、二人の女主は要りません。わたしが退けば良い話ではないでしょうか」

文乃を褒めるあたりにも、覚悟のほどが浮かびあがっているように感じられた。また、世辞を言わない気質であるため、文乃の料理の腕前は相当なのだろう。とはいえ、たやすく応じられるわけがなかった。

「とにかく、わたしは杉崎殿の話が聞きたいと思います。姉様の言い分だけでは、得心できませんので」

「なにか新しい商い、そうですね、わたしはわたしで菓子を商うお店をやってもいいのではないかと……」

思いつきで告げたような言葉を、一角が仕草で制した。

「菓子と言いましたが、なにを商うのかは決めておられるのでしょうな。まさか、数之進をあてにしているなどということは、ないでしょうな」

「意地の悪い問いですな、一角殿」

伊兵衛が、倅(せがれ)そっくりの口調で口をはさんだ。

「なぜ、菓子を商うお店が良いと思うたのか、伺(うかご)うてからの話ではありませんか。失礼いたしました、三紗様。お続けください」

ご隠居に促されて、三紗は鷹揚(おうよう)に頷いた。

「総菜屋を営んで感じたのは、どうしても余り物が出てしまうことです。夕七つ（午後四時）には値を下げて売り切るようにしていますが、それを待って買い求める客が少なくありません。夜が明けぬうちから作った総菜が、野菜の仕入れ値同様の値段になるのは忍(しの)びないのです。腐りにくいものをと考えたとき、砂糖を多く使う菓子が浮かびました」

「爺様が割り込んだ隙(すき)に、考えついたのであろうが。おそろしいほどに頭がまわるな。ひとつはっきりさせておきたいのだが、深川の家には戻らぬのか。それとも、菓子のお店だかなんだかを出して、昼間は文乃殿と距離を置ければ良いというお考えなのか」

一角が数之進の一番訊ねたい事柄を問いかける。行き当たりばったりの傾向が強い姉妹ゆえ、こちらも気をぬけなかった。

「そう、ですね」

「どちらなのか、はっきりなされよ。深川の家に戻るのか、戻らぬのか」

一角が迫る。

「それにつきましては、春馬様のお話を伺うてからにしたいと思います。ただ、わたしは総菜屋からは手を引きます。数之進に知らせるのが遅うなりましたが、先月の末、あまりにも忙しかったので、手伝いの女子をひとり雇いました。商いは成り立つと思います」

「手まわしの良いことで」

さらに一角は言い、唇をゆがめた。手伝いを雇った時点で家出を企んでいたのだろうと、あからさまに告げていた。数之進も同じ考えだったが、同意すれば面倒な結果になるのはわかっている。

「まずは杉崎殿です。案じているに相違ありません。昨夜、来ていただいたときに、わたしが対応できればよかったのですが」

「起こしましたよ、何度も、何度も」

　すかさず冨美が言った。

「まったく、きょうだいが困っているときにこそ役に立つのが千両智恵でしょうに。頼りないことこのうえありません」

「………」

　ぐさりと胸に刺さったが、こらえた。

「お言葉ですが、冨美殿」

　身を乗り出した一角の腕を摑んで止める。友がわかっていてくれればそれでいい。多くは望むまいと目をあげたとき、

「ご免」

　玄関先で村上杢兵衛の声がひびいた。永代橋の下調べをする段取りが整ったのだろう。終わった時点で潜入探索が開始される。

　幕府御算用者。

　今回も危険なお役目になりそうだった。

第二章　雲母姫

一

数之進と一角が、三河国渥美郡本栖藩成田家の潜入探索に就いたのは、鏡開きの日だった。左門が今少し養生をと言ってくれたのだが、正月明けに予定していた奉公の日は、とうの昔に過ぎている。永代橋の傷み具合や、杢兵衛から渡された藩の郷帳、明細帳といった帳簿の調べをざっと終えて、朝一番に半蔵門外の藩邸——上屋敷に出仕した。

玄関先の控えの間において簡単な挨拶をした後、数之進は勘定方、一角は藩主の小姓役を務めるため、それぞれの部屋に案内された。

——静かすぎる。

はじめの印象がそれだった。初日はいつも緊張するが、すでに正月飾りなどは取り払われており、新年を祝う寿ぎの空気は見事に消え去っている。なんとなく殺風景な印象を受けるのは玄関だけでなく、勘定方の部屋や他の部屋にも、立花などが飾られていないからだろう。妙に張り詰めた感じがした。

床の間にも立花の類はなく、掛け軸や扁額なども掛けられていない。床の間が書類置き場のように利用されているのを見たのは初めてだった。質素倹約は珍しくもないが、高価な掛け軸や壺、茶器などは売ったのだろうか。余裕のなさが、そこかしこに浮かびあがっている感じがした。

――本栖藩は、石高がわずか一万二千石。にもかかわらず、藩士の数が二百人を超えている。異常に多い。

数之進は一番後ろに置かれた文机の前で、先程、渡されたばかりの藩の分限帳や、諸色書留、万留帳といった本栖藩の各村の記録に目を通していた。分限帳は職員録のようなものである。午前中は腕試しといった感じの算盤を使う作業に従事し、勘定頭から計算の速さと正確さを称賛されていた。

そして、午後。静けさのなか、同役たちは無駄な言葉を発することなく、黙々とお役目をこなしている。

——通常、この石高の大名家であれば、藩士はせいぜい百二十人前後、多くても百五十人程度だ。倍の人数を養うためには、それだけ金子が必要になる。

本栖藩の領地は、三河国渥美半島の中央部に位置している。寛文四年（一六六四）に現在と同じ石高で入封した譜代小藩だ。代々家康公の『康』の字を拝領した譜代名家であることから、体面を保つための出費が多かったうえに、領地が海洋に突出した瘦せ地で思うように石高があがらず、入封したときから財政難に苦しんできたように思えた。

ちなみに譜代大名とは、関ヶ原の戦より前から徳川家に仕えていた直臣の武士のうち、大名になったものをいう。幕府の要職に就き、領地も江戸に近いところや重要な地域に配置され、外様大名よりも信を置かれていた。

——将軍家による巻狩が、頻繁に行われているな。

ひとつの推測が浮かび、頭にとめた。鷹狩——巻狩は戦闘訓練の一種で、鹿や猪などを四方から遠巻きにして行う狩りのことだ。将軍家の鷹狩が頻繁に行われる地であるのはすなわち、野生動物が多いという証になる。作物を食い荒らされてしまい、収穫量が減るのは間違いなかった。

加えて、大河がなく、耕作は雨水や小さな溜池に頼らざるをえないことから、作物の出来にひびくのは当然だろう。諸藩はどこも台所事情が苦しいのだが、本栖藩は貧乏藩や見栄張藩などという陰口を叩かれたりしていた。

石高には浮高（漁獲高）の一部も含まれることから、不漁や日照りなどに左右されるのは自明の理。帳簿には蠟を採取できる櫨の木を育成しようとしたことも記されていたが、櫨の木が成長してその実から蠟を絞れるまでには、だいたい二十年かかる。これは途中で放棄したとのことだった。

——引米は、宝永三年（一七〇六）から始まっているのか。

百年以上前から記され続けている記録には、驚きを禁じえなかった。文字どおり、藩士の俸給から天引きして減額するのが引米だ。毎年のように繰り返される天引きによって、ほとんど手許に残らない下級藩士もいるのではないだろうか。

一番、新しい事柄としては、領内の野田村から漬物の沢庵や奈良漬を取り寄せているのが目を引いた。特産品の実態を知って、問題点を探ろうとしているのかもしれない。今までにない動きについては、村上杢兵衛から似たような話を伝えられていた。

〝江戸家老の山名正勝は、もとは国家老だった由。上京したのは昨年の夏頃と聞いた。領地の今を藩主に知らせるために、特産品を取り寄せたのやもしれぬ〟

現藩主・成田対馬守康和の年は、二十一。家老が上京したのを待っていたように、三河国西尾藩の由岐姫と祝言を挙げている。このとき、前藩主・康友は隠居して別荘代わりの小石川巣鴨の下屋敷に居を移した。御家騒動の気配は感じられないが、巧みに隠しているだけかもしれない。

〝前藩主の薫陶を受けてのことやもしれぬが、現藩主は藩校『成章館』を創設したいと公儀に届け出ているようだ。あるいは、前藩主がいまだ大殿として政を牛耳っているのやもしれぬ〟

さらに、と、李兵衛は続けた。

〝これはまだ、定かではない話だが、松平信明様は新たな配下をお召しになられたようだ。若い侍ということしかわからぬ。ことによると、こたびの数之進襲撃騒ぎは、彼の者の発案やもしれぬ〟

聞いたとき、数之進は即座に同意した。小伝馬町の牢屋敷送りになった男が町人だった場合、松平信明らしからぬ陰湿な策に思えたからである。左門の仇敵は御算用者を抹殺するべく、あまり褒められない策を取ったりもするが、刺客はほとんどが侍であり、武道に明るくない者を使うことはなかったはず。別の存在が、見え隠れしているように感じられた。

——由岐姫様については、詳細はわからずか。

これは奥座敷に小姓方として奉公した一角の調べを待つしかないだろう。女子の話は公に語られないことが多かった。

〝さらにもうひとり、本栖藩には重要な者がいる〟

杢兵衛の話を思い浮かべた。

留守居役の遠山義胤、四十五歳。才気煥発なこの男が、おそらく永代橋修繕の天下普請を勝ち取った人物と思われた。貧乏藩と揶揄される本栖藩は、多額の借財を抱えている。一方、天下普請の費用はすべて藩の持ち出しだ。材木問屋はもちろんのこと、今まで本栖藩に少なからぬ金子を貸し付けた商人たちは、追い貸しを迫られるだろう。

――天下普請を看板に掲げて、再度、小判を集める。

今までの貸し付け分を取り戻せるかどうかわからないのに、商人たちが小判を注ぎ込まざるをえないことは充分、考えられた。もしや、と、数之進は思っている。

自分を襲った町人ふうの男も、そのうちのひとりではないのか？

考えを裏付けるような知らせが、杢兵衛から告げられていた。

〝本栖藩は、かなり前より『寸志御家人制』を取り入れているとか〟

富裕な商人や豪農から『寸志』を得て、見返りとして士分に取り立てる制度であり、藩を挙げて武士の身分を小判で売っていた。

〝かような話ばかりで、うんざりするのはわしも同じなのだが、本栖藩ではもはや『御用金賦課』が恒例となっているそうじゃ。こたびもむろん行われたであろうことは、想像するに難くない。異名どおりの貧乏藩よ〟

財政窮乏を補うため、御用商人らに課した臨時・不定期の課金を御用金賦課と言っている。天下普請を勝ち取った裏では、間違いなく多額の小判が動いていた。

数之進は、思わず溜息をついた。

それをどう思ったのか、

「生田殿。わからないことがあったら遠慮なく訊いてくだされ」

隣席の中井弥左衛門が小声で囁いた。年は四十前後、柔和な表情をした同役を、勘定頭から世話役として紹介されていた。本栖藩が数之進の真のお役目を知っていた場合は、見張り役ということも考えられる。

「かたじけない。あとでお願いいたします」

数之進も小声で答えた。弥左衛門は頷き返して、ふたたび算盤を弾き始める。永代橋の修繕についての記述がないことに対しては、天下普請用の帳簿の存在がちらついていた。勝手総元締の配下として普請方役があるものの、これは藩邸や中屋敷、下屋敷の建て直しや修繕のために設けられた役目と思われた。

――永代橋の普請については、まだ、公にはしたくないのか。

考えは終業を知らせる鐘の音に遮られた。贅沢品の最たる時計がないので定かではないが、だいたい昼八つ（午後二時）前後ではないだろうか。お勤めを始めるときや終わるときは、諸藩によってまちまちであり、日によっても違っていた。忙しいときは、当然、遅くまでかかる。

「お」

隣席の弥左衛門が、小さな声をあげた。同役たちは急いで帳簿や書類を片付け、せかせかした足取りで部屋をあとにした。

「ご同役の方々は、どちらへ行かれたのですか」

数之進は片付けながら訊いた。

「武道場よ。大殿は、文官よりも武官に重きを置かれる方でな。我が藩の剣術指南役が柳生家であるのは」

片付ける手を止めて問いかけの眼差しを投げた。

「存じております。しかも江戸柳生ではなく、尾張の柳生家であると」

「さよう。稽古は厳しいぞ。生田殿は、何流じゃ？」

「柳生新陰流をいささか嗜んでおりますが、それがしはこれの方が」

算盤を掲げて続けた。

「落ち着きます。剣術はあまり得意ではありませぬ。先日も真剣での稽古の折、避けそこねて右脇腹を斬りました。それゆえ、出仕が遅れたのでございますが、稽古不足を実感いたしました次第」

やんわりと予防線を張る。鍛錬と称して過酷な稽古を課せられてはかなわない。怪我をした件は正直に言った方がいいと判断したためで、潜入探索のコツは、臨機応変に対応することに尽きる。

部屋にいた二十名ほどの同役は、あっという間にいなくなっていた。いつの間にか勘定頭が、数之進の前の席に来ていた。

「さようか。それでは、しばらくは稽古を休み、観るだけにしておいた方が、よろしいですな」

弥左衛門は頭に向かって確認の問いを投げる。

「うむ。致し方あるまい。わしから剣術の指南役に伝えておこう。生田は以前、七日市藩にいたと聞いたが」

と、動かぬ目を数之進に据えた。年は五十前後、気むずかしそうな色黒の男で、読みにくい表情をしている。探りを入れているのはあきらかだったが、数之進は平静を装って同意した。

「はい」

短い返事で終わらせた。七日市藩は一番はじめに潜入した藩であり、盟友の一角と出会った場所でもある。奉公していた点に偽りはないので、調べられても不審をいだかれにくいはずだった。

「算盤の腕前は、なかなかであったわ。可能であるならば、逼迫した藩の財政を改善させる妙案を出してほしいものよ」

財政を改善、妙案というくだりに、いささかどきりとした。妙案を出して財政を改善させ、小藩を存続させることこそが、御算用者の役目。本材木町近辺でも、千両智恵のお助け侍という話は広まっている。

詳細を知っているのか、あくまでも探りを入れているだけなのか。

「それがしには、とうてい考えつきませせぬ」

あたりさわりなく答えた。

「聞いていると思うが、我が藩の借財は、額が定かではないほどに多い。御家老様は、領地より多少なりとも売れる品をお取り寄せになられたがな。三河の沢庵や奈良漬が、はたして、舌の肥えた者が多い江戸で売れるのか」

勘定頭は冷静な考えを述べた。彼がどれぐらい江戸にいるのかはわからないが、地方の特産品が売れるかどうかは、諸藩が悩むところではないだろうか。

「帳簿には、甘藷の栽培が増えている旨、記されておりました。砂糖は安定した収入を得られる品です。讃岐の三盆白には及ばぬまでも、甘藷を栽培して砂糖を製造すれば、着実に売り上げをあげられるのではないかと存じます」

砂糖に関しては、オランダの技術を導入した紀州の安田長兵衛が、製造に成功したのを皮切りに、讃岐では独自の方法で三盆白（和三盆）という最高級の白砂糖を作ることに成功していた。八代将軍吉宗公の奨励に拠るところが大きいだろう。

吉宗公は生糸・絹織物・砂糖の輸入に代わって、これらを国内で自給する政策転換を打ち出したのだった。

「甘藷の栽培は増やすべきだと、それがしも思いまする」

弥左衛門は継いで、さらに言った。

「なれど、売り上げを伸ばすには、新たな特産品に着手する必要があるのではないかと思います次第。それゆえ、御家老様は朝鮮人参を栽培する技を持つ者を調べよと、仰せになられたのではありますまいか。それがしの考えでございますが、新たな特産品を生み出そうというお考えなのやもしれませぬ」

疑問を口にする。分限帳によると彼は産物係も兼任しているようなので、より詳しいのだろう。世話役に任じられた理由のひとつかもしれないが、朝鮮人参の栽培の件は初耳だった。

二

「朝鮮人参の栽培を始めるのですか」

数之進は手留帳を広げて訊いた。不要になった紙を綴じただけの簡単なものだが、矢立も常に携えている。

「さあて、夢物語に終わる懸念が、なきにしもあらずじゃ。朝鮮人参は知ってのとおり、畑の栄養分を根こそぎ吸収してしまう。一度、栽培すると」

弥左衛門は問いかけの眼差しを向けた。こういうふうに途中で言葉を止めて、相手の質問をするのが癖のようだった。あるいは算盤の腕前だけでなく、さまざまな事柄に精通しているため、相手の力量を計りたくなるのか。

「五年から七年ほどは、なにも作れぬ畑になると聞いた憶えがございます。我が藩は、決して田畑が多いわけではありませぬゆえ」

「さよう。しょせんは、領地の田畑を知らぬお方の考えよ。国家老だったとはいえ、つぶさに見まわっていたとは限らぬからな。安易に朝鮮人参の栽培などできぬわ。作物の収穫量が落ちて、領民が飢えてしまうやもしれぬ」

勘定頭が受ける。江戸家老になったばかりの山名正勝に対する批判のように思えるが、そう思わせたいのかもしれない。発言を鵜呑みにせず、常に逆の読み方もしなければならなかった。

「生田はどのように考えておるのじゃ。万留帳や諸色書留を熱心に見ていたようだが、気づいたことはあるか」

ふたたび勘定頭に問いかけられた。

「新たな井道――灌漑用の水路を整えるべきだと思いました次第。水は田畑や暮らしに、なくてはならぬもの。同時に、罠師を送り込み、鹿や猪といった作物を食い荒らす害獣を少なくするのが必要ではないかと」

数之進の提言に、勘定頭は「ほう」と小さな声を洩らした。

「なにゆえ、鹿や猪が多いと思うたのか。帳簿には、そこまで記されておらぬがの」

「巻狩が、頻繁に執り行われていると記されておりました。将軍家の鷹狩が多いのは、害獣が多い証であろうと考えました次第」

「さようか」

勘定頭と弥左衛門は、見込みがあるではないかというように、視線を交わし合っている。三度、弥左衛門が数之進を見た。

「罠師と言うたが、心当たりがあるのでござるか」

「は。罠の仕組みや仕掛ける場所の指南までは無理やもしれませぬが、村人たちに罠師の仕掛けを憶えるよう通達しておけば、次からは自分たちで行えるようになります。罠師にとっては、あまり嬉しくない状況かもしれませぬが」

「然り。罠師は毎年、呼んでもらいたいであろうからな。仕掛けを憶えられては困るであろう。多少、金子は要るやもしれませぬが、なかなか良い案ではありますまいか」

と、弥左衛門は勘定頭に同意を求める。

「うむ。罠師までは、思いつかなんだわ。他にはどうじゃ。作物に関して、なにか良い案はあるか」

「おそれながら申しあげます。作物は、他藩が作らぬもの、また、市場にあまり出まわっていないものというように、新しい作物を育てるのがよろしかろうと存じます。例えば、独活や芹といった作物でございますが」

早くも弥左衛門が口を開きかけたのを見て、数之進は言葉を止めた。

「すまぬ。話の腰を折ってしもうたな。独活や芹と言うたが、わしはどちらも口にしたことがない。名だけは聞いたことがあるが」

「独活は室で栽培いたしますが、育てるのはさほどむずかしくはありませぬ。芹は稲刈りが終わった後の田圃で育てられます。田圃を有効利用できるのは、非常に有意義なことではないかと存じます」

「確かにな。しかし、本当に売れるのか」

弥左衛門の率直な問いを受けた。

「独活は余ったときには、漬物にすれば多少、日持ちいたします。芹はお浸しやゴマ和えだけでなく、鍋にも適している菜ではないかと思います。芹は南足立郡の西新井と江北の一部で栽培されておりますので、調べがてら話を聞きに行くのもよろしいのではないかと」

「農家にか？　天領の民に育て方を直接、訊ねるのか？」

勘定頭の動かぬ目が、大きく見開かれた。幕府直轄地であることへの、畏れのようなものが浮かびあがっていた。試してみることもせずに諦めてしまうのが、数之進には信じられない。

「はい。ご公儀が許すか許さぬかはわかりませぬが、新たな特産品を増やすためであることを明記すれば、案外、すんなり通るやもしれませぬ。他にも育てるのがさらに簡単なのは、のらぼう菜でございまして、飢饉対策としても役に立つ作物にございます。放っておいても、ボウボウと生えてくることから、この名がついた由」

「ふぅむ」

勘定頭は腕組みして口をへの字に引き結んだ。変わった男だと思ったのかもしれない。反対に弥左衛門は面白さを覚えたのか、笑みを浮かべながら訊いた。

「他に気づいたことはあるまするか」

「は。贈答品の費用が、多いように感じました。献残屋の記載がありませぬが、利用しておられぬのですか」

「はて、献残屋となし」

勘定頭はとぼけた、ように見えた。贈答品を買い取って使いまわすのが献残屋だが、うまく利用すれば節約になるのは言うまでもない。譜代名家だからと見栄を張るため、毎年のように引米しなければならなくなるのだ。

「お頭。お忘れのようでございますが、以前より、それがしも献残屋を利用するべきではないかと申しあげた憶えがござる。よくよく考えてみるときではありませぬか」

弥左衛門はここぞとばかりに訴えた。頭役で止められると、いつまでたっても改善されない。新たな風を吹かせるのも、御算用者の役目と心得ていた。

「考えておく」

またもや口をへの字に結び、数之進に目を向ける。物言いたげな表情を読み取ったに違いない。

「他にも気になったことがあるようだが」

渋々といった様子で促した。

「は。田畑に使う肥料が、意外な売り上げを示しております。ご領地では、いったい、なにを肥料にして売るのかと、いささか気になりました次第」

「藻草や巻貝よ」

弥左衛門は意外な答えを返して、続けた。

「領地の南部には、汐川干潟が広がっておる。そこには今言うた藻草や巻貝が、繁茂・繁殖しているのじゃ。藻草採り専用の船もあり、これらは田畑の肥料に適していてな。換金できる」

その優れた肥料を朝鮮人参の栽培に用いれば、何年間も地味が整うのを待つ必要がなくなるかもしれない。妙案は浮かんだが、目立ちすぎるのは御役目に差し支える。

手留帳に記しつつ訊いた。

「さらにもうひとつ、お訊ねいたします。それがし、雲母につきましては扱うたことがございませぬゆえ、ご指南賜りたく存じます。三河国北東の山間部から額田、宝飯、幡豆郡にかけて、白雲母を含む巨晶の花崗岩が採れるとか。飛び地のようでございますが、昨年、初めて雲母の出荷が記されておりました。これは、なぜでございますか」

おおよその推測はついたが、確認しなければならない。いいかげんな話を、左門たちに報告できなかった。

「雲母姫こと由岐姫様のお輿入れよ」

勘定頭が答えて続ける。

「雲母が特産品である西尾藩の姫様ゆえ、採取できる土地の一部が持参金となった次第じゃ。雲母は採れる場所が限られるため、我が藩にとっては、お輿入れが大きな助けになった。幸いにも康和様は、由岐姫様をお気に召されたご様子でな。藩士一同、ご懐妊の知らせを待ち望んでおる次第よ」

きららとは雲母の和名である。まさに名前どおり、キラキラとガラスのような光沢を持ち、軟らかく何枚にも薄く剝がせるこの鉱物は、古くからさまざまな用途に利用されてきた。粉末にして和紙の模様にしたり、香を焚くときに炎の上に置いたり、文字や絵を臨写する紙として用いられた。貴重な品であるのは確かだろう。

ご懐妊の知らせの部分では、数之進は胸がずきりと疼いた。三紗のことを思い出したからだが、素早く気持ちを切り換えた。

「雲母を藩で専売することは……」

数之進の言葉を、弥左衛門が仕草とともに遮る。

「無理じゃ。我が藩は、言うなれば西尾藩のおこぼれに与っている状態ゆえ、専売など口にするのも憚られるわ」

正直に告げたように思えた。譜代名家と実高の多い西尾藩との縁組みは、両家にとって幸いだったに違いない。

「西尾藩の姫様との祝言を纏めたのは、御家老様でございますか」

推測をまじえて問いかける。良縁だったがゆえ、山名正勝は江戸家老に昇進となったのではないか。

「いかにも、御家老様よ」

勘定頭が答えた。

「西尾藩の雲母については、かねてより貴重な品であると話しておられたのでな。肝煎（い）り役となられて動かれた。愛らしい姫様での。江戸に行けると聞き、大喜びなされて、一も二もなくお輿入れをご承知なされたとか」

年齢までは口にしなかったが、あとは一角の仕事かもしれない。さて、いよいよ渡されていない帳簿の話だ。

「それがしが耳にした噂によりますと、本栖藩は永代橋の普請を引き受けられた由。帳簿がありませなんだが、やはり、噂でございましょうか」

「いや、事実じゃ」

勘定頭は頷き、目顔で弥左衛門に指図（さしず）する。同役は書類棚になっている床の間から一冊の帳簿を持って来た。表紙には『御手伝普請留帳（おてつだいぶしんとめちょう）』と記されていた。

「天下人（てんかびと）のご命令ゆえ、表向きは天下普請だが、われらから申せば御手伝普請よ。助（すけ）役（やく）とも言うがの。御家老様に張り合うようにして、留守居役の遠山様が名乗りを挙（あ）げてしまわれた。どうやって金子を揃（そろ）えよと言うのか。勘定方としては、頭の痛むところじゃ」

勘定頭の言葉を、弥左衛門が継いだ。

「生田殿は、天下普請についてはどのように思うておるのか。ここだけの話として、忌憚（きたん）なき意見を聞いてみたいものよ」

おそれながら、と、数之進は答えた。

「橋の建設は、仏教思想においては功徳(くどく)の行為とされている由。昔の唐(から)では、信仰のしるしとして僧たちが橋を築いたとも聞きました。橋は人や獣が川に流されて死ぬことを救ったからのようですが、永代橋においても悲惨な崩落事故がありましたゆえ、修繕は尊(とうと)い作事（工事）ではないかと存じます」

「到彼岸(とうひがん)か」

弥左衛門は何度も頷いている。悟りの喩(たと)えであると言われる語だが、動く小判の多さに頭が痛くなるのかもしれない。勘定頭はいっそう渋面(じゅうめん)になって告げた。

「まずは金子と木材の調達よ。下調べでは橋杭の一部に、早くも虫食いが出ているようじゃ。急ごしらえの作事であったのはあきらか。崩落した後、とにかく早く橋をと焦ったに違いない。何カ所か、修繕しなければならぬ」

「両国橋を架け直す際には、二人の御旗本が懸直奉行(かけなおしぶぎょう)の任に就かれた由。こたびは修繕であるがゆえに、奉行役は設けられなかったのでございますか」

素朴な疑問を口にする。昔の作事を調べるのはあたりまえであり、大規模なときは旗本が奉行を務めた。

「さよう。遠山様は奉行役は作事方が手伝えとの仰せよ。藩邸や下屋敷の建て替えや修繕は行ってきたがの。橋を手がけるのは初めて。今、生田が言うた懸直奉行の御旗本に、何事もお伺いして手筈を整えておるところじゃ」

渋面が深くなったのも道理、お伺いするたびに十両単位の小判が動くのは確かだろう。なんにつけても金子だった。

「弥左衛門。そろそろ武道場に案内してやれ。しばらく参加できぬとはいえ、剣術の指南役に挨拶だけはしておかねばならぬ」

勘定頭に言われて、弥左衛門はうなずいた。

「承知いたしました。生田殿。他になければ、武道場の方へ参りましょうぞ」

「最後にひとつだけ、お伺いいたします」

数之進は懐から例の猫絵を取り出した。大屋の彦右衛門が営む絵双紙屋に持ち込んだのは、本栖藩の下級藩士ではないのか。御算用者への言伝のように思えて、彦右衛門から借り受けて来たのだが……。

「生田殿」

弥左衛門の顔つきが変わった。勘定頭の渋面は、これ以上ないほどにひどくなっている。早くしまえと仕草で告げていた。

「我が藩においては、芸事はいっさい禁止でござる。歌舞伎や宮地芝居、能や書画会に足を運ぶのはもとより、三味線や鼓、ここには雅楽も含まれまするが、すべての音曲、さらには絵を描くこと、花を活ける華道、香をきく香道、そして、茶道も嗜んではならぬのです。これは五代前、いや、六代前でしたか」

弥左衛門の問いに、勘定頭は相変わらずの渋面で同意する。

「うむ。とにかく、芸事は許されぬ。贅沢奢侈禁止令はあたりまえだが、そこに『芸事禁止令』という、我が藩独自の定めが加わるのじゃ。早うしまえ、生田。なんだったら、わしが捨てて……」

伸びた勘定頭の手に、慌てて首を振る。

「いえ、それがしが処分いたします。念のために伺いますが、盆栽なども禁止でございますか。それがし、いささか盆景を嗜みまする。お勤めの合間に、藩邸の景色を描き出したく思うておりまするが」

「禁止じゃ」

勘定頭が言い切る。

「大殿は、多少、盆栽鑑賞を楽しまれるが、自ら花木を育てたりはなさらぬ。贈られた盆栽があるゆえ、手入れはしなければならぬがの。そういったことは御用達の植木職人にまかせておられる。藩士が盆栽及び盆景を楽しむのは、掟破りじゃ」

「さようでござりまするか」

数之進は、驚きながら心の中で繰り返した。

芸事禁止令。

床の間が、書棚に用いられている理由を遅ればせながら知った。すべての芸事はいっさい禁止。貧乏藩に不足しているのは小判だけでない。暮らしを楽しむゆとりも足りないように思えた。

三

同じ頃、中奥の廊下で早乙女一角も同じ驚きを覚えていた。

「は？」

花瓶の入った箱を抱えて、同役の若い小姓に聞き返した。

「『芸事禁止令』でござるか？」

疑惑の含みになったのは、聞き間違いではないかと思ったからである。ありえない禁止令であり、幕府が推奨(すいしょう)している定めではないはずだ。同役の小森拓馬(こもりたくま)は、素早く周囲を見まわしてから答えた。

「さよう。我が藩では、芸事は観るのも演るのも禁止でござる。歌舞伎や宮地芝居は言うに及ばずですが、書画会などにも足を運んではならぬというお達しを、古くから守らされているようで」

弱々しく消えた語尾に、不満が表れているように感じられた。年は二十一、整った顔立ちばかりでなく、行き届いた気配りや目配りが、側小姓としての能力を示しているように思えた。難を言えば、気が弱い点だろうか。

今もそうだが、しきりにだれか来ないか周囲の様子を窺っている。豪胆なところがある一角は、もっと堂々としていろと何度も喉まで叱責が出かかっていた。

「さようでござるか。中奥のどこにも立花が見当たりませぬゆえ、納戸でようやくビードロと有田焼ふうの花生けを見つけたのでござるが……徒労でござったか」

抱えていた二つの木箱を廊下に置いた。

「おかしな禁止令があるのならば、もう少し早く教えてもらいたいものよ。それがしが納戸でゴソゴソやっていたのは、小森殿も覗き込んでいたゆえ、ご承知だったでござろう。あのときに言うてくれれば、貴重な時を無駄にせずともよかったのものを」

ちらりと向けた目に、責めが浮かびあがったかもしれない。

「申し訳ござらぬ」

拓馬は律儀に一礼した。

「それがしは殿の朝餉の介添え役を務めておりましたので、気づくのが遅れ申した。古くからご奉公している同役は、ほとんどが大殿に付いて下屋敷に移ってしまい、慣れた者が少ないことから難儀しておりまする。早乙女殿がご奉公なされたこと、非常にありがたく思うております次第」

長々と続きそうな称賛を、一角は仕草で止めた。

「先程、言うておられた『芸事禁止令』でござるが、それがしは初めて聞き申した。風変わりな禁止令だと思いまするが、殿は得心しておられるのでござろうか」

奇妙な禁止令など受け入れられるか。と、心の中で叫んでいる。納戸を探すついでに掃除をしたのだが、思いのほか時間を取られて、肝心の対馬守康和への目通りはまだ済んでいない。藩主の存念やいかにと率直に問いかけた。

「殿のお心までは計りかねまするが、偏りすぎてはならぬとお考えになられたのやもしれませぬ。ご存じのように大殿は武道に力を入れておられますため、学問が疎かになってはならぬとお考えあそばされたのでござりましょう。学問所を設けられる旨、ご公儀に届けを出された由。『文事あるものは必ず武備あり』と常日頃より、仰せになられておりますゆえ」

さして関係あるとも思えない話を長々と告げた。簡潔に伝えるのが苦手なたちであるように思えた。

「片付けましょう」

拓馬は花生けが入った木箱をひとつ、抱えあげた。促されて、一角はもうひとつの木箱を持ち、並んで廊下を歩き始める。

「それにしても、合点がいかぬ。それがしは、芸事が大好きでござってな。三味線や鼓、雅楽と能舞台、宮地芝居や落とし噺(ばなし)の鑑賞(かんしょう)を楽しみのひとつにしており申す。わからないように行けば……」

「なりませぬ」

拓馬は足を止めて言った。思いもかけず強い口調になったのを恥じたのかもしれない。

「失礼いたしました」

ふたたび深々と辞儀をして、続ける。

「なれど、決まりは決まり、藩の定めを守るのは、藩士の務めにございます。掟破りは座敷牢への押込(おしこめ)が定め。たとえ長年、尽くしてくれた忠臣であろうとも、お家は存続できなくなりまする。ゆめゆめ破ることのなきよう」

「座敷牢へ押込でござるか」

信じられなくて、また、訊き返した。

「はい」

答えて拓馬は歩き出した。一角も通り過ぎる部屋を見ながら後ろについたが、妙な悪寒を覚えるのは、凍りつくような冷たい風のせいだけではあるまい。華やぎが感じられない藩邸は、どこか寒々とした印象を受けた。

「中奥の御座所だけでなく、表の各部屋に立花や掛け軸が飾られておらぬのも、『芸事禁止令』を守るがゆえでござるか」

答えはわかっていたが訊いた。

「いかにも。殿自ら規範を示されており申す。われらが従うのは当然のこと。不満を口にする不届き者はおりませぬ」

先んじて言ったように思えた。つい今し方の言葉に、少なからぬ不満が浮かんでしまったのをわかっているに違いない。自分も同じ考えなのだと、あらためて告げたのではないだろうか。

――女子たちの声も聞こえぬ。

一角は、拓馬とともに納戸へ二つの箱を戻して、納戸の戸を閉めた。

政やそれに関する部屋があるのを表、藩主が滞在する御座所が設けられているのが中奥、そして、奥方が暮らす場が奥御殿になる。渡り廊下の先に設けられた戸は固く閉じられていた。

鏡開きのざわめきが、奥御殿から風に乗って聞こえて来ないかと思ったが……この調子では奥御殿も同じ状態なのだろう。お役目のときは奥御殿に忍び込み、奥女中から話を仕入れたりもする。眼前の拓馬同様、融通のきかない女子ばかりなのだろうか。

「茶道も禁止でござるか」

政には必要な芸事を問いかけた。戦国時代から茶の湯外交とも言うべき政が始まり、茶器や和菓子の発展にひと役買ったとされる。茶道は藩主として学ぶべき芸事のひとつではないのか。

「いえ、殿は一通り、学んでおられます」

蚊の鳴くような声で答えた。

「嗜む程度の心得はおありでしょうが、表立って稽古することはありませぬ。定めを破ることになると懸念されているのか、下屋敷で大殿より指南を受けることがあると伺いました。なれど、それがしは立ち会うたことはありませぬ」

最後の部分は、問いかけようとした一角を制して告げられた。脳裏には、大殿が住む拝領下屋敷の絵図が浮かんでいる。小石川巣鴨に四千四百三十二坪、それ以外にも地続きの抱屋敷（かかえやしき）があるため、巣鴨の屋敷は合わせて七千坪ほどの広さを有（ゆう）していた。

一角は当然のことながら、上屋敷や下屋敷、中屋敷、抱屋敷の広さや絵図を御役目の前に憶えておくようにしている。数之進に危険が及ばぬよう、逃げるときの段取りや密（ひそ）かに話を盗み聞く際の場所などを頭に叩きこんでいた。

――藩邸に茶室や能舞台がないのは、村上様の調べが足りぬせいではなかったのか。

李兵衛に文句を言うつもりだったのだが、控えた方がよさそうだと思った。他藩では考えられない事態が、この藩では日常になっている。あるいは、上屋敷の不備（ふび）を理由に、下屋敷で重要な話をするのかもしれない。茶室は政には欠かせない場のはずだ。

――実権を握っているのは大殿であり、康和様は傀儡（かいらい）藩主なのか。

疑問を胸にとめる。

「そろそろ殿が、仏間から御座所に戻られる頃でございます。早乙女殿へのお目通りは、その後だと承（うけたまわ）り申した。早めに控えていた方が、よろしいかと存じます」

「承知いたしました」

一角が殊勝（しゅしょう）な顔で頭（こうべ）を垂れたとき、

「姫様」

「なりませぬ、由岐姫様」

奥御殿に続く戸の向こうで声がひびいた。ガタガタ揺れて戸が開き、勢いよく女児が飛び出して来る。華やかな着物の上に絣(かすり)の半纏(はんてん)を着て、厚手の足袋(たび)を履いていた。

一角と目が合った瞬間、

「あ」

由岐姫と思(おぼ)しき女児は、真っ直ぐこちらに向かって来た。陽が昇り、暖かくなってきたためか、吐く息はわずかに白く見える程度だった。大事そうに両手で蹴鞠(けまり)を抱えている。

「早乙女殿、由岐姫様でござる」

拓馬が慌てて平伏しながら言った。

「は」

すぐさま一角もその場に畏(かしこ)まる。

――七歳か、八歳ぐらいか。まことの祝言を挙げるのは、今少し先だな。

などと冷静に考えていた。対馬守康和は二十一。愛妾(あいしょう)がいるのかどうか、そのあたりの調べはついていないが、お床入(とこい)りはしばらく無理と思われた。

「そちが、新参者(しんざんもの)の側小姓か」

由岐姫が言った。遅れて来た奥女中の着物の裾だけが、平伏した目に見えている。ひとり分しか視野には入っていないが、先程の声と渡り廊下を小走りに来た気配からして二人のはずだった。

「は」

「殿が言うておられた。武芸十八般の頼もしい小姓が入るとな。直答を許すゆえ、面をあげよ」

いいのかと、平伏したまま拓馬に目で問いかける。一瞬、返答するのを躊躇ったようだが、小さく頷き返した。面をあげた一角は、口調は大人びているが、顔立ちは年相応の愛くるしい姫ともう一度、目を合わせた。

「…………」

由岐姫の頬が赤く染まる。急に恥ずかしくなったのかもしれない。隣にいた乳母だろうか、彼女に身体を寄せて腕をきつく握りしめた。

「よろしゅうございますか、気がお済みになりましたか」

乳母と思しき女子は、腰を屈めて問いかける。いやだと言うように、由岐姫は素早く首を振る。

「名前を」

小さな声の訴えを、一角は受けた。

「早乙女一角にござります」

「一角様」

と、呟いたのは乳母と思しき女子だった。目と目が合うと、今度は彼女も頬を赤く染める。すぐにうつむいて目を逸らした。

「なにゆえ、琴音が赤くなるのじゃ」

由岐姫は不満そうに唇をとがらせる。幼いながらも一人前に妬いているのだろう。面をあげたままにしていた一角の袖を、拓馬が素早く引いた。急いで頭をさげ、目を合わせないようにする。

「赤くなってなどおりませぬ。早く奥御殿に戻りましょう、姫様」

琴音は言ったが、由岐姫はまた、首を振る。

「いやじゃ。わらわは、一角と蹴鞠がしたい。奥御殿に来て遊んでたもれ。一緒に蹴鞠をしようぞ」

「なりませぬ」

琴音は告げ、無理やり奥御殿に連れて行こうとしたが、由岐姫は頑として動かない。いやじゃ、いやじゃと駄々をこねていた。

「彼の者とは遊べませぬ、蹴鞠はできませぬ」

「なぜじゃ。お殿様は遊んでくれたではないか」

猛然と言い返した。

「大好きな笛の稽古をしてはならぬ、鼓も駄目、踊りもならぬと言われた。あれも駄目、これもならぬでは息が詰まりそうじゃ。江戸がこれほどつまらぬ場所とは思わなんだ。わらわは帰りたい、吉良の里に戻りたい」

とうとう泣き出してしまった。無理もない。江戸に行けると胸弾ませて祝言を挙げたのだろうに、『芸事禁止令』などという訳のわからない定めが、本栖藩では固く守られている。幼い姫には、牢獄のように思えるのではないだろうか。

一角は拓馬に「言上してもよいか」と囁き声で確かめる。不承不承という顔だったが、頷いたのを見て告げた。

「おそれながら、由岐姫様に申しあげます」

「なんじゃ」

すすり上げながら答えた。

「それがしが姫様と蹴鞠をするには、殿のお許しが必要であると存じます。何日間か時をいただけますれば……」

「いかがしたのじゃ」

不意に御座所の方で声がした。非礼にあたるため一角は顔をあげなかったが、御座所前の廊下に康和らしき若者と数人の藩士が立っている。琴音が急いで一群の側へ行き、事の次第を話して、刹那の逢瀬は終わりを告げた。

「戻りますよ、姫様」

琴音に言われて唇をとがらせる。後ろ髪を引かれる様子で、由岐姫は渡り廊下の先の戸口へ向かった。

四

半刻（約一時間）ほど後、一角は御座所で正式に目通りを許された。

「早乙女一角とは、そのほうか」

康和の問いに、いっそう畏まる。

「ははっ」

「お勤め前に、一度、表に来たことがあった由。奥御殿には早耳の奥女中がいるらしゅうてな。こたびの小姓は若くて美丈夫と触れまわったようじゃ。姫も興味が湧いたのであろう。多少、気晴らしにはなったやもしれぬ」

康和は小さく笑った、ようだが平伏しているので表情まではわからない。だが、日通りまでの合間に、着物などは確認できた。木綿を着用しているのには驚きを覚えたが、藩主自ら質素倹約の規範を示しているのだろう。

とはいえ、康和が着ているのは、尾張縞木綿と呼ばれる上品のものであり、茨城県結城の織物と区別するために、尾張結城の別称も持っている極上の木綿だった。

──確か冨美殿が何枚か、持っていたな。

着道楽の二女を思い出している。一角がつけた『着足りぬ姫』の異名が浮かび、会ったばかりの幼い由岐姫を連想していた。冨美にも童女のような一面があるからだろうか。よく言えば純粋、悪く言えば世間知らずなのだった。

「直答を許す。面をあげよ」

「は」

康和に促されて、一角は面をあげる。御座所に座していたのは、あまりにも若い藩主であった。

──若すぎる。

調べでは二十一とあったが、せいぜい十六、七にしか見えなかった。正式に家を継げるのは十七歳なのだが、旗本や大名家では十歳の子を十四、五歳と届け、十七歳までの期間を短くするようにしていた。この偽りの年齢を官年(かんねん)と称し、本当の年齢・実年(じつねん)と使い分けるのが常だった。

おそらく康和は数えで十七歳になったことから、正式に家督(かとく)を継いだのではないだろうか。華奢(きゃしゃ)で線の細い印象を受けるが、晴れやかな顔には、誇らしさが浮かびあがっているように感じられた。

「家老の山名正勝じゃ」

康和は言い、目で御座所の傍(かたわ)らに控えていた正勝を指した。御座所の床の間には、棚が置かれており、論語や武芸、三河について記された本が並べられている。風情(ふぜい)のないことよと思いつつ、一角が辞儀(じぎ)をすると、正勝は会釈(えしゃく)を返して、笑みを向けた。

「奥御殿が小さな騒ぎになるのは致し方なきことかと存じます。噂にたがわぬ美丈夫ぶり。事前に会(お)うた者によりますと、武芸十八般であるとか。殿の良き稽古相手になるのではありますまいか」

秀(ひい)でた額(ひたい)に深い知性が漂っているように感じられた。がっしりした体格で、座していても背の高さがわかる。文武両道(ぶんぶりょうどう)を絵に描いたような家老を得て、若い藩主はさぞ心強いだろう。話が途切れぬよう、うまく武芸を振ったあたりにも、濃(こま)やかな気配りが表れていた。

「武芸十八般という話は、小姓方の者よりすでに聞いた」

案の定、康和は真剣な顔になる。

「して、流派は？」

「学んだ流派はタイ捨流でござりますが、柳生新陰流も免許皆伝となり申した。学問は苦手でござるが、武道にはいささか自信がありまする」

「頼もしいことよ。先程、由岐姫が我儘を言うていたようだが、中奥の庭で蹴鞠をするぐらいは、よいのではないか」

答えを家老にゆだねた。そういったやりとりに力関係が表れている。藩主の明日を支える有能な側近は、穏やかに答えた。

「さようでございますな。早乙女が奥御殿に足を運ぶのは、色々と騒ぎが起きる原因になるやもしれませぬ。中奥の庭であれば、殿の目が行き届きますゆえ、よろしいのではないかと存じます」

色々とのくだりでは、口もとがほころんだ。いやらしい笑みにならなかったのは、人柄かもしれない。康和は正勝の言葉をそのまま受ける。

「ということだ」

視線を一角に戻した。

「心得ました。由岐姫様より、お召しがありました暁（あかつき）には、ふつつかながら早乙女一角。蹴鞠のお相手を仕（つかまつ）ります」

「お役目については、同役の小森に訊ねるがよい。そういえば、小森と納戸に出入りしていたようだが」

正勝の言葉には、多少、探るような感じが加わる。どこかで見ていたらしい。気配をとらえるのには自信があるのだが……油断できないと思った。

「それがし、花を活けようと思いまして、花生けを探しており申した。良さそうなものを二つ、見つけて御座所に持って行こうとしたとき、小森殿に見咎（みとが）められた次第にござります。本栖藩においては『芸事禁止令』があるため、立花はむろんのこと、茶の湯や書画、絵といった芸事はいっさいならぬと」

率直に告げた。一角は数之進と違い、考えすぎたりはしない。疑問に思えば訊ね、なるべく早く不安をなくすようにしている。

「さよう」

正勝は答えたものの、躊躇（ためら）いがちなのが見て取れた。

「享保の頃まで遡（さかのぼ）るが、当時の対馬守康徳（やすのり）様の時代に、尾張徳川家の宗春（むねはる）様が節約令、綱紀粛正、奢侈品禁令、風紀紊乱取締などの定めを破って芸事を奨励した。江戸では八代将軍吉宗公が、質素倹約を旨とした享保の改革の真っ最中よ」

声を抑えて続ける。

尾張藩の七代目藩主・徳川宗春は、幕府とは正反対の消費を進め、経済の活性化をはかる政策を取った。農業振興策などをはじめとして、さまざまな政を実行したが、芸能文化の面で注目されるのは、芝居小屋の増設を許可したことだろう。

広小路から大須にかけての本町筋を中心に、芝居小屋は約六十カ所に増えた。名古屋には各地の芸人が集まり、大丸などの上方商人も出店を設け、京を凌ぐ賑わいを見せたようだが、その裏で尾張藩の財政は大きく悪化。風俗の乱れも生じて、宗春の周辺には次第に不穏な空気が流れ始める。

そして、元文四年（一七三九）。ついに幕府より隠居謹慎を命じられたのだった。

「当時の対馬守様は、宗春様の政に真っ向から反対なされた。ご公儀においては、質素倹約令を厳しく施行している。藩主が規範を示さねば民は従うわけがない、とな。江戸城でお目にかかった折、苦言を呈された由」

正勝の苦笑いに、言葉にできない部分が浮かびあがっているように感じられた。相手は徳川御三家のひとつ、尾張徳川家。対する対馬守は、譜代名家とはいえ、一万二千石の小藩である。一蹴されたのは、想像するに難くなかった。

「以来、質素倹約はむろんのこと、我が藩ではすべての芸事はいっさい禁止すると仰せになられた」

小さな溜息やくもった表情には、江戸家老の苦悩が表れている。正勝は御座所の康和を見やった。

「正月に鏡餅を飾るのは、御座所と奥御殿、隠居なされた大殿の御座所のみ。いかがでござりましょう、五節句ぐらいは……」

「ならぬ！」

康和が言った。思いのほか、強い口調だった。

「三代目の康徳様が受けた屈辱は、代々の藩主が心に強く留めねばならぬ。『芸事禁止令』はむろんだが、正月や五節句を藩で祝うこともまた、定めどおりじゃ。本栖藩ではなにもせぬ」

三代目が受けた屈辱とやらを、何代も守らなければならない藩士は、いい迷惑であろう。鏡餅を飾る場所が限られていると知り、一角は思った。

——数之進は、さぞがっかりするであろうな。

武家の場合、鏡開きは具足開きとも呼ばれており、具足——甲冑に供えた正月飾りの鏡餅を割って雑煮(ぞうに)にして食すのが習いとされている。武家以外では女性が鏡台に鏡餅を供えて『初顔祝(はつかおいわい)』とも呼んだ。

　餅好きの数之進は、振る舞われる雑煮を楽しみにしているはずだった。

「奥御殿でも、立花は飾らぬのでございまするか」

　一角は訊ねる。花を活けるのが好きなので、藩邸のどこにも飾られていない様子が寂しく思えた。まさか、奥御殿はと思いつつの確認だったのだが……。

「飾らぬ、いや、飾らせぬ」

　康和は即答した。

「由岐姫は幼いゆえ、わからぬやもしれぬが、言い聞かせるしかない。蹴鞠や百人一首、貝合(かいあわせ)といった遊びは許されておるからな。書も稽古する分には、かまわぬと言うておいた。なれど、音曲(おんぎょく)の類(たぐい)は許可できぬと申し渡してある」

　笛や鼓の稽古は表や中奥に音が聞こえてしまうことから禁止であるに違いない。後を継いだばかりの若き藩主は、定めに従わねばならぬと、己自身をもがんじがらめにしているように思えた。

「菓子や料理を作るのは、いかがでございましょうか」

　何度目かの確認の問いを投げる。心のどこかでこの厄介(やっかい)な禁止令を打ち破れないかと考えていた。

「む」

康和は返答に詰まって、助けを求めるように正勝を見た。

「よろしいのではないかと存じます。藩政が傾くほど菓子作りにのめり込まれるのは困りまするが、老舗の和菓子を楽しんでいただきながら、その作り方を学ぶのは姫様にとって悪いことではないと思いまするゆえ」

書や絵も嗜む程度であれば、かまわないのだろう。藩主よりも家老の方がゆるやかではあるものの、法度破りはまさに御法度。従わぬ藩士は座敷牢に押し込められる。

——不謹慎やもしれぬが、華やぎのない藩邸は、灯が消えた吉原遊郭のようじゃ。

一角は夜明け前の遊郭が好きではない。暗くて、なんとなく物悲しい気持ちになるからだが、本栖藩の上屋敷は、あの空気によく似ていた。数之進も『芸事禁止令』に気づいた頃ではないだろうか。

——おれの五両智恵でも、数之進の落胆ぶりは想像できる。さぞ、がっかりすることであろうさ。

鏡開きなのに雑煮が食べられないのを嘆くのは確かだった。

五

五両知恵も千両智恵に負けていなかった。

「雑煮はないのでござるか」

数之進は一角の想像どおり、大台所で衝撃を受けていた。各々配膳所で飯や総菜を載せた盆を受け取り、広間で食べるのだが、二十台ほどしかない箱膳は、運良く空いたときにだけ利用できる贅沢品のようだ。箱膳を手に入れられなかった藩士は盆を直接、畳に置いて食べるしかない。

「さよう。鏡餅を飾るのは、中奥の御座所と奥御殿、下屋敷の御座所だけでござる。むろん殿たちは召しあがられるが、われらはいつもどおりよ。なにも変わらぬ」

世話役の弥左衛門は、盆を持ってさっさと広間の片隅に腰を落ち着ける。献立は麦飯と青菜らしきものが少し入った薄い汁、そして、大根の煮物だけだった。米を節約するためだろうが、蕎麦は何杯でもお代わり自由らしく、茹でてのびきった蕎麦と冷たくなった汁が用意されている。膳だけでは足りない空きっ腹を蕎麦で補うのだろう。

膳のひどさもさることながら、ここに雑煮がないのは納得できなかった。

――せめて、漬物や梅干しがあれば。

本材木町へ帰ったとき、持って来ようと決めた。貧乏藩ゆえ麦飯はありうると思っていたが、総菜のひどさに呆れるよりも悲しくなる。こんな粗末な食事でお勤めに励めと藩士に言えるのだろうか。

――本栖藩には色がない。

広間を見まわして思った。表の各部屋や大台所には活気がなく、心の裡(うち)から湧きあがるような力が藩士たちから感じられない。墨絵(すみえ)は風情があるものの、政が執り行われる藩邸が墨絵のような世界というのでは、寂しさしか感じなかった。

「色」

不意に閃(ひらめ)いた。そうだ、三紗の言っていた新たな店は、春らしく華やかな色合いの菓子がよいのではないだろうか。なんにでも妙案のきっかけはあるものだと思い、広間の片隅で粗末な膳を食べ始めた。醬油や塩、出汁(だし)などを節約しているからなのだろう。大根の煮物も、ほとんど味がしなかった。

「数之進」

一角が盆を抱えて広間に姿を見せる。それだけで気持ちが明るくなった。友はまさに太陽、暗くなりがちな数之進を明るく照らしてくれる。すぐ近くに座っていた弥左衛門は、一角に会釈したが遠慮したに違いない。膳を隣に移さなかった。

「ひどい献立だな」

向かいに座って食べ始めたとたん、一角は率直な言葉を口にする。

「うむ。大根がよけいにあれば、浅漬けや汁の具にできるのだがな。これでは藩士の士気が落ちるのではないか。工夫を凝らして、少しでも膳を豊かにしてほしいものよ」

「珍しいではないか。いつになく素直に不満が出たのは、鏡餅を割った雑煮が食べられなかった怨みのせいか」

一角は笑っていた。

「それもある、が」

「野菜であれば、余っているように思えた場所がある。長屋近くに畑があったぞ。大根、葱や青菜らしき菜に牛蒡と、確か蕗もあった。蕗は植えたものではなく、自生しているようだが、来月あたりの方がより大きく育つであろうな。手入れの行き届いた畑だったが」

友は、ちらちら目を向けていた弥左衛門に話を振る。

「あの畑の野菜は、使うてはならぬのでござるか」

「盟友の早乙女一角でござります。小姓方にご奉公いたしました。同じ屋敷にご奉公できましたのは、幸いと思うております」

言い添えた数之進に、弥左衛門は小さく頷き返して、答えた。

「大台所の賄方で野菜が足りぬときなどは、あそこから採ってくる。主に中奥の御座所と奥御殿で使うているが、多く仕入れすぎてしまうこともしばしばでな。勘定方での話には出なんだが、うまく畑を利用して、もう少しましな献立にしてほしいものよ」

苦笑を滲ませる。自分で漬物や干し野菜を作るほどの暇はないが、旨いものは食べたいと思うのが人の常か。

「手間暇かけねば、満足できるものは食べられませぬ。お許しいただけますれば、それがし、野菜を使うた総菜や、大根の漬け物などを作りたいと存じまする。いかがでござりましょうか」

「否と言う者はおるまいが、念のため、お頭を通じて殿や賄方のお頭にお伺いしてみよう。二、三日、時をくれまいか」

「もちろんでございます。お願い……」

「この大食らいが！」

突如、怒鳴りつけるような大声がひびいた。

「まだ、飯を食うつもりか、無駄飯食らいの役立たずめが。蕎麦を食え、蕎麦を。貴様の米代だけで我が藩は潰れるわ。見ろ、抱え込んでいたお櫃が空っぽじゃ。おぬしの頭のようだな」

「なんだと？」

言われた藩士が立ちあがって睨み合いになる。まあまあと割って入る者がいて、あわやの事態は避けられた。

「みな、苛立っているのじゃ」

弥左衛門は溜息まじりに言った。

「俸禄は減らされるばかりで手許に残らぬ。どんなに節約しても、屋台の蕎麦さえ満足に食べられぬ有様でな。総菜が不味かろうと少なかろうと、蕎麦に飽きがこようと、食うのを許されている膳と蕎麦で、腹を膨らませるしかないのよ」

「豆腐などを利用して目先を変えるようにすれば」

そう言いかけて、ふたたび、閃いた。大屋の彦右衛門から頼まれた一膳飯屋の売りになる献立。あれも同じではないか。米を少なくした方が金はかからず、豆腐や味噌などを使えば節約できる。

「我が友は、なにやら閃いた様子。試しに大台所で作ってみるか」

一角の言葉に腰をあげた。ひと足早く弥左衛門は、自分の盆を手に広間をあとにしている。藩士たちはほとんど話すこともなく、無言で食べて立ち去るのだった。

「その前に畑を見たい。どんな野菜があるのか、この目で見ぬことにはな。献立を考えられぬゆえ」

「食いそこねた雑煮のことは忘れて、朝餉の献立を考えるか。おまえのさいぜんの表情によると、三紗殿や彦右衛門からの一文にもならぬ頼み事にも応じられる準備ができたと見ゆる。安くて簡単に作れて旨い一膳飯屋の売りになる飯。なれど菓子は砂糖を使うゆえ、どうしても金子がかかるだろうがな」

歩き出した一角に続いた。搬入する荷が多いため、大台所の賄所や膳所は藩邸の裏口に近い場所に設けられている。土間に降りて引き戸を開けると、凍りつくような風が吹きつけた。

「う」

数之進は思わず硬直する。袖から世津が作ってくれた襟巻きを取り出して巻いた。言い交わした相手であり、師走に郷里へ帰る直前、贈ってくれたものだ。それだけでも、心までかなり暖かくなる。一角は足袋も履かず裸足だったが、平気な顔をしていた。

「どうしたのじゃ。早く来い」

振り返って呼んだ。吐く息が、闇の中でも湯気のように見えた。数之進は首を縮こまらせて駆け寄る。

「おぬしは、寒さや暑さを感じぬのか」

今宵は今にも白いものが落ちてきそうな寒空で、星や月は出ていない。夜目の利かない数之進は、いつもの癖で一角の着物の袖をきつく握りしめている。こうすると安心できるのだった。

「鍛えているからな」

襟元を見て、にやりとした。

「世津からの襟巻きか」

「うむ」

「いつ、戻って来るのじゃ」

「こたびは、少し長くなると言うていた。母御の具合がよくないらしくてな。最悪の事態になるかもしれぬという文が届いたため、お世津さんが営んでいる総菜屋を、いったん閉めた次第よ」

世津の話をすると戻って来るだろうかと不安になる。数之進は女運がいいとは言えないことから、どうしても悪い方に考えがちなのだが……気持ちを切り換えて言った。

「姉様の話で思いついたのだが、わたしへの頼み事は一計を案じた結果やもしれぬ。姑の文乃殿と折り合いが良くないのは事実だろうがな。それをわざと公にして、自分は別の店をやりたいと相談すれば」

「そうか。総菜屋と菓子屋、二つのお店を同時に営めるな」

一角は歩きながら「うぅむ」と唸った。

「まことに三紗殿は、策士よ。女子にしておくのが惜しい傑物じゃ。待てよ、そうなるとだ。こたびの家出は杉崎殿も承知の上か」

「おそらく、な」

「姑殿との不仲を利用して、お店を二軒、構える策か。それで杉崎殿は、あまり慌てておらなんだのか。三紗殿よりも正直者のようじゃ」

「姉様は幼い頃より、秀でた才を持っていた。女子ゆえ学問は父上より教えを受けたのだが、一を聞いて十どころではない、千を知るほど憶えがよくてな。反対にわたしは憶えが悪いうえ、日がな一日ぼーっとしている始末。のろま、愚図と学問所に通う者からは、馬鹿にされたものよ」

「まことか。今のおまえからは、想像もできぬな」

「生田家の跡継ぎが馬鹿にされるのが、姉様は腹立たしかったのだろう。何度も、何度も指南してくれた。一度、憶えると忘れないのが、愚鈍だった幼い頃の、たったひとつの特技と言えなくもなかったのでな。今のわたしがあるのは、姉様のお陰やもしれぬ」

「そういうことにしておこう」

笑って歩みを止めた先に、小さな畑があった。しかし、星や月がない闇夜では、植えられている野菜などは確かめられない。

「場所はわかった。夜明け前にもう一度、来てみるとしよう」

「作物の話でおれも思い出したが、鳥海様が見舞い品としてお持ちになられた紀州産の蜜柑のことよ。おまえはなにやら意味ありげに、鳥海様と目顔をかわしていたが、おれと村上様にはわからなんだ。あれにはどういう意味があるのじゃ？」

「わたしが怪我をしたのを聞いた紀伊大納言様の側近が、『なにとぞ、よしなに』という含みを込めて届けた見舞いではあるまいか」

「つまり」

まだ、ぴんときていない様子の友に告げた。

「あくまでも推測だが、本栖藩は紀伊徳川家と繋がっており、御算用者の潜入探索はなかば公然の秘密になっているのやもしれぬ。できれば早く終わらせてくれと、本栖藩は紀州様に働きかけ、紀州様より鳥海様へという流れになった」

三代目の対馬守が、尾張藩主だった徳川宗春を敵対視していたことも無関係ではあるまい。尾張と紀伊はそれぞれ徳川御三家だが、互いに張り合う部分がある。三代目の対馬守以降、本栖藩はなにかと紀州公を頼りにしているのかもしれなかった。

「なるほど。紀州産の蜜柑には、かような意味が……む？」

一角が静かにと右手を挙げる。少し首を傾げて集中しているのが見て取れた。

「どうした。物の怪でもいたか」

唇が寒さと恐れで震えてしまい、軽口は不発に終わった。数之進もざわざわした人の気配をかすかにとらえている。大台所の勝手口から延びた小径の先、藩邸の裏門でなにか騒ぎが起きているようだった。

「数之進はここにいろ。おれが見てくる」

「いや、一緒に行く。ひとりで残されるのも恐ろしいゆえ」

すでに走り出していた一角を追いかける。裏門ではいくつかの提灯が揺れており、門番の怒声が聞こえてきた。

「帰れ、帰れ！」

「さよう。ここには、おまえの主などおらぬ。なにか勘違いしているのではないか。商人は屋敷内におらぬわ」

二つの声がひびいた後、

「いえ、てまえどもの主、〈岩城屋〉の甚五郎が、戻ってまいりません」

悲痛な声が聞こえた。数之進は一角と目顔をかわした後、そろそろと歩を進める。

二人の門番が、裏門の切戸を開けて話をしていた。

六

「どうか、お取り次ぎをお願いいたします」

外から声がひびいた。うすぼんやり見えるのは、切戸の向こうに平伏しているような人影だった。名乗った屋号の番頭、もしくは手代ではないだろうか。戻らない主を案じて、奉公人が訪ねて来たように思えた。

「御手伝普請作事方、いえ、お留守居役の遠山様の方が早いかもしれません。てまえどもの主は、一月元日、こちらのお屋敷に年賀のご挨拶に伺ったはずでございます。

すでに十日ほど経ちましたが、主は帰ってまいりません。どうか、どうか、遠山様にお取り次ぎくださいませ」

「………」

絶句した数之進の袖を、一角が意味ありげに引いた。

てまえどもの主は〈岩城屋〉の甚五郎、元日に年賀に訪れたが、以来、自宅に戻っていない。数之進が町人らしき男に襲われたのは、翌日の一月二日だ。

——もしや、あの男は〈岩城屋〉の主なのか？

右脇腹の傷口が、疼くように痛んだ。なぜ、お店の主が数之進を刺したのか。御手伝普請作事方の話が出たのは、永代橋の普請に関わるお店だからなのか。どうして、主は戻らないのか。

——小伝馬町の牢屋敷にいるから、か？

そう考えると辻褄が合う。男がなにかを語ったという知らせは受けていないが、帰りたくても帰れないのではないか。死を覚悟しているのだろうか。

疑問は膨れあがるばかりだが、今はやりとりに気持ちを向けた。

「帰れと言うたではないか」

門番のひとりが言った。

「この間も言うたはずだぞ。何度、来てもお取り次ぎはできぬ。そもそも本日、商人は来ておらぬのじゃ。年賀の挨拶には大勢の商人が訪れたがな」

今宵が初めてではなく、何度か訪れているようだ。

「いかにも。正月には確かに、数えきれぬほどの商人が来た。なれど今日はだれも来ておらぬ。いないものをいるとは言えぬ。この屋敷内に町人はおらぬわ」

継いだもうひとりの声に、切戸越しの嘆願が重なる。

「お取り次ぎくださいませ。なんの連絡もないまま、主が十日も帰らないなどということは、今まで一度もありませんでした。お留守居役の遠山様は、おいでにならないのですか。遠山様ならば、なにかご存じなのではありませんか。お取り次ぎください。お願いいたします！」

帰れ、いえ、お取り次ぎを、というやりとりが続いた。遠山義胤は、永代橋の普請を勝ち取った人物とされている。名指しになったのは、主の話に出ていたからではないのか。

――それほど大きな作事が必要とは思えないんだが。

左門や李兵衛との下調べでは、永代橋自体に何カ所か修繕が要るようには感じられたが、橋杭や橋桁、橋脚といった重要な箇所はまだ大丈夫なように思えた。もしや、小判稼ぎの普請かという疑惑はあるが、より頑丈な橋にすることに反対の声をあげられるはずもない。崩落事故の恐怖が冷めやらぬ状態では、安心して永代橋を利用できなかった。

数之進は一角を促して静かにその場を離れる。

「尾行けるか？」

一角が言った。以心伝心、よくわかっていた。

「うむ。目立たぬように外へ出たいのだが」

「来い」

告げるや、一角は闇に覆われた藩邸内を慣れた足どりで歩き始める。所々に石灯籠はあるのだが、倹約のためだろう。灯を点けていないので小径の存在さえ定かではない。にもかかわらず、友は陽の下を歩くように長屋門まで案内した。門番がいたら幾ばくかの銭を握らせるつもりだったが、これまた、倹約のためなのか。長屋門にはだれも見当たらなかった。

「門番がおらなんだのは幸いか」

潜り戸を開けた友に、数之進は続いた。

周囲は譜代大名家の屋敷が建ち並ぶ地域であり、他藩は門前に提灯などを吊していることから、多少は明るいものの、数之進にとっては闇の世界。一角の着物の袖を必死に摑み、裏門まで走った。

「帰れっ」

「お待ちください、お取り次ぎを、お願いいたします！」

「うるさいっ、二度と来るな！」

門番の怒声がひびき、切戸が荒々しく閉められる。それでも男は諦めきれないらしく、しばらくの間、戸を叩いて懇願していたが……やがて、立ちあがり、力ない足取りで歩き出した。

訴えていた主のことが気になるのかもしれない。一歩、進んでは振り返って、また歩きという動作を繰り返していた。

「話しかけてみるか」

一角の囁くような問いかけに首を振る。

「いや」

彼の者の主が数之進を刺した男であれば、問いかけて簡単に答えるとは思えなかった。もとより、商人は口が堅くなければ店は成り立たない。さらに御手伝普請なる大きな作事が関わっているとなれば、貝のように口を閉ざすことは容易に想像できた。

ゆえに、尾行けて店を突き止めた方がいいと判断したのである。すぐに追いかけようとしたが、肝心の一角は数之進の腕を摑み、足を止めていた。

「どうした？」

小声で訊いた。

「しばし待て」

ほどなく、裏門の切戸が開き、いくつかの人影が出て来た。遠目であるうえ、闇夜なので人数まではわからないが、躊躇うことなく立ち去った男を追いかけて行く。口止めするための刺客かもしれない。

「剣呑な雰囲気だな」

「刀と脇差を」

数之進は言ったが、一角はすでに走り出していた。広間で夕餉を終えた後の二人は、当然のことながら丸腰だ。しかし、取りに戻る暇はないと思ったに違いない。同意見だが、はたして、守りきれるのか。

——は、速い。

奉公人らしき男を助けるため、一角は風のように疾る。数之進は遅れながらも懸命に走った。握りしめていた着物の袖は、友が走り出した時点で手から離れている。心細くてならないが、姿を見失うまいと必死だった。

「待てっ」

一角の怒鳴り声が闇を切り裂いた。襲いかかろうとしていたひとりに、後ろから体当たりしたのが見えた。勢いよく前に倒れた男から、一角は素早く刀と脇差を奪い取ったに違いない。

「これを！」

投げられた脇差を、数之進は受け取って鞘から抜いた。四、五人はいるだろう。尾行けられているとは思わなかったのか、刺客たちは狼狽えているようだった。その隙に一角はひとりの背中を突き、もうひとりに見事な袈裟斬りを浴びせかけた。

「ぐぁっ」

雷のような斬撃を避けるのは、むずかしかっただろう。

のけぞった男は、音をたてて後ろに斃れる。とそのとき、数之進は背後に人の気配をとらえた。闇のなか、ヒタヒタと足音が近づいて来る。新手かと思い、友と背中合わせになったが……。

「案ずるな」

一角の言葉で安堵の吐息をついた。現れた二人は、鳥海左門の配下。見張り役のかれらがいるのを知っていたからこそ、一角は数之進を置いて疾駆したのだ。刺客の残党は形勢不利と見て取ったのか、闇に融けるように姿を消していた。

「かたじけない。助かりました」

数之進は、左門の配下に礼を言い、助けた商人らしき男を探したのだが、彼の者もまた、姿を消していた。

「恩知らずなやつめ」

一角が袖から手拭いを取り出した。最初に刀と脇差を奪った男は、まだ生きている。手拭いで後ろ手に縛ろうとした刹那、男はいち早く落ちていた仲間の刀を取った。喉を突こうとしたが、これまた雷光のような動きで一角が奪い取る。

「死なせぬ」

抑えた声で告げた。

「仲間の分まで生きろ」

その言葉が心にひびいたのか、

「…………」

抗っていた刺客の身体から急に力が抜けた。

「あとは、我々が」

左門の配下が、男に素早く猿ぐつわを咬ませて後ろ手に縛りあげる。捕らえられたら自死せよと命じられていたのだろうか。ひとりはなんとか助けられたものの、冷たい地面には二つの骸が横たわっている。

不意に一角が平伏した。

すまぬ。

と、無言で二人に謝罪しているように見えた。丸腰だったのだから仕方ないと言ってしまえばそれまでだが……友が己を責めているのがわかった。数之進もまた、黙って隣で平伏する。

「鳥海様にお知らせいたします」

配下のひとりが告げて走り出した。血腥い風が、吹きつけている。木柄藩の藩士と思しき生き残りは、虚ろな目を宙に据えていた。

第三章　商人喰い

一

一月十五日。

月次登城日である。

村上杢兵衛は、鳥海左門に供を仰せつかって、江戸城の『芙蓉の間』近くに控えていた。廊下から見える広々とした中庭は、四季折々の花木が順番に咲くように配置されている。形よく剪定された梅の木は、折良く満開のときを迎えていた。白梅や紅梅の芳しい薫りが漂ってくる。しかし、贅沢な庭を楽しむ余裕はなく、杢兵衛はつい『芙蓉の間』に目を走らせていた。

幕府の実権を握る老中や若年寄、大目付、十人目付といったお歴々が集う城内の溜まり場で、諸藩の江戸家老や留守居役、用人などが話を集めるために覗きに来るのが常だった。

左門はめったに登城しないのだが、松平信明に呼ばれたらしく、この日は『芙蓉の間』に真っ直ぐ足を向けていた。両目付の職に就く前、十人目付のひとりだった左門の異名は夜鴉左門。いつ、どこで見ているのかわからぬという畏怖を込めて、旗本たちはいつの頃からか、そう呼ぶようになったと聞いていた。

――本栖藩の家老、もしくは留守居役が姿を見せたときには、捕らえた侍の話をさりげなく持ちかけるお考えやもしれぬ。

杢兵衛なりの考えだった。

一月十一日に起きた剣呑な騒動の折、生き残った本栖藩の藩士と思しき若い侍は、左門の屋敷へ連れて行かれた。すぐに両目付自ら調べ始めたのだが、ひと言も発することなく、座敷牢に座って宙を見据えたまま微動だにしない日々が続いている。

――小伝馬町の牢屋敷送りになった町人ふうの男も然り。なにも話そうとはせぬ。巨額の小判が動いているのは間違いあるまいな。

配下の調べによって、一昨日、ようやく〈岩城屋〉が深川の材木問屋であることは突き止められた。大店とまではいかないものの、尾張に本店を持つ中店で、そういった関わりから本栖藩と繋がりがあったと思われた。

左門が内々に店の御内儀を訪ねたのだが、主の甚五郎は尾張の本店に行って留守とのことだった。

――小伝馬町の牢屋敷に入れられたが最後、命が危うくなるは必至。この寒さや獄内であたりまえのように行われる私刑で、甚五郎と思しき男は死ぬやもしれぬ。

死ぬ覚悟を決めているのだろうか。あるいは、本栖藩の助けを期待しているのか。袖の下を贈った幕府の重鎮に働きかければ、左門が引くと思っているのかもしれないが……そんな甘い男ではなかった。

「ウグイスが」

李兵衛は中庭に目を走らせる。姿は見えないが、鳴き声は聞こえていた。鳴き声は泣き声を連想させ、本栖藩の『芸事禁止令』という異常な定めが浮かんだ。朝餉や夕餉といった膳の貧しさも数之進たちの知らせでわかっている。藩士たちは、ひたすら耐え忍ぶ日々であるに違いない。

諸藩改革というお題目を掲げて小藩を改易し、その領地を取り上げる。

かつて御算用者に命じられた無謀な策を、逆に小藩を救うという心憎い策で左門は応じてきた。借財を返済する智恵を授け、藩の財政を軌道に乗せて次の潜入先に赴くのだが、いまだに誤解する者が多く、数之進と一角は危険な目に遭うことが珍しくない。

それでも、数之進の口から辞めたいという言葉を聞いたことは一度もなかった。

〝倹約は旨い料理を作るのと同じで、手間暇かけねばできませぬ〟

数之進の名言のひとつを思い出している。危険な役目に就いて丸二年。三年目の春を迎えたからなのか、左門の言葉も甦っていた。

〝幕府は腐っておる。潰すのは諸藩ではなく、幕府よ〟

口にしたのは一度だけだが、数之進と一角を守る姿勢がつまり、幕府から見れば反逆者となるのかもしれない。おそらく今も『芙蓉の間』で、のらりくらりと松平信明の追及をかわしているだろう。中庭に面した廊下の片隅で、つい笑っていた。

「お」

目をあげたとき、こちらに近づいて来る男が見えた。御三家のひとつ、紀伊徳川家の用人で、年は五十代なかば。なぜかいつも忙しなく歩いている。紀伊徳川家が本柄藩の後ろに控えている大藩なのは、むろん承知していた。

「村上殿。ご息災でなによりでござる」

呼びかけられた後、

「寄る年波には勝てませぬ。今年はひときわ寒さがこたえまするゆえ、お迎えが近いやもしれませぬ」

杢兵衛は答えた。用人は口もとに笑みを浮かべていたが、両目は笑っていなかった。

「いやいや、村上殿はお若い。拙者も負けられませぬ」

儀礼的な挨拶をかわしたとたん、作り笑いが消える。

「両目付様は？」

その問いには目で『芙蓉の間』を指した。

「ご老中様と話しておられます」

「さようか」

小さく頷き返して、続ける。

「それにしても、村上殿の上役は噂にたがわぬ変わり者、あ、いや、人とは違うお考えの持ち主でござるな。過日、蜜柑に添えておいた『挨拶状』でござるが、自ら屋敷まで返しに来られ申した」

挨拶状が小判であるのは言うまでもない。しかもかなりの金額だったであろうことは、呆れたような顔に浮かびあがっていた。いかにも左門らしい『返事』であり、杢兵衛に知らせなかった点にも、左門の気遣いが表れているように感じられた。

──話せば、わしが使いの役目を引き受けなければならなくなると考えられたか。

蜜柑は受け取って数之進への見舞いとして渡したが、あれは紀州徳川家が本栖藩の後ろにいることを知らせるためではないだろうか。それがなければ、蜜柑も返していたかもしれなかった。

「ふらりと、供も連れずにおいでになられたのでござる。風呂敷に包んではおられましたが、不用心というかなんというか。殿はご不在だったため、それがしが名代としてお目にかかった次第。真剣な表情でこう申されてな」

声を低くして告げた。

〝変わった蜜柑でござるな。生まれてこのかた、黄金色の蜜柑を見たのは初めて。それがし、食い慣れておりませぬゆえ、あたるのではないかと思いまして、お返しにあがった次第でござる〟

李兵衛は吹き出しそうになったが、こらえた。いかにも左門が言いそうだった。川人の目が、探るように動く。

「あれは、その、どういう意味でござろうか。かような仕儀は初めてでござってな。留守居役はむろんのこと、我が殿にもご相談申しあげたのでござるが、直接、訊いてみよと仰せになられたゆえ」

李兵衛に訊いた時点で直接ではなくなっているのだが、この手の話はそういうものだ。こだわるのは、自分たちぐらいではないだろうか。

「裏表のないお方でござる。非礼にならぬよう、自ら『返事』をしに屋敷を訪ねられたのではないかと思います次第。特に深い意味はないものと存じまする」

「深い意味はない」

用人は当惑と困惑の渦に落ちた、ようだった。

〝袖の下は受け取れませぬ、ゆえに、こちらのやり方で自由に探索させていただきたく思います次第〟

左門はそう答えたのも同然なわけで、深い意味がある。わざと皮肉を込めたのだが、どう思ったのか、

「ちと耳にしたのでござるが、村上殿は、近々、お子が生まれると伺い申した」

いきなり私的な話を振った。

「あ、いや、まあ、その」

恥じて、狼狽える。

〝とうに還暦を過ぎた年寄りが、よりにもよって行儀見習いの女子に手を出すとはいい物笑いの種よ。どの面さげて出仕すればよいのか〟

などと息子たちにさんざん言われた結果、隠すようになっていた。訊かれた場合は答えるが、それ以外は敢えて口にしないように気をつけている。なぜ、突然、そんな話を持ち出したのか。さすがに強い警戒心が湧いた。

「目出度い話でござる。あやかりたいものよと話していたのでござるが、なにかと物入りでござろう。旗本になれば禄高が増えるは必至。御身に万が一のことがあった場合、跡目を継いでおられるご嫡男に、これから生まれるお子を託さなければなりませぬからな」

含みを残して、目を据えた。

「いかがでござろうか」

「…………」

杢兵衛は返事に窮して黙り込む。

旗本になるというのは杢兵衛の長年の悲願であり、夢でもあった。眼前の用人が言うとおり、跡目を継いだ長男に、これから生まれる子どものことを頼みやすくなるのは間違いない。あとどれぐらい生きられるか、孫のような子といつまで一緒にいられるのか。

不思議なもので子が生まれるとなったとたん、激しい生への執着心を感じるようになった。生きるためには金が要る。それには、と、堂々巡りして眠れぬ夜を過ごすこともしばしばだ。

「両目付様の屋敷に連れて行かれた男は、諸藩には関わりのない不届き者。一緒にいた牢人たちもまた、どこのだれとも知れぬ輩でござる。辻斬りの類やもしれませぬな。町人を襲って金を奪うつもりだったのでござろう。両目付様の配下が捕らえたのは重畳でござった。一日も早く刑を執り行ってほしく思います次第」

さっさと始末しろと迫った。下級藩士、いや、たとえ上級藩士であろうとも、事態が悪くなれば簡単に切り捨てられる。それが侍の常だ。

用人はいつの間にか、右手に小さな風呂敷包みを持っていた。まさか、江戸城の廊下で袖の下を渡されるとは思わず、李兵衛は対応が遅れた。

「いや、それがしは」

さがろうとしたが、相手はずいっと前に出る。李兵衛の右手は、中途半端に宙で止まった。

「ほんのご挨拶でござる。気になさるようなことは……」

「拙者の配下が、なにか不調法でも？」

李兵衛の後ろで声がひびいた。左門だった。

「…………」

肝が冷えたのは言うまでもない。左門や一角ほどではないが、日々、李兵衛も剣術の稽古に励んでいる。特に子が生まれるとわかった後は、朝晩、跡継ぎや左門の屋敷の武道場へ行き、厳しい鍛錬をするようになっていた。ここにきて人の気配を鋭くとらえられるようになったと自負していたのだが……まったく役に立たなかった。

――おそろしいお方じゃ。

夜鴉左門の異名を、このときほど強く感じたことはない。李兵衛は宙で止まったままの右手を静かにおろした。

「これは両目付様」

用人も狼狽えただろうが、素早く押し隠した。

「村上殿にお子が生まれると聞きまして、お祝いを述べており申した。還暦を過ぎてなお若々しい秘訣を、伺うていたところでござります。拙者もあやかりたいものだと思いまして」

さすがは大藩の用人、李兵衛は額に汗が滲んでいたが、平然としている。左門は笑みを返して、ちらりと目を走らせた。

「蜜柑でござるか」

見たのは、用人の右手にある小さな風呂敷包み。

「あ、いえ」

口ごもって両目を泳がせる。とまった視線の先には、少し遅れて『芙蓉の間』から出て来た松平信明がいた。金壺眼（かなつぼまなこ）がじっと三人に向けられている。李兵衛はさいぜん以上の悪寒（おかん）を覚えた。

「紀州産の蜜柑は、時々、あたることがあるらしいゆえ、気をつけた方がよいかもしれぬな。年寄りには命取りになるやもしれぬ」

左門の言葉に、李兵衛は深く頭（こうべ）を垂れた。

「は」

ますます冷や汗が滲むばかり。顔をあげられなかった。

「そういえば」

と、左門は用人に目を向ける。

「過日（かじつ）、辻斬りしようとした牢人を捕らえ申した。三人のうち、二人はやむなく斬り捨てましたが、荼毘（だび）に付して遺骨は当家で預かっております。身寄りがあれば知らせてほしいと思います次第」

「いや、当家は与（あず）り知らぬことでござる。先程、村上殿にもお話しいたしましたが、諸藩には関わりなき騒ぎと存じます。物騒なことだと驚きましたが」

「食い詰めた挙げ句の乱心らしゅうござってな。座敷牢では身体がなまると思い、武道場で軽く手合わせしたのでござるが、かなりの遣い手でござった。はてさて、いかがするべきかと思案の最中でござる」

「さようでござるか」

　用人は二度目の当惑と困惑に落ちた、ように見えた。目が忙しなく動き、李兵衛や松平信明を行き来する。

――武道場で稽古とは……まことにもって読めぬお方よ。

　李兵衛は驚くやら、呆れるやらだった。少し離れていたが聞こえたのだろう。信明は廊下に控えていた供を促して立ち去った。

「蜜柑は美味しく馳走になり申した。その儀、紀伊大納言様にお伝えくだされ。それでは、ご無礼つかまつった」

　辞儀をした左門に、李兵衛は倣った。話が終わるのを待っていたのか、廊下の先に配下のひとりが立っている。頭格の者だが、よほどの事態が起きなければ重鎮たちが集う場まで知らせには来ない。

「あ」

杢兵衛は遅ればせながら、『姿なきウグイス』のことを思い出している。配下との連絡方法として、昼間はウグイス、夜はフクロウの鳴き声で合図せよと先日、決めたのだった。この話は数之進ではなく、一角に伝えたことも甦っている。

――先程の鳴き声は、訪れを知らせるものであったか。

配下に耳打ちされたとたん、

「なに？」

左門の表情が変わる。とそのとき、杢兵衛は紀伊徳川家の用人の顔が視野に入った。肩越しに振り向いた彼の者は、かすかに唇の端を吊りあげ、笑ったように見えた。

「数之進と一角に伝えよ」

小声の命を、配下は受ける。

「は」

日差しが降り注ぐ中庭では、梅の木に舞い降りた本物のウグイスが鳴いていた。

二

姿なきウグイスの鳴き声が、本栖藩の上屋敷でひびいている。

「春らしい暖かさよ」

一角は、野菜を洗いながら言った。

「そうか？」

応じた数之進は、井戸水を汲(く)みあげながら震えていた。二人とも袴(はかま)の裾(すそ)と着物の袖をたくし上げ、藩邸の大台所の外に設けられた井戸で、夕餉の彩(いろど)りに使う野菜を洗っていた。陽が傾き始めた一月の昼下がりは、北風に変わったこともあり、足下(あしもと)からしんしんと冷えてくる。

「ウグイスは鳴き声だけで姿は見えなんだが」

数之進は冷たくなった両手に息を吹きかけた。不意に遊び心が湧き、ウグイスの鳴き真似をしてみる。

「お」

一角が笑った。

「今のは、数之進ウグイスか。おまえは色々芸があるな。待てよ」

ふと首を傾(かし)げて、数之進を見やる。

「たった今、思い出したのだが、一月二日の騒ぎが起きた折、いや、起きる前だったか。ウグイスが鳴いたのを気にかけておらなんだか」

「うむ。もしや、橋の番人を務める髪結い床の男が、われらのことをウグイスの鳴き声で、刺客に知らせたのではないかと思うてな。引っかかった次第よ」

刺客と言うにはあまりにも頼りない町人ふうの男は、小伝馬町の牢屋敷にいる。永代橋を渡ろうとしているのが生田数之進と早乙女一角だと彼の者に知らせるため、ウグイスの鳴き真似をしたのではないか。

「つまり、われらが姿を見ておらぬ東河岸の髪結い床の男は、刺客を遣わした真の下手人に命じられて動いたことになるわけか」

「おそらく、そうではないかと、わたしは思うておる。騒ぎが起きた朝、東河岸の髪結い床には明かりが点いておらなんだ。ゆえに引っかかった次第よ」

数之進はもう一度、畑に植えたばかりの苗を見た。左門の屋敷の一隅に畑を作らせてもらい、そこで種から何種類かの野菜の苗を育てている。本栖藩の野菜畑に空いている場所があったことから、そこにのらぼう菜の苗を植えたのだった。

「だれが手入れをしているのだろうな」

独り言のように呟いた。さほど大きな畑ではないが、雑草をこまめに抜き取って、大根や牛蒡、里芋、青菜などを大事に育てている印象を受けた。会いたいと思い、今朝は夜明け前に来てみたのだが、畑の番人は姿を見せなかった。

「おまえのように、畑仕事が好きな藩士がいるのだろう。それよりも、数之進。由岐姫様のことよ。菓子を作ってみたいと仰せなのだが、すぐに飽きてしまわれては苦労が水の泡じゃ。遊びながら作れるような菓子はあるか」

一角はあの後、一度、由岐姫のお召しを受けて奥御殿に足を運んでいた。康和の供をして渡ったのだが、そういった話は詳しく伝えられている。あまり凝りすぎると途中で投げ出す懸念もあった。

「わらび餅はどうだ。こねるのが面白いやもしれぬ。できたてを食べると、口の中で蕩けるように旨い。わらび粉はたやすく手に入るゆえ、よいのではあるまいか。あぁ、話しているうちに食べたくなってきた」

「三紗殿や彦右衛門からの頼み事については閃いたのか。あまり口にせぬので、おそらく浮かんだのだろうと思うているが」

「彦右衛門さんの頼み事は、昨夜の夕餉から試している」

「大根飯か。そして、朝餉は里芋飯。みな、すごい勢いで食べていたな」

一角の口もとがほころんだ。今朝は、この畑で採れた里芋を麦飯に入れて炊きあげたのだが、我も我もとお代わりを連発されて、あっという間になくなっていた。米の節約にもなるうえ、量も増えて腹がふくれる。

「目先を変えれば、麦飯であろうとも旨くなる。大根飯や里芋飯は飢饉時の糧飯としても食べられるが、ふだんから取り入れるようにすれば節約にも繋がるからな。藩士が少しでも元気になってくれればいいと思うているのだ」

「然り。昨日までは通夜のような膳だったではないか。気が滅入ることこのうえなかったが、旨い飯を食えば自然と気持ちが明るくなるものよ」

「青菜はこれぐらいでよかろう。彩りに添えるだけゆえ」

数之進は告げて、洗った青菜を籠に載せ、藩邸の大台所に足を向けた。勝手口でふと振り返る。一角が籠を持ったまま首を傾げていた。

「どうかしたのか」

「いや、なにか大切なことを忘れているような」

「大切なことであれば思い出すであろうさ」

と、大台所に入った。賄所の者たちが忙しく立ち働いている。節約と工夫、そして、手間暇を惜しまないという基本を、なかなか実践できずにいたようだが、数之進と一角が作った昨夜の夕餉が綺麗に片付いたのを見て俄然、やる気が出たのだろう。

「生田殿。大根の梅酢漬けはこれでよいか」

賄頭の言葉を、ひとりが継いだ。

「こちらも味見を頼む。こんにゃくの炒め煮ができた」

梅酢漬けは、梅干し漬けのシソを利用した浅漬けで、こんにゃくは油でさっと炒めて味醂や醤油で味付けしてから、最後に一味唐辛子をからめた総菜だ。三紗の店では定番の品だが、怠け気味だった本栖藩の台所では目新しく映るに違いない。

「うん。どちらも、いい塩梅に仕上がりましたね」

数之進の隣で、一角も味見をする。

「食べ慣れた味だな。汁は納豆汁だったか」

竈に載せられた大鍋を見やった。まだ野菜を煮ている段階だが、いい薫りに気づいて腹の虫が疼くのかもしれない。入れ替わり立ち替わり、藩士が様子を見に来る。なかには手伝い役に名乗りをあげる者もいて、土間は賑わっていた。

「さよう。豆腐を頼むついでに納豆も届けてもろうた。して、夕餉の飯はいかようなものになるのじゃ。飯に豆腐を使うと聞いたときから気になってならぬ」

好奇心満々の賄頭に答えた。

「朝炊いた飯が少し残っているので、見本を作ってみます」

数之進は丼をひとつ取って、あらかじめ作っておいた葱味噌を一番下に敷いた。この味噌には山椒も隠し味で加えてある。手に入れば山葵が理想なのだが、貧乏藩の台所では贅沢は禁物だ。

「次に水切りして食べやすい大きさに切った豆腐を二きれほど載せます。さらにその上に麦飯を載せて完成となりますが、これは夏向けで、今はまだ寒いため、温めて湯切りした豆腐に炊きたての麦飯をよそい、あとは混ぜてかっこみます」

渡した丼の麦飯や具を、賄頭は言われたとおり混ぜた。夏向けの冷や飯でも驚くような味だったのだろう、

「旨い！」

思わずという感じの声が出た。他にも試す者がいて、空きっ腹にはよけいしみたのかもしれない。食べながら何度も「旨い」というように頷いていた。

「丼に葱味噌を敷いておけば、あとは温めた豆腐を湯切りして載せ、炊いた麦飯を盛りつけるだけです。配膳台に葱味噌入りの丼を並べておき、大鍋で温めておいた豆腐を載せて、最後の麦飯は自分でよそうという流れです」

「麦飯はお櫃に入れなくてもよいのか」

賄頭の問いには正直な答えを返した。

「本当はお櫃に入れた方が、余分な水分が飛んでべちゃっとしなくなります。ただ、麦飯は冷めると白飯よりも硬くなりますから。冬場は麦飯が温かいうちに、温めてお

いた豆腐と混ぜて食べるのが、よいのではないかと思いまして」

「確かに夏ならばお櫃で水分を飛ばした方がよいな」

またしても賄頭が言った。賄方の藩士は朝餉のときに残った麦飯で、早めの夕餉を摂っている。表の各部屋は相変わらず沈んだ空気に覆われているが、大台所だけは妙な活気に満ちていた。

「はい。その方が旨いと思います」

「お。また、ウグイスじゃ。姿は見ておらぬが、今日は何度も鳴くな」

ひとりの藩士が言った瞬間、

「あっ」

一角は声をあげた。

「失念しておったわ。それがし、ちと厠でござる」

慌てて大台所から飛び出して行く。忘れていた大切なことを思い出したのではないだろうか。小さな笑いが起きて、数之進は賄頭と目を合わせた。

「わしは生まれて初めて食したが、この旨い飯に名はあるのか」

「『うずみ豆腐』と呼ばれるようです。豆腐が飯で埋まるからでしょう。見たままの呼び名でございます。朝餉のときは忙しいので無理かもしれませんが、夕餉は早めに献立を記して、膳の内容を知らせるようにいたしまするか」

遠慮がちな提案には、数之進の想いが込められていた。楽しみが多いようには見えない藩士たちに、多少なりとも沸き立つような気持ちを味わわせたかった。定めでがんじがらめになった状態は、座敷牢に閉じ込められた罪人のよう。息苦しくて辛くなる。

「よい考えやもしれぬ。励みになるのではないか。こうやって藩士たちが手伝うてくれると、わしも助かるのだがな」

「賑やかじゃのう」

勘定方の世話役・中井弥左衛門が現れた。

「やけに騒がしいゆえ、何事かと思うてな。見に来た次第よ」

夕餉が待ちきれないようだった。他の藩士たちも何気なさを装って、見に来ているように思えた。それほどに本栖藩は、楽しみがない場所という証ではないだろうか。

「昨夜から膳の内容が、だいぶ変わったではないか。夕餉の大根飯と根菜を煮た総菜は旨かった。大根が黄色く染まっていたあれは、どうやったのだ？」

弥左衛門が訊いた。昨夜は試作として夕餉を数之進たちが作ったが、初日はうまくいったとは思えなかったので苦笑いになる。

「クチナシで染めたのですが、白飯であれば色が映えたのです。なれど麦飯では、目立たなくなってしまいました。出汁で炊いたので、味は悪くなかったと思いますが」

「旨かったぞ。今朝の朝餉もじゃ。わしは里芋飯をお代わりしてしもうた。青菜の辛子和えも絶品であったな。味噌汁はなんということのない青菜の具だったが、いつになく深い味わいの汁になっていた」

「煮干しで出汁を取っておいたからだと思います。煮干しの頭と腸部分は、苦みが出るので取り除きました。この取り除いた腸は、根菜を煮る際に用いれば無駄になりません。出汁代わりになりますので」

「煮干しの頭と腸は取り除くのか。濃やかな心遣いが、旨い飯を作るコツだな。それにしても、さすがは勘定方よ。料理にも質素倹約を取り入れるとは」

弥左衛門の感心するような言葉に会釈を返して、訊いた。

「ひとつ気になることがございます。われらの長屋近くにある畑でございますが、どなたがお手入れなされているのですか。一度、お目にかかってお礼をと思うているのですが、会えずに終わっております」

「う、いや、あの畑の手入れをしているのは」

急に口ごもって、視線を逸らした。

「抱屋敷の藩士でな。野菜作りが好きなのであろう。わしもあまり話したことはないゆえ、ようわからぬのじゃ」

話したくない事柄のように感じられたので、あたりさわりのない返事をする。

「さようでございますか」

「数之進」

抑えた呼びかけは、一角が発したもの。失念していたのは、ウグイスの鳴き声に関わることかもしれない。友は緊迫した空気を、賑わう台所に運んで来た。

三

昼間、呼ぶときはウグイス、そして、夜の場合はフクロウ。それが数之進たちと両目付の配下との合図であり、良い知らせであることは少ないかもしれなかった。

「『商人喰い』よ」

左門は言った。

「近頃、巷ではかような呼び方をするようになった由。商人にとっても、なんらかの利があるゆえ、小判を注ぎ込むのだろうがな。大名貸しで店が潰れるのは、もはや珍しい話ではなくなった」

　士分を小判で買い求めた商人は、大名からわずかばかりの扶持米をもらい、家来衆となる。そのため、主を訴えるわけにはいかず、泣き寝入りするのが常だった。おそらく深川の材木問屋〈岩城屋〉の甚五郎は、『商人喰い』の犠牲者であろうと思われた。

「杢兵衛の調べでは、すでに二人の商人が自死しているとのことだった。店が潰れるか、自死するか。自死した挙げ句、潰れる場合もあるやもしれぬがな。真の下手人は、数之進を刺した男に対して、御算用者を仕留めた暁にはと借財の返済をほのめかしたことも考えられる」

　左門は深川の材木問屋〈岩城屋〉の甚五郎と思しき男が、なにも語らなかった理由を口にした。沈黙を守り抜けば店は存続できる。定かではないが、甚五郎と思しき男が悲痛な覚悟を決めていたのは確かなようだった。


　翌日の早朝。

　数之進と一角は、上役の鳥海左門らとともに、小伝馬町の牢屋敷を訪れていた。村上杢兵衛は非番なので今日は同道していない。

この牢屋敷は幕府の牢屋のうち最大のものであり、評定所や火附盗賊改からも収容者が送られて来る。広さは約二千六百七十七坪。表間口五十二間二尺（約九十四メートル）余、奥行五十間（約九十メートル）で、三方を土手で囲み、周囲には高さ七尺八寸（約二・一メートル）の練塀をめぐらせていた。逃亡を防ぐためだろう。塀の外側には堀も設けられている。表門は鉄砲町の通りに面しており、反対側の裏門は小伝馬町二丁目の横町に面していた。

鳥海左門の供を務めているのは、数之進と一角、さらに四人の配下だった。配下のひとりが三紗の夫——杉崎春馬だったことに盟友は驚いたようだが、数之進は「やはり」と得心していた。遣い手であり、尾張出身であるため、こたびの潜入探索に合力しているのは間違いない。会った瞬間、小さく会釈して挨拶を終えている。よけいな話はしなかった。

一行は裏門近くの改番所の前に控えていた。

「それにしても」

一角は続きを唇だけ動かして告げる。

臭い。

領くしかなかった。春とは名ばかりの、池に氷が張る寒さであるにもかかわらず、敷地内には悪臭が満ちみちていた。外にいてこれだけ臭うのだから、中にいる囚人は辛いほどであるに違いない。これが夏だったらと怖気立つ思いがした。

初めて牢屋に入った者は悪臭にあたって牢疫病になったり、下痢が止まらず衰弱死する者が多いと聞いていたが、大仰な話ではないのだと今更ながら実感していた。

「両目付様。それがし、様子を見て参りまする」

痺れを切らした一角が申し出る。生来、短気ではあるが、だれしも長居したい場所ではなかった。無実の罪で投獄された挙げ句、私刑に遭って命を落とした者も少なくないだろう。獄死した民の怨嗟の声が、風に乗って聞こえてきそうだ。

「しばし待て」

床几に座したまま左門は答えた。はじめは表門で名乗ったのだが、裏にまわれと言われて待つこと約一刻（二時間）。一角がふたたび立ちあがりかけたとき、

「これは、両目付様」

改番所から配下を随えた正装の男が出て来た。羽織の家紋からして、牢屋奉行の石出帯刀と判断する。石出氏は代々世襲制で石出帯刀を名乗っていた。年は四十前後、支度と確認に手間取ったのではないだろうか。

帯刀が現れたのを見て、左門はようやく立ちあがる。数之進たちは、蹲踞の姿勢に

なって控えた。

「幕府両目付・鳥海左門でござる」

深々と辞儀をして名乗った。

「牢屋奉行の石出帯刀でござる。ご無礼つかまつりました。まさか両目付様がおいでになるとは思わず、こちらの手違いでかような場に案内してしまい、まことに申し訳ございませぬ」

詫びてもう一度、頭をさげる。

「名無し男の引き取りに見えられたと聞きましたが」

淡々と言った。男は最後まで名を名乗らなかったらしい。命を懸けて守ったのは、おそらくお店と家族、さらに奉公人たちではないだろうか。数之進は胸が痛んだ。

「さようでござる。引き取り手がおらぬ罪人は、無縁仏として葬られるのが定め。なれど、いささか気になる点があるため、荼毘に付した後、遺骨を当家が預かろうと思うた次第にござる」

「その儀、つかまつりました。念のためお奉行様にお訊ねいたしましたが、両目付様におかれましては、昨日、すでに話を通しておいでになられた由。仰せに従うようにという命を受けました」

小伝馬町の牢屋敷は、町奉行の支配下にある。帯刀は支度だけでなく、そういった問い合わせに時を要したと思われた。こちらへ、と、裏門の死罪人出口門の方へ一行を案内する。狭い通路の先には、筵が掛けられた戸板がすでに置かれていた。

「それがしが」

数之進は一角と一緒に、帯刀の横をすり抜けて前へ出る。戸板の脇に跪いて、まずは友と手を合わせた。掛けられていた筵を静かにどける。

「………」

そこには、見間違うほどに痩せ衰えた甚五郎と思しき男が横たわっていた。わずかな間に黒かった鬢が、白く変わっている。変わって見えたのは、そのせいもあるだろう。頬はこけ、手足は骨と皮だけに思えた。

「いっさい食べ物を摂りませんでした」

帯刀が告げた。

「水も飲まず、ひと言も語らず、朝、見たときには死んでおりました次第。内々にでございますが、この男が入牢したとき、『たいそうな菓子折』が届きまして」

たいそうな菓子折は、左門流に言うと紀州産の蜜柑に添えられた挨拶状になるかもしれない。だれからの袖の下なのか、訊ねても答えないのはわかっていた。

「そういった点を鑑みて、特別に揚屋へ入れました次第」

小声で言い添えられたそれが、精一杯のように感じられた。揚屋は御目見以下の直参、陪臣、僧侶などの牢屋であり、この上には揚座敷と言われる御目見以上のもの、身分の高い神官や僧侶が収容される牢屋もあった。大牢に放り込まれて酷い目に遭うのがあたりまえのなか、異例の待遇といえた。

――覚悟の自死か。

男がここで死んだことには、大きな意味があると数之進は思っていた。侍を切りつけた者に死罪が申し渡されるのは自明の理。牢屋内での私刑を恐れて自死する者も少なくない。しかし、名無し男はすぐに自死したりはせず、民から恐れられている小伝馬町の牢屋敷に、わざわざ入っている。

――そして、牢屋奉行の石出様に『たいそうな菓子折』が届けられた。

数之進は携えていた手留帳紙と矢立を取り出した。左門には事前に人相書を記したい旨、伝えてある。深川の材木問屋〈岩城屋〉の御内儀は、訪ねた左門に主は尾張に行ったと答えた。それでは、ここにいる男は、どこの、だれなのか。

姓名がなければ冥土の渡し船に乗れないだろう。真実をあきらかにするべく、動かなければならない。数之進が描き終えたのを見て、左門が申し出る。

「それがしの屋敷へ運びたいのでござるが」

「手伝わせます。何人、必要ですか」

「二人いれば充分であろう。そのつもりで、配下を連れて来たゆえ」

「承知いたしました」

帯刀は、二人の配下を呼び、死罪人出口門の戸を開けた。杉崎春馬は先に立って担(かつ)ぎ手のひとりになる。春馬を含む左門の配下が二人、帯刀の配下が二人という合計四人で戸板を持ちあげた。

短い挨拶をかわして、門の外へ出る。場所柄、表店(おもてだな)が建ち並ぶ日本橋の往来には及ばないが、それでも振り売りなどが行き交っていた。筵掛けの戸板を見て、驚いたように足を止める者がいれば、手を合わせる者もいた。

「鳥海様。われらは深川にまいります」

数之進は事前の打ち合わせどおりに告げた。

「うむ。田辺新九郎(たなべしんくろう)は姿を見せぬが、諦(あきら)めたとは思えぬ。また、われらを阻止(そし)するべく御老中様が密かに新たな者をお召しになられたと聞いた」

田辺新九郎は、杉崎春馬が属していた『柳生五人組』のひとりだった男で、執念深く数之進と一角を狙(ねら)っていた。気持ちが変化しているのを願うばかりだが、油断すると一月二日のような騒ぎになりかねない。

「気をゆるめてはならぬぞ」

労りに満ちた言葉に大きく頷き返した。

「はい」

「他になにかあるか」

「ひとつ、お願いがございます。南足立郡の御前菜畑で芹やタデを育てる農家に、野菜の育て方を訊きに行きたいと考えております。鳥海様からお伺いをたてていただくことはできますか」

本栖藩を立て直すには、他藩では行わない野菜の初物づくりをするのが一番の近道ではないかと、数之進は考えていた。遠まわりに思えるが、一歩、一歩、確実に借財を返していくしかなかった。

「承知した。そうそう、もうひとつ、今朝方、新たな話が入った。本材木町の〈にしき屋〉に、昨日、猫絵の侍が現れたそうじゃ。百枚ほど猫絵を置いて立ち去った由。前回と同じ若い侍だったとか。大屋の彦右衛門は、笑いが止まらぬ体であったわ」

左門は昨夜、本材木町の長屋に泊まったようだ。冨美と三紗を守るためだろうが、今回のように思わぬ話が入ることもある。

「本材木町に行った折、彦右衛門に『猫絵の侍』の人相風体などを、あらためて訊ねたく思います」

一礼して、左門たちとは別れた。数之進は一角と二人の配下を伴い、小伝馬町二丁目から深川に向かった。

四

吹きつける風は冷たいが、幸いにも晴れて眩ゆいほどの陽が射している。陽当たりの良い場所は、比較的、暖かかった。

「ついでに永代橋を渡って行くか」

一角の申し出を受ける。

「そうしよう。新材木町に出て小網町に進むのが、一番の近道やもしれぬ。本柄藩の勘定方に動きはないが、そろそろ作事の準備が始まってもいい頃だ。永代橋の様子を見ながら深川に行くのがよかろうな」

と、新材木町の方に歩を進めた。

「数之進は、杉崎殿が鳥海様の配下に加わったのを見ても驚かなんだが、事前に聞いていたのか」

一角が訊いた。

「いや、知らなんだ。なれど、村上様が姉様の店に頻々と足を運んでおられたではないか。姉様の顔見たさにしては訪れが多すぎると思うた次第よ。さらに姉様が早々と手伝いの小女を雇うたことも気になっていた。杉崎殿が裏の御役目を引き受ける話を聞いていたのやもしれぬ」

「確かにな。言われてみればだが」

友は歩きながら首を傾げている。

「おれは商人たちの気持ちが、今ひとつ、わからぬ。棄捐令にあるとおり、注ぎ込んだ小判が返済されないのは大名貸しの常じゃ。借財をなかったことにして踏み倒すのはもはや珍しくもない。利にさとい商人が、なにゆえ、返してもらえぬとわかっていながら、言われるまま用立てるのであろうな」

「運賃のことがあるからやもしれぬ。小判を注ぎ込んだ見返りとして、大名家は飛脚札や家紋入りの提灯や弓張提灯などを出入りの商人に与えるではないか。なかでも飛脚札は成田家の場合であれば、『成田様の公用荷物』と唱えて、荷物輸送を優先するために使われるのは間違いないからな。少なからぬ利があるはずだ」

数之進の言葉を、一角は頷いて継いだ。

「親父殿に聞いたことがある。かなり運賃が安くなるとか」

「そのとおりだ。公用荷物の場合、民間の荷物よりも運賃が安いだけでなく、運搬日数も短くなる。つまり、藩主の飛脚札や家紋入りの提灯は、荷を扱う商人にとっては非常に重要なものなのだ。速く、安く江戸や京へ届けるには、なくてはならぬものであろうな」

「なるほど。特に材木は運賃が高い。大店であれば持ち船があるやもしれぬが、〈岩城屋〉は中店。本栖藩所有の船、もしくは」

にやりと笑った。

「本栖藩と繋がりのある紀伊藩の船を使わせてもらえれば、運賃はタダ同然になるか」

「うむ。昔から繋がりはあったのだろうが、ここにきて本栖藩は永代橋の天下普請という大仕事を請け負った。商人たちは本店の指示を受けて小判を融通せざるをえなかったのは間違いあるまい」

今までの貸付を取り戻すため、〈岩城屋〉の主が足繁く本栖藩の上屋敷に通ったであろうことは容易に想像できた。自死したという二人も同じではないだろうか。

「注ぎ込みすぎたのやもしれぬな」

一角は告げながら、振り返って二人の配下がいるか確かめていた。即かず離れずの距離を取って後ろについている。新材木町から早くも小網町に差しかかっていた。

「そうかもしれぬが」

数之進はふと一角の両手にできた血豆を見やる。本栖藩の藩士と思しき者を斬って以来、いちだんと稽古に励んでいるようだ。手加減できなかった己の未熟さを呪い、命を奪ったことを悔やんでいるのが見て取れた。

「いかがしたのじゃ、急に黙り込んで」

「なんでもない。本栖藩を訪ねて来た〈岩城屋〉の奉公人らしき者だが」

数之進は話を変える。

「おぬし、顔は見たか」

「見ておらぬ。星も月もない闇夜だったことに加え、助けられた恩も忘れて、あやつはさっさと逃げたではないか。なれど、声は憶えておる。『姿なきウグイス』同様、声で聞き分けるさ」

「そうだな」

「牢屋敷での待遇を見る限り、名無し男の目論みは、見事、叶うたのではあるまいか。

石出様が仰せになられた『たいそうな菓子折』は口止め料の意味だろうが、それだけでは済むまい。さて、彼の者の尊い命に本栖藩はどれほどの値をつけるか。いや、値をつけたか、やもしれぬ。すでに〈岩城屋〉へ支払われたことも考えられるゆえ」

友は名無し男の沈黙の意味を、正確に読み取っていた。牢屋奉行に届けた菓子折は、よけいなことは喋るなという本栖藩の威丈高な頼み事であり、これを守れば長年の付き合いを考慮して、借財の一部を返金してもよい、というような含みがあるように感じられた。あるいは、幕府御算用者の命を奪えという命令の折、そういう話し合いが持たれていたことも考えられる。

「肚の据わった男よ。町人だが、侍魂を持っていた」

「侍魂か」

数之進は、友の造語を繰り返した。名無し男が数之進を刺したのは、おそらく松平信明の下知を受けた本栖藩からの命令だったと思われる。刺した後、茫然自失といった様子だったのが、脳裏に焼きついていた。刺された傷痕はまだ痛むが、彼の者に対して怒りや怨みは微塵も湧かなかった。

痩せ細った亡骸だけが浮かんでいる。

話しているうちに永代橋の西詰めに着いた。数之進は今一度、西河岸から橋脚や橋桁を見あげる。一角も隣に来た。

「鳥海様たちと見たときにも思うたが、さして、傷んでいるようには見えぬ。どこをどう修繕するのであろうな」

「わたしもそれが気になっているのだ」

友に答えて、橋を渡り始めた。多少、補修した方がいい箇所はあるものの、大きな作事までは必要ないように見えた。本栖藩の作事方が状態を確認したり、修繕箇所に必要な材木の寸法を測りに来てもおかしくない頃だが……。

「なぜ、こたびは本栖藩だったのであろうな」

永代橋の一番高い場所に立って自問する。西河岸に二人の配下が来ているのが見えた。

「なぜ、とは？」

意味がわからなかったらしく訊き返した。

「今まで幕府が狙うたのは、外様の小藩ばかりだったではないか。なにゆえ、こたびは譜代の小藩なのか。もしや」

一度、言葉を切って続ける。

「天下普請はあくまでも建前であり、本音は小判を集められるだけ集める謀やもしれぬ。そう、空普請とでも言えばいいのか。たいした作事はやらずに、小判だけ手に入れて素知らぬ顔を決め込む」

目を向けた数之進を、一角が受けた。

「天下普請は、小判を集めるための餌ということか？」

「そうかもしれぬ」

「邪な謀がうまくいった暁には、本栖藩の莫大な借財は消えて、幕府の重鎮と上級藩士の懐だけが潤う、か」

「うむ」

二人はしばし黙り込んだ。泣くのは常に弱い者であり、声をあげることもできず、命を落として終わる。空普請がうまくいったとしても、下級藩士や小判を注ぎ込んだ商人は、ほとんど利を得られないだろう。道理の通らぬ世になっていた。

「おぬしが殿へのお目通りを許されたとき、江戸家老の山名様に会うた話は聞いたが、留守居役の遠山様はどうだ。上屋敷で姿を見たか」

数之進は話しながら東河岸に向かって橋を渡り始めた。一角は歩調を合わせて隣に並んでいる。

「まだ、見かけておらぬ。同役の話では、重要な相談事は下屋敷で執り行われるそうだ。実権はいまだ大殿が握り、殿は傀儡藩主なのであろう。お若いゆえ、やむを得ないとは思うが」

言葉を切って友は、意味ありげな目を投げる。

「なんだ？」

渡りきった東河岸で訊いた。

「下屋敷の噂話よ。開かずの間とやらが、あるらしゅうてな。時々、出るそうだ」

一角は両手を前にさげて、わざとらしく白目になり、おどろおどろしい表情を造る。

数之進は幽霊の類が、大の苦手だった。

「まことか？」

早くも腰が引けている。

「噂話じゃ。なれど、下屋敷も調べが必要であろうな」

「調べは夜か」

わかりきったことを口にしていた。

「そうなるであろうな」

「昼でも調べられる策を考えるしかあるまい」

「妙案を期待しておる」

一角は笑って、歩き出した。〈岩城屋〉のお店はすぐそこの相川町だった。

五

深川は川堀が縦横に通じ、橋梁が多い点においては江戸随一だ。水系が豊かなことから物資の蔵地として、米蔵、籾蔵、油庫、貸庫も多い。また、広い貯木場があり、他とはいささか異なった趣のある地域といえた。乾燥しがちな季節であるにもかかわらず、湿気の多さを文字どおり、肌で感じてもいた。

「一角」

数之進は、前から歩いて来た女子を見て立ち止まる。渋い色合いの袷姿だったが、隠しようのない艶やかさが漂っていた。粋が売りの深川の辰巳芸者・小萩も、数之進と一角に気づいて足を止めた。

「あら」

小首を傾げて笑みを浮かべる。三味線の稽古に行くところなのか、小脇に三味線を入れた袋を抱えていた。親が作った借金のカタに拉致されかけたとき、一角が助けたという経緯がある。以来、逢瀬を重ねているようだが、あまり話さないので詳細はわからなかった。

「良いところで出逢えたわ。数之進、ちと待っておれ」

一角は告げて、小萩に駆け寄る。数之進は永代橋の東河岸にいた二人の配下を促して、歩き出した。東河岸の髪結い床に自然と足が向いている。あのとき聞こえたウグイスの鳴き声は、本物のウグイスだったのだろうか。あるいは永代橋の番人を務める男が、意図して真似たものなのか。

村上杢兵衛への調べ書きに記したのだが、数之進の考えすぎだと思ったようで、橋の番人までは調べていなかった。なんとなく引っかかっている。

──立ち寄ってみるか。

配下の二人に仕草で告げ、髪結い床に足を向けた。数之進が引き戸に手を掛けた刹那、いち早く開いた。

「あ」

髪結いらしき男は棒立ちになる。年は三十前後、小銀杏をさらに細くした独特の髪型をしていた。痩せていたが、背丈は六尺（約百八十センチ）近くあり、いやでも間近で見あげる形になった。

「いきなり、かような話で驚くやも、うわっ」

数之進は突き飛ばされて、よろめいた。危うく地べたに尻餅を搗きかけたが、配下のひとりに支えられた。もうひとりは、逃げた男を追いかける。永代橋を渡ろうとしたようだが、駆け寄った一角が足払いを掛けた。

「うぉっ」

叫び声と同時に、鈍い音をたてて男は倒れ込んだ。すかさず配下のひとりが、後ろ手に縛りあげる。数之進は配下のひとりと男のもとに行った。

「なにもしていないっ、おれはなにもしていないんだ！」

暴れながら声を張りあげている。

「わたしを見て逃げたのは、なぜだ？」

数之進は屈み込んで訊ねた。

「顔を知っていたのであろう。だれかに頼まれて、わたしのことを教える役目を引き受けたのではないか。一月二日の朝だ。いくばくかの金子をもらい、永代橋を渡り出したわたしたちのことを……」

「ああ、教えたよ」

意外なことに、男はあっさり認めた。

「だれかの使いという女が来てよ。おっと、命じたやつの名前は知らないぜ。その女と一緒にお侍が住む長屋へ行ったのさ。で、顔を憶えろと言われた。正月明けのいつかはわからないが、永代橋を見に来るはずだ。そのときにやってほしいことがある、と」

用意されていたような答えが、これはこれでまた、引っかかる。命じたやつとやらの名前が知りたかった。

「ウグイスの鳴き声で、わたしであることを知らせたわけか」

本当にこの男が、鳴き真似をしたのだろうか。新たに浮かんだ疑問は頭の隅にとめる。問い質したところで答えないのはわかっていた。

「そうだよ。おかしな話だと思ったが、ホーホケキョと鳴くだけで十両だ。断る馬鹿はいねえや」

完全に開き直っていた。あのとき、一角が感じた『だれかの目』は、この男だったに違いない。

——あるいは、他にも見張り役がいたか。

動きが筒抜けの理由は、二六時中、監視されていたからのように思えた。一角が先程、口にした『姿なきウグイス』が、いるのではないだろうか。

配下のひとりが番屋に走ったらしく、同心と小者がやって来た。集まり始めた野次馬を、小者が追い払っている。

「ここはわれらが引き受けました」

「頼みます。用件が終わり次第、われらも番屋に行きますので」

配下の申し出を受けて、一角とともにその場をあとにする。どんな罪状になるのか、想像もできない。小伝馬町の牢屋敷送りになるのは間違いないが、『たいそうな菓子折』を届けた輩（やから）はあの男も助けるだろうか。

「おまえの考えどおりだったな」

一角が言った。

「うむ。いささか突飛（とっぴ）な推測だったせいか、村上様は確かめてくれなんだ。髪結い床を見たとたん、気になってな。ついでに調べておこうと思うた次第よ」

数之進は周囲を見まわして、訊いた。

「小萩さんは？」

「それとなく〈岩城屋〉の話を仕入れてくれぬかと頼んでおいた。料理屋の座敷で噂が出るやもしれぬゆえ」

味も素っ気もない会話が想像できた。気を利（き）かせたつもりだったのだが、こういうとき一角は必ず公私を分け、生真面目（きまじめ）な言動を取る。

「もう少しゆるりと話をしてもよかったものを」

「お役目の最中ではないか。おれは親父殿のように、いつもニヤけてはいられぬわ。それに、おれが駆けつけなければ逃げられていたやもしれぬ」

「確かに」

「開けておるな」

と、一角は〈岩城屋〉に目を向ける。店は閉められているかと思ったが、強風を受けて藍色の暖簾がはためいていた。李兵衛の調べでは江戸の支店は貯木場に設けられており、相川町は住まいを兼ねた営業所らしく、材木を置くほどの広さはないようだった。

「おれが、本栖藩の上屋敷に来た男の声を確かめるゆえ、おまえは番頭や御内儀との話に気持ちを向けろ。いいな」

「わかった」

数之進は頷いて、暖簾をくぐった。

「ごめん」

入ってすぐは土間になっており、三畳ほどの板場に勘定場が設けられている。算盤を弾いていた男は立ちあがってこちらに来るや、上がり框に膝を突いた。年は四十前後、勘定場にいた点を考えると番頭格、あるいは番頭に思われた。

「はい。どのようなご用でございますか」

声を聞いた瞬間、後ろにいた一角が背中を突いた。数之進も「似ている」と思いながら話す順序を素早く考えた。

「われらは、ご公儀の役目を担う者。役目について詳しい話はできぬが、〈岩城屋〉の主にお目にかかりたい」

「主は、尾張の本店に行っておりますが」

怪訝そうに眉をひそめている。本柄藩の上屋敷の裏門で声を張りあげていた男の顔には、強い警戒心が浮かんでいた。

「では、御内儀はご在宅か」

かまわず数之進は問いかける。

「今、出ておりますので、てまえがお話を伺います。ご公儀のお役目を担うお侍様が、当店にどのような御用向きでおいでになられたのですか」

「失礼だが」

姓名を告げろと短い問いで迫った。

「ご無礼つかまつりました。てまえは、番頭の佐七と申します。主が不在のときは、てまえが代わりを務めます」

あらためてという感じで一礼する。奥座敷に続く廊下の暖簾が、かすかに揺れていた。地味な色目の着物の裾が、暖簾では隠れない部分に見えた。御内儀ではないだろうか。

「いかような御用向きでございますか」

背筋を伸ばして聞き返した。

「ちと訊ねたき儀がござってな」

数之進は、懐に入れていた人相書を取り出して、上がり框に置いた。痩せ衰えて髪が白くなった死に顔ではなく、数之進を刺した後の目を見開いた顔である。自分がしでかした事の大きさに気づき、動転しきっていたようなあの顔。

「この者は一月二日、侍を刺して小伝馬町の牢屋敷に入れられた。昨日、死んだという知らせが届き、確認した次第。心当たりはないか?」

数之進は訊いたが、答えは返らない。

「…………」

佐七もまた、名無し男のように目を見開いていた。知らないと言えば数之進たちを追い返せるのだが、人相書に食い入るような眼差しを注いでいる。否定したいのにできない、否定してはいけないのではないか、認めることによって故人は救われるのでは……そんな思いが去来(きょらい)したかもしれなかった。

居所を訊ねるために、本栖藩の上屋敷を訪れた主想(あるじおも)いの男である。次の言葉が出ないようだった。

――この男。もしや、弟か？

目のあたりが、似ているように思えた。兄弟で同じお店に奉公するのは、珍しいことではない。あるいは、本店自体、甚五郎の兄が営んでいる場合も考えられた。

見ていられなかったのだろう、

「番頭さん」

不意に暖簾が揺れて、地味な色目の着物姿の女が出て来た。年は四十前後、若い頃はさぞかしという美貌(びぼう)の持ち主だった。番頭の隣に膝を突き、深々と辞儀(じぎ)をする。

「〈岩城屋〉の内儀・糸江(いとえ)でございます」

顔をあげ、人相書を手に取る。

「この方がなにか？」

静かに問いかけた。人相書を持つ手は震えるでもなく、確かめる声も落ち着いていた。たいしたものよと内心、驚いたが、数之進も平静を装った。

「先程、告げたとおり、侍を刺して小伝馬町の牢屋敷に入れられた男でござる。なれど、名前すら告げず、亡くなり申した。こちらの主、甚五郎であったか。彼の者に似ていると申す者がいたため、確かめに来た次第」

真っ直ぐ御内儀の目を見た。虚実ないまぜであり、刺された侍は御内儀の眼前にいるのだが、そこまでは言わなかった。おそらく甚五郎であるのは確かだろう。

「いかがでござろうか」

強い口調で迫った。

「他人の空似でございましょう」

御内儀は言い、人相書を上がり框に戻した。

「てまえどもの主は、尾張の本店に出向いております。材木の仕入れやなにやらで、戻るのが遅れておりますようで、帰ってまいりますのはいつになるか、わかりません。お引き取りいただきたく存じます」

ふたたび深々と辞儀をする。戻るのはいつかと訊かれるのを読み、先んじて告げた点にも御内儀としての優れた資質が浮かびあがっていた。番頭は複雑な表情をしているように見えたが、下手なことを言えば面倒な流れになるのは必至。とにもかくにも、今は帰ってもらうのが最善の策とばかりに頭をさげた。

「さようでござるか」

　数之進はすぐに人相書を懐に戻した。

「それがしの上役は、常とは異なる面白いご仁でござってな。御城では、なにかと話題になります。あるとき、こう話され申した」

　かつて聞いた左門の言葉を告げる。

〝己が侍と思えば、たとえ町人であろうとも侍じゃ。逆に侍であっても、心得違いをしておる者は侍ではない。決めるのは己よ。地位でもなければ、名誉でもない〟

　数之進の心に深く沁みた名言。こうやって口にするだけで、左門の寛い心とやさしさが満ちてくる。死ぬのが恐くないと言えば嘘になるが、命を懸けてもいいと思えるのは左門が後ろにいてくれるからだ。

「この人相書の男は、侍魂を持っており申した。どんな侍よりも侍らしい、まごうことなき武士でござった」

　想いを込めて言った。

「…………」

　伏したままの御内儀の両手が、小刻みに震え出した。辞儀をする直前までは、冷静に振る舞っていたが……上がり框に涙がしたたり落ちた。

「もし、存じ寄りの者がいたときは、鳥海左門様の屋敷に来てほしいと伝えてくれぬか。茶毘に付して遺骨を預かると言うておられたゆえ」

こらえきれなかったに違いない。

「畏まりました」

佐七が面をあげて答えた。両目には涙が滲んでいた。

「ご無礼つかまつった。ごめん」

数之進は一礼し、一角も辞儀をする。二人は踵を返して暖簾をくぐった。

一月元日。甚五郎はここを出るとき、なにを考えていたのだろう。お店のことか、後に残される御内儀や奉公人のことか。

商人喰い。

悪しき慣習を、なんとしても、断ち切らねばならなかった。

第四章　侍魂

一

悪しき慣習を断ち切るためには、まず藩政改革だ。多額の借財を減らす策を藩士に広めなければならない。

三日後。

「それがしは、新たな取り組みとして、芹の栽培を行うのが、良いのではないかと考えます」

お勤めを終えた後、数之進は勘定方の部屋で勘定頭や弥左衛門、さらに数名の同役と話す場を持っていた。それ以外の同役は、いつものように武道場に行っている。

夕餉の支度を手伝ってくれるようになった同役のほとんどが顔を揃えていた。

「芹は冬場、青物が少ない時期には三つ葉の代用にもなります。さらに下町の商人たちはお歳暮に鴨を贈ることが多いのですが、脂ののった鴨料理に芹は付きもの。育てるのは大変ですが、一寸（約三センチ）一両とも言われております。茎が長いものほど良いとされ、高値で取り引きされる由」

「待てまて、一寸一両とな」

勘定頭が驚いたように口をはさんだ。

「それは、まことか？」

大名家の頭役としては、恥ずべき問いを投げる。芹はここにきて初物づくりが行われるようになり、初冬から冬場にかけて見かけられるようになっていた。しかし、勘定頭は相場をまったく知らず、増えていく借財を嘆くことしかできないようだった。

巷でどんな品が売れているか、中元や歳暮に多く使われるものはなにか、人気のある野菜は等々、当然、見知っていなければならない事柄に無頓着なのは、勘定頭としては致命的ではないだろうか。

藩の借財を増やしているひとりと断言できるだろう。自覚がないことにも驚くしかなかった。

「はい。芹を育てる百姓たちは、茎を長くしようと腐心して、少しずつ田の水を増やして長さを競い合うとか。そのことから、一寸一両なる言葉が生まれたのだと思います」

数之進は答えて、南足立郡の農家に行ったとき、描いておいた数枚の絵を弥左衛門に手渡した。

「先日、幸いにも御前菜畑を訪ねる機会に恵まれまして、芹の収穫の様子を簡単に何枚か描いてまいりました。これは単なる絵ではなく、借財を返すための手立てのひとつでございますので、ご承知いただきたく思います」

先んじて告げた。絵を見た瞬間、勘定頭の表情がくもったのを見たからなのだが、ここまで『芸事禁止令』にとらわれていることには呆れるばかりだ。柔軟な考えを持たなければ、とうてい借財は減らせない。

——勘定頭や古参の藩士が、先に立って動かなければならぬものを。

数之進の想いを察したのか、

「ご公儀の直轄地まで足を運んだのか。すごいのう」

弥左衛門が感心したような声をあげた。

「今が収穫期なのか」

描いた絵を手にして訊ねる。御前菜畑に行けた理由を追及されるかと思ったが、気にならないのか、わざと口にしないのか。特に訊かれなかった。

「はい。芹の収穫は真冬でござりますゆえ、作業は非常に厳しいと思い、足を運びました次第。わたしもお手伝いさせていただいたのですが、冷たい水の中に下半身を浸けて収穫いたしますのは、考えていた以上の大変さでございました」

絵の一枚には水を入れた田に、膝あたりまで浸かった農民を描いていた。若い同役は弥左衛門が持つ絵を興味深そうに覗き見ている。

「桶のようなものに両足を突っ込んでおりますが、これはなんですか」

指さして訊いた。記憶が確かであれば、水谷信弥、年は二十歳になるかならないかで、実年齢は家督を継いだばかりの十七、八かもしれない。古参の父親が病届けを出しているらしく、水谷家の跡継ぎとして奉公を始めたと聞いていた。

「見てのとおり、まさに長い桶です。素足や草鞋では冷たすぎて我慢できません。それで考え出された由。長い桶に両足を入れて、一方の足に重心をかけ、片方の足を浮かし気味にして作業をしておりました。芹田は見てのとおり、沼地状態でござりますゆえ、桶を履かないと太股まで水に浸かってしまいますので」

「芹田に浮いている小さな桶はなんじゃ」

今度は弥左衛門が問いかけた。

「手風呂と言うておりました。湯を入れておき、時々両手を温めるそうです。立ちのぼる湯気を見て、それがしなどは逆に寒さを覚えましたが」

高値で売れる野菜を収穫するのは並大抵のことではない。工夫を凝らして収穫する様子に、感心したものだ。

「生田の言うとおり、確かに厳しい作業のようじゃ。なれど、一寸一両はそそられるのう。芹田の広さは、どれほどなのであろうな。さほど場所を取らぬようであれば、領地でも栽培できるやもしれぬ」

勘定頭の目が、真剣味を増していた。

「それがしが見た芹田は、さほど広くありません。ここの長屋近くに設けられた畑ほどでございました。広さに関しては、あまり心配せずともよろしいのではないかと存じます。殿はもちろんでございますが、大殿にもご相談したうえで、試しに下屋敷で芹田を作ってみてはいかがでしょうか」

数之進は重要なひとつめの話を持ちかけた。真夜中、闇に覆われたなかで密かに動くよりも、自然な形で下屋敷に出入りできた方がやりやすくなる。開かずの間の調べもしなければならないため、苦肉の策でひねり出した妙案だった。

「下屋敷に芹田か」

勘定頭は渋面にはならなかった。

「上屋敷には余っている場所がないゆえ、芹田を作るとしたら、巣鴨の下屋敷か抱屋敷であろうな。よし、わしから大殿にお伺いしてみよう」

「は」

畏まった数之進に、若い信弥がふたたび問いかける。

「お頭から渡された『五箇条の勘案書』ですが、新たな取り組みとして、ツマモノのことが記されておりました。ツマモノとは、刺身のツマのことですか」

「それは、生田が提出したものじゃ。ようできていたのでな。書き写して、殿はむろんのこと、ご家老様や留守居役の遠山様にもお渡ししておいた」

勘定頭が答えて、「続けよ」と数之進を促した。

「ツマモノとは、主に刺身のツマとして用いられる野菜のことです。タデやシソ、そして、大根といった野菜でございますが、これらもまた、狭い畑で育てられることから、我が藩には向いているのではないかと思いました次第」

「花穂というのは、あれか。シソの穂先に桜色の小さな花がついたものか」

弥左衛門からも問いが出た。

「はい。シソは通常、九月中旬頃に花が咲きますが、ツマモノとして利用する場合は、一年中、花を咲かせ続ける技が必要となります。暑い夏には、うまく葦簀を用いて日陰を作ったり、寒い冬には風除けに油を塗った障子を置いたりします。障子はある程度、陽を通しますので」

さらに、と、続ける。

「筵を吊って北風を防いだ囲いのなかに、温床を作るやり方もございます。魚のアラや落ち葉などを混ぜ合わせた肥料の一種を作り、これを温床としてその発酵熱を利用し、野菜の初物を育てるのです」

「色々あるのう」

勘定頭は感心しながら紙に記していた。数之進の熱意が伝わったのか、勉強会のような雰囲気になっていた。

「産地名を付けると書かれていますが」

若い信弥も紙に書きとめながらだった。

「三河芹のような感じになるのでしょうか」

「そうですね。名産として売るには、産地名を付けるのが、よいのではないかと思います。内藤トウガラシ、早稲田ミョウガ、本田ウリというように、産地を冠しているのはすなわち品質が確かな品という証になりますので。青物市場での取り引きの際、売買しやすくなるのは確かではないかと」

数之進は説明して、重要な二つめの話を出した。

「永代橋の普請でございますが、まだ、作事は始まらないのでございますか。先日、深川へ行くついでに永代橋を渡ったところ、なにも行われておりませんでしたが」

静かに一同を見まわした。天下普請は小判を集めるための謀(はかりごと)であり、実際には橋の板を張り替える程度の空(から)普請ではないのか。外様大名ではなく譜代の大名家、しかも名家の本栖藩への潜入探索の裏に隠された真実は……。

「深川とな」

勘定頭は苦笑を滲(にじ)ませる。

「深川七場所は、よう知られておるが、怪動(けいどう)の類(たぐい)が多いという噂を耳にした。興味はあろうが、足を運ぶでないぞ」

両目は信弥に向けられていた。露骨(ろこつ)に話を逸(そ)らそうとしていた。深川七場所が公許(こうきょ)の遊郭(ゆうかく)ではないことは、おそらく彼(か)の者も知っていただろう。が、怪動の意味がわからなかったに違いない。

「怪動とは、なんですか」

予想どおりの疑問を口にした。

「奉行所の手入れのことじゃ。芸者も女郎も捕らわれて吉原に送り込まれるのが常でな。そこで三年間、女郎勤めをせねばならぬ。茶屋、子供屋は言うに及ばず、名主や地主も罰せられる酷い仕置きよ」

勘定頭は思い入れがあるのか、捕らわれた者への憐憫の情のようなものが、表情と口調に浮かびあがっていた。深川では女芸者を羽織、男芸者を太夫、遊女を子供と呼び、遊女は各々子供屋に属している。いずれも富岡八幡宮周辺にあり、深川独特の遊郭街を形成していた。

――このまま、ごまかされては困る。

数之進は強引に話を戻した。

「永代橋の普請は」

「橋杭用の材木が、そろそろ届く頃よ」

弥左衛門が勘定頭を代弁するように告げた。

「直径が二尺（約六十センチ）から、三尺（約九十センチ）はあろうかという大木でな。新しい木は渋気があるゆえ、乾かすのに時を要したとのことであったわ。今は運ぶ準備をしていると聞いた」

以前、聞いたときは、橋脚や橋桁の修繕だったように思うが、ここで問い詰めるのは避けた。違う話が出たことを頭にとめた。

「水際より下になる部分の杣削りなども、済ませたのでございますか」

一歩、踏み込んでみる。細かい問いを投げることによって、天下普請が偽りなのか、真実なのかを見極めようとしていた。

「詳しいのう、生田は」

勘定頭の呟きを、信弥が受けた。

「杣削りとは、なんでございますか」

ふたたび若さゆえの正直な問いが出た。小さな失笑が起きる。

「木の表面の樹皮を剝くことよ。虫喰いがないか、確かめる作業のひとつじゃ。水に浸かる部分になにかを塗れば、水虫や船虫などの被害を防げると聞いたが、なにを塗るのかまでは、伝えられておらぬ」

弥左衛門が言い、数之進に問いかけるような眼差しを投げた。

「おそらく、蠟ではないかと思います。塗ると水を弾きますので、樹皮を剝がしたままの状態よりは長持ちするのではないかと」

「蠟か。なれど、太い材木に塗り込むとなれば相当な量を使う。蠟も安くはないからな。実現するのは、むずかしいやもしれぬ」

「大川にはいくつかの橋、確か四つだったと思いますが」

信弥は途中で言葉をとめ、小声で大川橋（吾妻橋）、両国橋、新大橋、永代橋と唱えてから言った。

「四橋、架けられていますが、すべての橋で橋杭に蠟を塗っているのですか」

問いかけの目は、すべて数之進に向けられる。

「そこまではわかりかねます。ですが、橋杭の傷み具合は、橋が架けられている場所によって異なるようです。ほとんどが真水の千住大橋は、やはり、腐食が少ない由。それに対して両国橋や永代橋に代表される汐入り川は、毎日、潮の満ち引きが二回あるため、それだけ傷みが激しくなるのではないかと思います」

「お」

不意に勘定頭が立ちあがる。

「留守居役の遠山様じゃ。いかがなされたのか」

中庭に挟まれた向かい側の廊下に、二人の供を連れた遠山義胤が現れた。数之進たちは居住まいを正して見守る。

二

「生田殿がまとめた『五箇条の勘案書』を、お頭は遠山様にも具申なされた。それゆえの訪れやもしれぬな」

弥左衛門の言葉に、数之進は頷き返した。彼の者が言うとおり、勘案書を書いた新参者の様子を見に来たのか。もしや新参者は御算用者ではないのか、という疑惑をいだき、この機に確かめてみようと思ったのか。

いずれにしても、緊張を強いられる展開になっていた。

「遠山様」

勘定頭は廊下の途中まで行き、出迎えた。義胤は真っ直ぐこちらに来る。古参の弥左衛門と手短に挨拶をかわすや、二人の供を廊下に残して部屋に入って来た。上座に着く間、一同、平伏して畏まる。

「面をあげよ」

義胤に言われて面をあげた。

「そのほうが、新しく奉公した生田数之進か」

と、鋭い目を向ける。年は四十代なかば、中肉中背だが、キビキビした動きに日頃の鍛錬（たんれん）が表れているように思えた。斜め後ろに座した勘定頭の凡庸（ぼんよう）極まりない様子が際立（きわだ）って見えるのは、義胤の放つ氣が尋常（じんじょう）ではないからだろう。まさに才気煥発（さいきかんぱつ）を絵に描いたような男だった。

　幕府の重臣たちとのやりとりも、そつなくこなすのではないだろうか。留守居役という役目は、彼の者のためにあるようにも思えた。

「は」

　数之進は短く答える。義胤は懐から紐で綴（と）じた何枚かの紙を取り出した。確かめるまでもなく、つい今し方まで話をしていた『五箇条の勘案書』だろう。お役目の後、勉強会のような場を持ったのは、あらかじめ段取りができていたからかもしれない。義胤が勘定頭に段取りを話していたような感じがした。

　——落ち着け。

　自分に言い聞かせる。肩に入った力を意識してぬいた。

「これが勘定頭から届けられてな」

　義胤は言い、勘案書に目を向け、読みあげた。

一つ、甘藷の栽培・砂糖の製造
一つ、新たな井道――灌漑用の水路を整える
一つ、罠師を送り込み、鹿や猪といった作物を食い荒らす獣を少なくする
一つ、独活や芹といった他藩が作らぬものを栽培する
一つ、献残屋を利用する

「質素倹約を旨とせよという幕府の通達をよう活かしておる。『千里の行も足下に始まる』か」

老子の言葉を告げ、唇の端を少しだけあげた。たったそれだけの仕草で、驚くほど人相が変わる。冷酷な遣り手という内面が、隠しきれず表れたように見えた。

「は」

畏まったまま答える。

〝すべては小さな積み重ねから始まるが、だからといって無理をする必要はなく、自然体で対処するのがよい〟

というような意味だ。しかし、義胤は反対意見の持ち主なのかもしれない。変化した様を見て、そう思った。

「ご家老様が朝鮮人参の栽培を殿に提言なされたが、それについてはいかがじゃ。思うままの意見を述べよ」

対立しているわけではないと言いたいのか、江戸家老・山名正勝の提言を出した。数之進は遠慮がちに告げる。

「おそれながら申しあげます。朝鮮人参は土地の栄養分をすべて吸収してしまうため、栽培した後、長きに亘って作物が採れなくなりまする。なれど我が藩の藻草や巻貝といった肥料を利用することによって、何年もの間、畑を寝かせる必要がなくなるのではないかと考えました次第。肥料の売り上げが良いのはすなわち、良い肥料という証でござりますゆえ」

「朝鮮人参の連作ができると？」

義胤の頬に読めない感情が走った、ように見えた。やはり、家老の正勝とは、相容れぬ仲なのかもしれない。朝鮮人参の栽培が、順調にいっては困るがゆえの確認ではないだろうか。

――いや、思い込みは禁物だ。

とらわれすぎると真実が見えなくなる。凝り固まった考えに陥らぬよう、己を戒めた。

「それはまだ、わかりませぬ。試してみたうえでなければ答えは得られませぬゆえ」

「然り」

義胤はぽんと膝を打って、笑った。

「わしとしたことが、逸りすぎたわ。儲けの大きい朝鮮人参を毎年、栽培できればと思い、欲が勝ったやもしれぬ。まさに御意見かたじけなく存じ候」

急に畏まって頭をさげる。

「ご無礼つかまつりました」

数之進も慌てて平伏した。

「いや、思うままの意見をと言うたのは、わしじゃ。勘案書だが、甘藷と井道、独活や芹の栽培については、畑に関わる提案であるため、同じくくりにしてよいな」

甘藷や独活、芹は畑で育つ作物であり、井道は灌漑用の水路のことなので、畑には重要な役割を持っている。

「よろしいのではないかと存じます」

「領地は畑が少なく、江戸の上屋敷や下屋敷といった拝領屋敷も、大藩に比べれば広いとは言えぬ。悩ましい限りだが、良い案があれば申し述べよ」

「先程、勘定頭たちにも申しあげたのですが、狭い畑でも育てやすいミョウガやシソ、タデなどのツマモノ類や、トウガラシ、そして、五箇条の勘案書にも記しました芹を扱うのが、よろしいのではないかと存じます。他藩が売らない野菜をこまめに収穫して出荷し、江戸の滞在費用の足しにするのが得策ではないかと」

次はどんな話が出るか、冷や汗が滲む思いだったが、あくまでも平静を装った。義胤は丁を繰っていた手を止める。

「その土地ならではの産地名が付けられた野菜、か」

目をあげて、訊いた。

「これは名産品として売り出すという意味か」

「はい。内藤トウガラシ、早稲田ミョウガというように、産地を冠した野菜は慥かな品だと民は思います。むろん、それに甘んじて悪い品の野菜を出荷すれば、たちどころに信頼を失うのは必至」

いったん切って続ける。

「『自分よし、相手よし、世間よし』の三方よしという近江商人の言葉がございます。儲けを優先するあまり、商いの相手やそれを買い求める民がなおざりになってはいけないという戒めと、それがしは考えます次第。自分だけよしの一方よしは、怒りや不満、ときには哀しみを招び、うまくいかなくなることが多いのではないかと」

幕府の重鎮と本栖藩の上級藩士は、なにをやろうとしているのか。自分たちだけよしの一方よしで、三人もの商人の命が失われたのではないか。数之進にしては、思いきった揺さぶりだったかもしれない。

「他藩の上級藩士にとっては、耳の痛い言葉やもしれぬな」

義胤は苦笑いして、冷ややかな目を投げるや、

「新参者ゆえ、ちと気になっておる。そのほう、幕府御算用者か？」

突然、重い質問を発した。

場の空気が凍りついた、ように思えた。

「………」

数之進はすぐには答えられない。どういう意図で告げた問いなのか。新参者ゆえ疑惑をいだかれるのは当然かもしれないが、面と向かって訊かれたのは初めてだ。懐に入れた御算用者の手札が、不意に熱を帯びたように感じられた。

──なんと答えればよいのか。

一角ならば、笑って受け流すかもしれない。隣に座していた弥左衛門が「お答えせよ」というように背中を軽く手で叩き、促していた。

「それがしは」

数之進の答えに、若い声が重なる。

「それがしも新参者でござりますが、遠山様におかれましては、それがしにも疑いを向けておられまするか」

水谷信弥が言った。これまた、意図するところはわからない。が、張り詰めていた空気が、信弥の訴えでふっとゆるんだ。

「いや、だれも疑うてはおらぬ。気になったことを問うてみただけじゃ。許せ」

義胤は唇をゆがめる。

「生田の勘案書は、殿にお渡しするつもりじゃ。芹田を作るのは、わしも良い考えだと思うておる。冬場の作業は厳しいが、下屋敷や抱屋敷に空いている土地があるゆえ、試してみるのがよかろうな」

何度目かの視線は、冷ややかさが少し消えたかもしれない。

「最後にひとつ、生田に訊ねたい。吝嗇と始末の違いは?」

「商人の考えでございますが」

「かまわぬ。申せ」

「は。吝嗇に陥った倹約は、仏の道に通ぜず、始末の心を持った倹約は仏の道に通じるのではないかと存じます。貪欲に吝嗇なのは結局のところ、私欲から発したものではないかと考えます次第。民のためという心を忘れたところから生まれるのではないかと存じます」

一気に続けた。

「『これは世に知られないことだから構わない』と考えて、道理に合わぬことをするのは、陰悪というもっとも悪い行いであり、固く慎むべきであると商人は考えます。『不実商いなど致すまじく候』と己を戒めます」

三方よしの考えで藩政改革をしてこそ、藩士は従い、藩主を敬愛する。『芸事禁止令』などという生きる力を奪うような定めはなくすべきだと数之進は思った。

脳裏に浮かぶのは、痩せさらばえて死んだ〈岩城屋〉の主と思しき男の姿である。間違いなく侍魂を持っていた武士。もしかしたら、藩士のなかにも非業の死を遂げた者がいるかもしれない。胸が締めつけられるように苦しくなっていた。

「さようか」

義胤はふと遠い目になる。

「これを知る者はこれを好む者に如かず。これを好む者は……はて、なんであったか」

「これを好む者はこれを楽しむ者に如かず、でござります」

数之進は継いで、さらに訴えた。

「なにかを知っているというのは、それを好きだという境地には及ばない。しかし、それも、楽しんでいるという境地の深さにはかなわない。楽しんでお勤めをするのが、なによりではないかと存じます」

楽しみがなければ、人は人として生きる価値を見出せなくなる。本柄藩の危うさは、すでに覇気がない藩士の姿に表れていた。膳を楽しみにして多少、明るさが見えるようになったのを喜ぶべきか、はたまた悲しむべきか。内部から崩壊しかねない危惧を覚えていた。

「良い話を聞かせてもろうたわ。新参者は得がたい宝よ。さらに精進して、我が藩のために励め」

義胤は硬い表情のまま、立ちあがる。本音ではないだろうが、数之進は畏まるしかなかった。

「ははっ、過分なお言葉を賜りまして、ありがたき幸せ。恐悦至極に存じます」

立ち去って行く気配を、平伏したまま感じている。それにつれて、勘定頭や同役たちが、ひとり、二人と顔をあげていった。

「思い切った進言であったな」

「お頭の仰(おっしゃ)るとおりでござる。なれど、お説ごもっともと頷(うなず)くしかない訴えでござった。それがしは最近、膳が楽しみでなりませぬ。人間というのは、なにか楽しみがないと日常から、さよう、色が消えたようになるのを、あらためて感じた次第」

弥左衛門の声がはずんでいる。本当に嬉しそうだった。色が消えたの部分では、やはり、と、しみじみ実感してもいた。

――わたしが感じた色のない風景という印象は、大袈裟(おおげさ)な話ではなかった。

義胤は中奥の御座所にも足を向けるだろうか。一角の反応が気になってならない。康和が奥御殿に足を向ければ、中奥の御座所にはいないため、留守居役は奥御殿にまで行かないだろうが……。

数之進は懐から出した手拭(てぬぐ)いで、額(ひたい)に浮かんだ冷や汗をさりげなく拭った。

三

奥御殿の一角もまた、同役の小森拓馬から意外な話を聞いた。

「それがし、幕府御算用者でござる」

「なに?」

「早乙女殿を信じるからこそ、話をいたしました。下級藩士を救うため、命を懸けて密かに探索をしております。可能であるならば、さりげなく合力していただければありがたく存じます」

「………」

さしもの一角も、すぐには言葉が出なかったが、

「さようか」

さらりと受け流した。慌て気味に拓馬が続ける。

「いや、それがしは……」

「聞かなかったことにいたしまする。この話はこれまでということで」

強い口調で言い、書院に戻る。康和の供をして拓馬と一緒に奥御殿に渡ったのだが、肝心の藩主は江戸家老に呼ばれて中奥の御座所に戻ったため、今はいない。花の少ない季節だが、中庭から椿を切って大きな花瓶に活けていた。

「奥御殿ぐらいは、立花で華やかに飾るのが、よろしかろうと存じます」

「早乙女殿。立花は殿よりお叱りを受けるやもしれませぬ。立花ぐらいにしておいた方が、よろしいのではないかと存じます」

拓馬が遠慮がちに意見を述べる。意を決した打ち明け話を、いとも簡単に聞き流さ

れてしまい、少なからず気落ちしているように見えた。少しの間、『りっか』でよい、いや、『たてはな』にした方がという、やりとりが続いた。書院に姿を見せた由岐姫が、すかさず声をあげる。

「『りっか』と『たてはな』はどう違うのじゃ。漢字では同じ字になるように、教えられたと思うが」

言葉を止めて、乳母の琴音を見やる。同じ字だったかどうか、急に不安になったのだろう。廊下に控えていた琴音が答えた。

「前にお教えいたしましたよ。活け方の違いについてもお伝えいたしました。同じ漢字でございますが、『たてはな』は花瓶の大きさにほぼ等しい活け方をいたします。『りっか』は」

「思い出した。花瓶の数倍に及ぶ新しい活け花のことを、室町時代の『たてはな』と区別して、『りっか』と称している」

由岐姫は早口で継ぎ、得意そうな顔になる。一角は思わず笑っていた。

「ようご存じですな。そのとおりでござります。寒椿と春椿の間の、ちと中途半端な感じのする椿でござりますが、今は花が少ない時季でござりますので、派手やかに『りっか』仕立てにした方が映(は)えまするる」

よし、と、活け終えて、その場に控えた。

「いかがでござりましょうか」

「綺麗じゃ。なれど、不思議なこともあるものよ。椿のひと枝を活けたのに、大きな木に見ゆる。なぜであろうな？」

愛らしい顔で禅問答のような問いを口にする。

「これはしたり。読まれてしまいましたな。それがし、椿の木に見えるような心持ちで活けましたため、姫様はそれを感じ取られたのでありましょう。おそれいりましてございます。早乙女一角、まだまだ修行が足りぬと思い至りました次第」

「さようか」

由岐姫は満面の笑みを浮かべた。

「次は菓子作りじゃ、一角。台所に行こうではないか」

一角の腕を取って台所に足を向ける。すでに用意は調えておいたが、浮かぬ顔の拓馬が気になった。

「案ずるな。万が一、殿のご勘気にふれたときには、それがしが責を負うゆえ」

まさか、立花を飾ったぐらいでと高をくっていた。それにここは奥御殿、幼いながらも健気に『芸事禁止令』を守る由岐姫に、花を愛でる程度の楽しみがあってもいいはずだ。

「いや、なれど」

なにか言いかけて、拓馬は口をつぐんだ。男らしゅうないと内心、思いつつ、由岐姫や乳母の琴音、侍女たちと一緒に大台所へ行った。土間に置かれた調理台に、わらび粉、上白糖、きな粉、黒蜜、水といった材料が揃えられている。土間なので冷え込んでいたが、由岐姫は軽い興奮で目を輝かせていた。

「なにを作るのじゃ」

琴音が揃えた下駄を履き、もどかしげに襷掛けされる。前掛けも着けてもらった。冨美に頼んで仕立てた藍染めの前掛けがよく似合っていた。

——贅沢なお遊びよ。

不意に浮かんだ皮肉めいた気持ちを抑えつける。数之進もそうだろうが、小伝馬町の牢屋敷でだれにも看取られず死んだ男を思い出さずにいられなかった。一角も手早く襷掛けをして、臨時の菓子職人となる。

「お洒落な前掛けですね。古布に刺し子を施して、生地が薄くなった部分をうまく繕いながら模様にしています。どちらで買い求めたのですか」

琴音が女子ならではの問いを投げた。

「それがしの知り合いでござる。縫い物が得意な武家の女子でございまして、端布や古布を買い求めては、前掛けや巾着袋、小物入れなどを作っております」

「前掛け」

由岐姫はそこで初めて気づいたのだろう。菓子作りに気持ちが行ってしまい、気づくのが遅れたようだ。着けていた藍染めの前掛けを見た。

「ほんに美しいの。これは？」

もろうてもよいのか、という顔をする。あたりまえではなく、そこに某かの金銭が生じるのをわかっているのは悪いことではなかった。

「それは由岐姫様にと思いまして、それがしが買い求めた前掛けでございます。お気に召されましたら、お使いいただきたく存じます。作った女子も喜ぶのではないかと」

「わたしも欲しいぐらいです。買えるのですか」

「琴音。そんな話はあとにせよ」

遮って、由岐姫は調理台の前に立つ。背丈が足りなくて届かないため、用意しておいた踏み台を拓馬が置いた。

「菓子を作る際には、きちんと材料を量っておくことが大切でございます。今回の場合で申せば、わらび粉、砂糖、水でござる。大きめの丼にわらび粉を入れまして」

一角は姫の隣で指南役となる。わらび粉と上白糖を入れて、少しずつ水を加えつつ、指で混ぜ始めた。

「わらわがやる」

手を洗い終えた由岐姫が、混ぜる役目を務めた。水を足すにつれて、わらび粉は固まり出している。

「固まりは指ではさんで潰しながらでござる。力をこめてよく混ぜねば、なめらかになりませぬゆえ」

「わかっておる」

うるさく言うなとばかりに、小さな手で懸命にこねた。最後に一角が改め役として力を込めてこねる。

「さあ、これでこねるのは終わりでござる。次は鍋を七輪に載せて」

鍋の上に置いた濾し器にわらび餅を注いだ。

「わらわが」

踏み台から降りて、七輪の前に座り込んだ。七輪に載せた鍋の中のわらび粉を、木べらで静かに混ぜた。

「竈で温めるのは、駄目なのか」

由岐姫は的確な問いを投げた。

「火が強すぎると、うまくいきませぬ。七輪が、ちょうどいい火加減なのです。お、固まってきましたな。木べらを鍋の底にあてながらでござるぞ。ここからは力が要りますので、それがしにおまかせを」

一角の申し出を、残念そうな顔で受けた。力が要るのは、やってみてわかったに違いない。しかし、それでもやりたかったという感じがした。

「透明になってきた」

屈み込んで嬉しそうに、白濁していたわらび粉の変化を見守っている。年相応の笑顔につられて笑みが滲んだ。

「これでよろしゅうござる」

鍋のわらび粉を、大皿に移した。敷いておいたきな粉をまぶせば完成となる。

「冷めるまで、しばしお待ちくだされ。冷めたら器に盛りつけて、黒蜜をかければ、できたてのわらび餅を召しあがれまする。きな粉の代わりに、すりごまをまぶしても美味しゅうござりまするぞ」

「早く食べたい」

「拓馬、一角。だれか、おらぬか」

突如、康和の大声がひびいた。和気藹々だった空気が、一気に冷めた。口調に苛立ちを感じ取ったのだろう、

「立花がご勘気にふれたようでござる」

拓馬の頬が強張った。

「それがしが」

一角は襷を外して、廊下にあがり、粗相がないように手早く身支度を調える。書院に向かう後ろには、拓馬も付いていた。

「殿。二人がまいりました」

書院の廊下には、二人の供が控えている。康和は書院の床の間に置いた立花を見つめていた。一角は拓馬と廊下に並んで平伏する。

「早乙女一角。まかりこしました」

「小森……」

挨拶し終わらないうちに、康和が告げた。

「これはなんじゃ。我が藩の『芸事禁止令』を忘れたか。拓馬、そのほうが一角を窘めるべきであろう。なにゆえ、かような仕儀に及んだのか」

「それがしの」

一角の言葉を、拓馬が遮った。

「それがしの一存でございます。奥御殿ぐらいは花を飾ってもよいのではないかと思い、反対する早乙女殿の意見を聞かず、勝手に活けました次第。いかような仕置きも覚悟しております」

急になにを言い出すのか。他者のせいにするのは、まさに侍魂が許さない。一角は膝でにじり出た。

「それがしでございます、殿。小森殿ではなく、それがしの一存で飾りました。中庭の椿を切って、書院に飾れば由岐姫様のお慰めになるのではないかという、驕りから出た考えでございました。仕置きは、それがしひとりにお願いいたしたく存じます」

「違います」

凛とした声が、ひびきわたった。前掛けを外した由岐姫が、一角たちの横を通って書院に入る。琴音も付き添っていたが、幼い主を止められなかったためだろうか。顔がやや青ざめていた。

対する由岐姫は落ち着いた仕草で正座するや、一礼して、顔をあげた。

「椿の立花は、わたくしが頼んで活けていただきました。罰するならば、わたくしに仕置きをお願いいいたしたく存じます。小森拓馬と早乙女一角に罪はありませぬ。どうか、お聞き届けいいただきますよう」

と、もう一度、辞儀をした。一角に見せる甘えた仕草の幼さは、どこかに消え去っている。別の女子のようだった。

「………」

康和は、当惑したように由岐姫を見つめている。堂々とした言動に、両家の力関係が表れているように思った。

──さすがは、雲母姫。己の立場をようわかっておられるな。

由岐姫の生家の西尾藩は輿入れに際して、雲母が採れる領地の一部を結納金として納めた。借財の一部に充てられるのは間違いあるまい。その見返りとして本栖藩は、譜代名家との姻戚関係という肩書きを西尾藩に与えた。幕府とやりとりするときに、なにかと役に立つのもまた、確かだろう。

「下手人はわからぬな」

康和が言った。

「ゆえに、こたびの件は不問に付すこととする」

もっとも丸く収まるやり方を選んだ。婚儀のときの金子なども、かなり西尾藩が用立てたのではないだろうか。康和も立場を弁えなければならなかった。

「よかった」

とたんに由岐姫は、ふだんの口調に戻る。

「琴音。殿にわらび餅をお持ちしてください。一角に教えてもらって作りました。できたては口の中で蕩けます」

「さては、すでに味見をすませたか」

「はい」

由岐姫が笑って一件落着となる。

――得心なされているようには見えぬ。

一角は、康和の複雑な表情を読み取っていた。なにか意見があっても、呑み込む癖がついているように感じられた。家臣の面前で顔を潰されたも同然の出来事を、本当はどう考えているのか。

『芸事禁止令』が、深い禍根を残しかねなかった。

四

数之進と一角が、本材木町の『四兵衛長屋』に行ったのは二日後の夜だった。今晩だけ泊まって日付が変わった未明に、上屋敷へ戻る許可を取っていた。

「なんであろうな。並んでおるぞ」

一角がいち早く表店の行列に気づいた。絵双紙屋〈にしき屋〉に、ふだんは見たことのない大勢の者が並んでいる。

「さあ、ネズミ除けの猫絵でございます。入ったばかりでございまして、残りはあと三十枚ほどになりました。これがなくなれば、次はいつ入るかわかりません。今しかございませんよ」

彦右衛門がここぞとばかりに声を張りあげていた。御内儀のりくは、いつも以上に厚く白塗りしている。次々に差し出される客の手に猫絵を渡しては、銭を受け取っていた。

夫婦ともに客嗇家だが、今宵は剛毅に二つの提灯を点けていた。

「のっぺり男と白塗り女は、まことに良き組み合わせよ。妖怪もどきの性根が、じつに似合いじゃ」

盟友は呆れ顔で悪態をついた。あっという間に売り切れた猫絵を求めて、客が不満そうな声をあげる。

「ようやく入ったと聞いたから来たのに」

「おれもだ。もうないのか」

「あいすみません。いつ、お持ちになられるか、わからないのでございますよ。こまめに店を覗いてくださいませ」

りくが腰を折り曲げるようにして詫びた。店を覗くついでに、絵双紙を買ってもらえればという下心が見えみえだったが、商いをする身とすれば当然かもしれない。不承不承という感じで、客が散って行った。

「お帰りなさいませ」

彦右衛門が作り笑いで告げた。

「お待ちいたしておりました。ささ、どうぞ、奥に」

先にたって店に入る。甥の飯屋についての妙案が、閃けると思ったに違いない。りくがいそいそと酒肴の用意をし始めた。

「おりくさん、もてなしは無用だ」

数之進は言って、とりあえず板の間の上がり框に腰かけた。

「猫絵は売れ行きが上々のようだな。まだ、あまり名を知られていない絵師に、猫絵を依頼してみるというのは、いかがであろうか。それがきっかけとなって絵師に声がかかるようになるやもしれぬ」

「確かに」

彦右衛門の同意に、りくが意地悪く唇をゆがめた。

「おわかりになっておられませんねえ、生田様は。この猫絵だから売れるんですよ。この猫絵でなければ、駄目なんです。他のものとは違うんですよ。夜中、目が光りましてね。ネズミは恐れおののいて姿を消しました」

数枚だけ手許に残しておいたのだろう、そのうちの一枚を眼前に掲げている。猫絵については大袈裟に言ったのだろうが、あまりにも正直すぎる女房の言葉に焦ったのか、

「さすがは千両智恵の生田様」

持ちあげて続けた。

「知り合いに売れない絵師がおりますので描かせてみます。絵で生計を立てたいという若手は、掃いて捨てるほどおりますので」

「訪れた客に茶を出すという案はいかがじゃ。近隣の者が気楽に集える場になれば、自然と絵双紙も売れるのではあるまいか。お茶代を渋って客が寄りつかぬ店というのではは仕方あるまい」

一角の提案を、数之進はすぐに受けた。

「けだし名案。一角は謙遜して五両智恵などと言うが、なかなかどうして、油断できぬ。わたしも研鑽を積まねばならぬな」

歩いて来たので二人とも喉が渇いている。りくは気づかなかったようだが、彦右衛門はさすがに察したようだ。

「りく。お茶をお淹れしなさい」

「はーい」

「返事はのばさないようにと、いつも言っているじゃありませんか。いけませんね。人を小馬鹿にしたように聞こえるんですよ」

「小馬鹿にではなく、馬鹿にしているのであろう」

一角が刀を外して数之進の隣に座る。屈託なく笑っていた。恨めしそうに彦右衛門が横目で睨みつける。

「早乙女様も悪態においては、いい勝負ですよ、おりくと」

「そうか？」

「彦右衛門さんに頼まれた件だが」

数之進は、無意味なやりとりを終わらせた。

「甥御(おいご)の飯屋を守(も)り立てる案よ。何枚か飯の絵を描いてきた。気に入ったものがあればと思うてな」

懐から取り出した絵を、板の間に並べた。敷き味噌に盛りつけたうずみ豆腐、あっさりとした塩味の里芋飯、大根の絞り汁で炊いた大根飯は大根をクチナシで染めて黄色く描かれている。彦右衛門は驚いたように絵を手に取った。

「これらの絵は、すべて生田様が？」

「さよう」

代わりに一角が答えた。

「我が友は、芸事に通じておるゆえ、見てのとおり、絵も上手(うま)い。趣味は盆景(ぼんけい)だが、猫絵を描くのも朝飯前よ」

「まことでございますか」

茶を運んで来たりくが訊いた。目の色が変わっていた。

「描けぬことはないが」

数之進が曖昧に言葉を濁すと、一角が即座に受ける。

「すまぬ。今のは忘れてくれ」

辞儀をして続けた。

「われらは遊んでいるわけではない。猫絵の内職は今少し年老いてからの楽しみにしようではないか。それよりも、甥御の店よ。ある場所で試しに作ってみたのだが、どれも評判がよくてな。手応えを感じた」

得意の虚実ないまぜ話だったが、ある場所が本栖藩の賄所なのは言えるわけがない。彦右衛門は見た絵を、りくに渡して答えた。

「どれも美味しそうでございますね」

「店に『旬の江戸ごはん』というような幟を立ててもよいのではないかと思うた次第。里芋飯や大根飯は、地方でも普通に食べるだろうが、先に謳った者が勝ちよ。数多くの店が建ち並ぶ浅草で目立つには、幟がいいのではあるまいか」

数之進の提案に、彦右衛門は大きく頷き返した。

「仰せのとおりでございます。まずは目立つこと、二番目に飯が旨いこと、三番目に看板娘がいれば文句なしなのですが、女っ気のない独り者でございまして」

「店が流行れば、仲人が動き、良縁がもたらされるかもしれぬ。とにかく一生懸命に働くことだ」

ところで、と、話を変えた。

「『猫絵の侍』だが、人相風体を教えてくれぬか。ちと気になってな。描いてみようと思うた次第よ」

用意しておいた紙と矢立を出して、促した。

「年はいくつぐらいだ」

「さようでございますねえ。二十二、三。いっても二十五ぐらいでしょうか。生田様や早乙女様と変わらないお年に見えました」

「顔立ちは？　細面か、丸顔だったか」

続けざまに問いかけて、彦右衛門が答えるまま、描いた。やがて、目鼻立ちのはっきりした凛々しい風情の若い侍が現れる。覗き込んだ一角が、思わずという感じで洩らした。

「美い男ではないか」

「そうなんですよ」

りくが、亭主を押しのけて継いだ。

「最初のときはぽかんと見惚れてしまったのでございますが、二度目のときは、もう、胸が高鳴りましたよ。夢にまで見るほどなんです。早乙女様に勝るとも劣らない美丈夫ぶり。役者になれるんじゃないかと、そうそう、着物や袴も良い品のように思えました」

「……おりく」

一角がぼそっと言った。

「妙な色目で、おれを見るのはよせ。尻のあたりが、ぞわぞわしてくる。おれも夢に見そうじゃ」

友の仕草に思わず笑って、数之進は問いかける。

「なにか、他に特徴はなかったか。たとえば、着物の背に家紋が入っていたとか、家紋の入った物を持っていたとか」

「さあ、気づきませんでしたねえ」

首を傾げた彦右衛門を、ふたたび押しのけるようにして、りくが答えた。

「ありましたよ、ええ、印籠を持っていたんです、腰にさげていました。家紋は確か輪宝だったような」

「輪宝」

数之進は盟友と思わず顔を見合わせる。輪宝は、まさに本栖藩の家紋。つまり、猫絵の侍は、本栖藩成田家の血筋なのだろうか？

「間違いなかろうな、おりく。勘違いしているのではあるまいな。そもそも輪宝の家紋を見たことがあるのか」

目を向けた一角に、数之進は素早く応（こた）える。輪宝の家紋を描いて、りくに渡した。

「ええ、確かですとも、間違いございません。この家紋でございました。あたしも多少、絵心（えごころ）がございましてね。忘れないうちにと思い、記しておいたんでございますよ。ええと、どこにいったかしら。待ってくださいよ、確かこのあたりに」

「数之進」

一角が肘（ひじ）で突き、店の前を目顔で指した。三紗が物言いたげな表情で行き来（いき）している。頼まれ事の第二弾、新たな店で扱う菓子については、あらかじめ記してきた。

――姉様が来たというのは、つまり、鳥海様がおいでになられたということやもしれぬ。

左門の訪れを知って、数之進が〈にしき屋〉にいるのではないかと当たりをつけたのか。あるいは、ここにいると左門に聞いて確かめに来たのか。

「彦右衛門さん、われらはこれで失礼する」

暇（いとま）を告げて、一角とともに店を出た。闇に沈んだ『四兵衛長屋』は、他の長屋よりも通路が広く六尺（約百八十センチ）幅で下水の溝も二本、設けられている。左右に三軒ずつの造りで、まずは左側の一番奥、厠と井戸に近い富美の家に行った。

「遅いですよ」

先に戻っていた三紗が、開口一番、言った。

「それに来るなら来ると使いを寄こしてください。鳥海様と村上様の姿が見えたので、もしやと思い、表店に行ってみたのです。そうしたら、案の定」

「これを」

長くなりそうな小言を提案書で遮る。

「思いついた菓子を絵にしてみました。簡単に作れて、あまり材料費がかからぬ菓子となれば限られます。安くない砂糖代を外すことはできませぬゆえ、まずはこの案でお考えください」

押しつけるようにして踵を返した。

「お待ちなさい」

その背に富美の声がかかる。三畳間に退いた三紗に代わって、土間に出て来た。なにしろ狭いため、二人並んで立つのは厳しいのである。

「故郷の姉上様から文が届きました」

能州からの文は、大きな喜びを運んで来た。母のように慕う一番上の姉の文は、なによりも力づけられる。厳しい寒さのなか、歩いて来た辛さが、一気に吹き飛んだ。

「ありがたき幸せ」

一礼して、押しいただくようにして受け取る。懐に収めながら、一角と向かいの家に足を向けた。

吹きつける風は冷たいが、文を入れた懐のあたりは温かかった。

五

遅い夕餉を終えた後、

「命を落とした本栖藩の下級藩士と思しき二人。そして、〈岩城屋〉の甚五郎と断じてもよい商人の遺骨は、我が屋敷の仏間に置かれたままよ。いまだ引き取り手は現れぬ」

左門が口火を切る。今夜は村上杢兵衛も顔を揃えていた。しんしんと冷え込むなか、総勢四人の語らいは静かに続いている。

「せめて甚五郎と思しき男の遺骨だけでも、家族の許に返してやりたいのだが」

遠慮がちに左門は、千両智恵を借りられないかという視線を向けた。

「心得ました。なんとか考えてみます」

数之進は答えて、訊いた。

「永代橋東河岸の橋番は、いかがでござりましょうか。調べに応じておりますか」

捕らえたときの様子から見て、素直に話すだろうと思えたが、話してもいい内容であるのは確かだろう。後ろの黒幕については、あまり期待できなかった。

「名は小平次、年は三十二」

李兵衛が答えた。

「なれど、堅気とは思えぬ女子が来て云々という話のままじゃ。あとは知らぬ、存ぜぬの一点張りよ」

「ウグイスの鳴き真似は、いかがでしたか。上手く鳴きましたか」

お白洲での調べの折、命じてみてほしいと左門への調書に記しておいた。果たされるかどうか案じていたのだが、

「いや、鳴けなんだ」

左門は面白そうに笑った。

「昨日の朝、わしも詮議の場に同席していたのだがな。本当にやらされるとは考えて

もおらなんだのか、目を白黒させておったわ。蚊の鳴くような声で『ホーホケキョ』と真似たはいいが、とうていウグイスには聞こえなんだ。奉行も苦笑いよ」

今回も自ら詮議の場に足を運んだようだが、配下の報告を待つよりも、自分の目や耳で確認したいに違いない。左門らしいといえた。

「つまり」

一角が継いだ。

「一月二日にわれらが永代橋を渡る直前、鳴いたウグイスは小平次ではなく、他の者というわけですな」

「うむ。一角が感じていた『目』は、少なくともあとひとり、いたことになる。配下に訊いたのだが、気づかなんだと言うていた。もっとも、あのときは数之進と一角だけだったからな。まことにもって、わしの手落ちよ」

すまぬ。と、左門は何度目かの謝罪を辞儀とともに示した。数之進は恐縮する。

「正月でございます。手薄になるそこを突かれました。甚五郎と思しき商人に命じた件もそうですが、物事の裏を読むというか。意表を突くやり方には陰湿さを覚えます。松平信明様のお考えではないように思いました次第」

「確かにな。良い気質のお方とは言いがたいが、商人を刺客に仕立てるような企みは考えつくまい。新たに若い側近をお召しになられたと聞いたゆえ、彼の者やもしれぬ。気になるのは」

独り言のような上司の呟きを素早く受けた。

「愉しんでいるような感じがあります」

我が意を得たりだったのだろう、

「さよう。ゆえに、よけい陰湿さを覚える。ウグイスの鳴き声を合図に使うなど、数之進ぐらいしか考えつかぬわ」

明るく笑った。おおらかな人柄に、いつも救われている。暗くなりがちな話を、盟友同様、気にかけながらも気にしすぎないというように均衡が取れていた。

「ひとつ、新たな話じゃ」

重々しく杢兵衛が切り出した。左門とは逆に暗い話ではなくても、気持ちが塞がれるようになるから不思議だ。

「昨日の早朝、本栖藩の上屋敷に葵の御紋入りのお駕籠が入って行った由。二挺だったことから、だれかを迎えに来たのではないかと思われる。さほど時を置かずに、お駕籠は二挺とも出て来た」

「行く先はわかりましたか」

　数之進の問いを、一角が受けた。

「紀州徳川家であろう。本栖藩に肩入れしているのは間違いないゆえ」

「いや」

　と、杢兵衛は小さく首を振る。

「着いた先は江戸城であった」

「なんと？」

　一角が数之進の驚きまで大きな声で代弁した。

「なにゆえ、御城から迎えの駕籠が来たのでありましょうや。家斉公のお召しとあらば、それがし、奥御殿の侍女しか考えつきませぬ。お目にとまった経緯はわかりませぬが、侍女のなかに大奥へあがるような者がいたかどうか」

　十一代将軍家斉公は、愛妾と子どもの数で群を抜いている。特に子どもは五十人以上とも言われているが、これとて定かな数字ではない。即座に側室を考えたのは、無理からぬことだった。

「おそらく、ご側室の話ではないと思うが」

　左門は苦笑いして続けた。

「この件は、わしが調べを続ける。そうそう、〈岩城屋〉の番頭を襲った刺客のひとりは、大山周太郎とわかった。年は二十二、もはや隠しとおすのは無理と判断したのであろう。一昨日、御城へ出仕した折、本栖藩の留守居役が、つつっと近づいて来てな。脱藩した元藩士であることを認めた次第じゃ」

大山周太郎は、今も左門の屋敷の座敷牢にいる。遠山義胤が牢人だと告げた以上、周太郎が真実を口にしても取りあげようがなかった。侍というのは非常に曖昧な立場の人間であることを、あらためて思い知らされている。

「藩士だった者をいともたやすく切り捨てるとは」

数之進は胸が痛んだ。死んだ二人に関しては、元藩士だったことさえ認めないだろう。家族はどんな気持ちでいるのか。本栖藩は遺骨の引き取りを許さないかもしれなかった。

「永代橋の普請についてはどうじゃ。作事が動き出す気配はあるか」

左門の問いに答える。

「それがしも御手伝普請作事方に加わりまして、昨日の午過ぎ、永代橋に参りました。橋杭の一本を交換するらしく、何人かが船に乗って状態を確かめておりましたが、鳥海様と見た折に感じたとおり、さほど傷んでいるようには見えませんでした」

小判集めの空普請ではないのか。幕府の重鎮や本栖藩の藩主および上級藩士たちが、小判を手に入れる陰で、いったい、どれほどの犠牲者が出ているのか。

「見せかけの作事であろうとも執り行うは必至。気をつけよ。数之進は泳げぬからな。凍りつくような川に落とされた場合は、命が危うくなるゆえ」

左門は表情にも案じている様子が表れていた。事前に調べをしたとき、泳げないと話した憶えがある。それを気にかけたうえの労り（いたわ）だった。

「はい」

胸が熱くなってしまい、それしか言えなかった。

「留守居役の遠山義胤はいかがじゃ。幕府御算用者ではあるまいなという問いを投げた後、姿を見せぬか」

杢兵衛が手留帳（てどめちょう）を見ながら訊ねる。左門と同じぐらい気にかけているのだと告げているように思えた。

「姿は見ましたが、勘定方にはおいでになりませんでした。わたしは一角の話に驚きました次第」

話を盟友に振る。

「小森拓馬の『それがし、幕府御算用者でござる』という話には、ただただ呆れるしかありませなんだ。聞き流して終わりでござる。揺さぶりをかけるつもりだったのやもしれませぬが、それがしには無意味でござった」

「おぬしはまことに肚(はら)が据わっておる。わたしだったら、狼狽(うろた)えきっていたと思うがな。留守居役の遠山様とのやりとりも、冷や汗が滲んだ。同役の水谷殿が『それがしも新参者でございますが、遠山様におかれましては、それがしにも疑いを向けておられまするか』と言うてくれたので、その場はおさまった次第よ」

「助けられたわけか」

一角に訊かれて頷いた。

「うむ」

気になることはあったが、口にするのは控えた。はっきりしない段階で言うのは、混乱を招きかねない。

「それがし、由岐姫様が気になっておりまする。乳母に聞いた話では、どうも菓子作りの後、ふさぎこんでおられるとか。元々食は細いようでござるが、粥(かゆ)を少し口にする程度しか食べないとも言うておりました。乳母は気鬱(きうつ)の病ではないのかと案じておりましたが」

「原因はわからぬのか」

数之進は不安になる。直接、目通りしてはいないが、わらび餅作りを指南した身としては聞き流せなかった。

「桜が見たいと仰せになられておる由。なれど、この調子では花見も当然、禁止であろうからな。厄介な『芸事禁止令』のせいで、故郷への思慕が募り、食欲が失せておられるのではあるまいか」

「花見も禁じられておるのか」

李兵衛が驚いたように訊いた。

「定かではありませぬが、おそらく、そうではないかと思います次第。鏡開きですら、禁じられておりましたので」

「数之進。雑煮を食べられなんだ怨みが、端々に滲んでおるぞ」

一角の揶揄に苦笑を返した。

「まことにもって食べ物の怨みは恐ろしいな。鏡開きの雑煮は、言うなれば祝いの膳。それを食えなんだゆえ、なんとなく気分が悪くてならぬ」

「然り。われらの力で青嵐を吹かせたいものよ。本栖藩の陰鬱な空気を吹き飛ばしてやりたいものじゃ」

「わしも同じ考えよ」

左門が言った。

「現藩主の康和様は、やはり、今のところは傀儡(かいらい)藩主なのであろう。諸藩の留守居役や用人は、前(さきの)藩主・康友様が住む下屋敷を頻々(ひんぴん)と訪れておる。近頃、とみにその数が増えて来たのは、永代橋の普請がらみであろうな。恩恵(おんけい)に与(あずか)りたいという欲深(よくぶか)な金の亡者(もうじゃ)どもが、足繁(あししげ)く通うているのやもしれぬ」

　前藩主や現藩主で思い出すのは、彦右衛門に聞きながら描いた猫絵の侍だ。

「これをご覧ください」

　数之進は、まだ墨の匂いが漂う絵を左門に差し出した。

「おりくさんの話では、輪宝の家紋が入った印籠を腰にさげていた由。もしや、本栖藩成田家にゆかりの者かと思った次第です」

「すまぬが、何枚か描いてもらえるか」

　左門が遠慮がちに申し出る。眠る時を削っての作業になるからだろう。春馬たちに渡しておけば、突き止められるかもしれない。命じれば済む話なのに、左門は決してそれをしなかった。

「承知いたしました」

「忘れぬうちに言うておこう」

　あらたまった口調で告げられた。おのずと二人は姿勢をただしている。

「命か、お役目かとなったときには、迷わず命を取れ。お役目のために死んではならぬ。よいな」

「ははっ」

数之進と一角の答えが、綺麗に揃った。左門の手許で猫絵の侍が、明かりに照らし出されている。

心なしか、現藩主・康和に、少し似ているように思えた。

第五章　騙り合戦

一

　未明の本栖藩上屋敷には、靄が立ち込めていた。

　一間（約百八十センチ）離れようものなら、人影さえ捉えられなくなっている。左門たちと会った一昨日までは、耳がちぎれそうなほどの寒さだったのだが、昨日からは妙に生暖かくなっていた。靄が発生したのはそのせいかもしれなかった。

「昨夜、届いた三紗殿からの文には、なにが記されていたのじゃ？　確認する前に寝入ってしもうたからな。夢枕に立ちはせなんだが、気になっていた次第よ」

　一角が小声で訊いた。二人はいつものように、長屋近くの畑で土や野菜の手入れをしている。朝餉に使う青菜や大根を収穫し、作物の育ち具合を見ながら、少しだけ人手できた本栖藩の肥料を土に混ぜていた。

「浅草寺近くの奥山に、小店を借りられることになったようだ。おそらく、おぬしの父親、伊兵衛さんの仲立ちによるものだろう。わたしが渡した菓子の案を試してみたが、うまくできぬというお怒りに満ちた内容だった」

苦笑いしか返せなかった。故郷の伊賀からの文は、いつも温かさに満ちているが、三紗からの文は心が寒くなることが多い。

「では、近々また、様子を見に行くしかないな」

継いだ一角は、いっそう声をひそめる。

「昨日の午前、だれもいない隙を見て、中奥の庭を調べてみたのだがな。表と中奥の間に、わけのわからない場が設けられているように見ゆる。物置にしては広すぎるように感じられるゆえ、はて、なんであろうと思うたのだが」

「わけのわからない場」

一部を繰り返したのを聞き、理解していないのを感じ取ったに違いない。一角は落ちていた木切れで地面に図を描いた。

「こちらが勘定方や各部屋のある表の場、そして、こちらが中奥じゃ。たやすく行き来できぬよう、庭には板塀が設けられている。中奥の庭を歩いていたとき、ふと板塀が真っ直ぐではなく、斜めに設えられていることに気づいたのよ」

　手前から奥に向かい、ゆるやかに広がる形の線を引いた。

「奥へ行くに従って板塀は扇形に広がっていた。表にも行って確かめてみたところ、同じ造りになっていた次第よ。表の板塀は左、中奥の板塀は右。目立たぬように途中までは少しずつ広がる感じだが、そこから先は扇形じゃ」

　と、両手を使って扇形に広げる。

「表と中奥の間に隠された空間があるわけか？」

　自問のような呟きに、友は頷いた。

「おそらくな。おれは集めた小判を納める金蔵ではないかと見た。外から千両箱を運び入れられるか、上屋敷の外に出て確かめたのだが、謎の空間が設けられたあたりに出入り口は見あたらなんだ。まあ、外からすぐに入れるのはすなわち、盗みやすくなるゆえ、わざと出入り口を作らなんだのやもしれぬがな」

「隠し蔵か。ありうるやもしれぬが、わたしであれば、下屋敷や抱屋敷に作る。敷地が広いので人目につきにくいゆえ」

「下屋敷と抱屋敷にも、あるに違いない。いったん上屋敷の金蔵に納めておき、千両箱が多すぎて置けなくなる前に移すのやもしれぬ」

「それもまた、ありうるか」

即座に否定できないほど、本栖藩の御手伝普請は疑惑に満ちみちている。永代橋の普請は、空普請ではないのか。すでに小判を集め終えたため、用無しになった商人は金を返してもらえず、自死しているのではないか。

「それにしても、おぬしは調べるのが早いな。わたしは足手まといになるゆえ、ひとりで動くのだろうが、できるだけ一緒に探索した方がよい。先走るな」

「言われるまでもない。おれはおまえが足手まといだと思ったことはないが、調べをするときは勘定方のお勤め中なのだ。他の部屋の者も然り。庭をうろつくには、格好のときよ。同役の目が離れたとき、板塀を乗り越えて忍び込んでみるつもりじゃ。扇形の部分になにがあるのか、確かめてみる」

婉曲に同役の小森拓馬は監視役なのかもしれないと告げていた。自分は幕府御算用者だと言ったのは、やはり、数之進たちを攪乱するためだろう。騙し合いは潜入探索の常だが、はたして、拓馬は御算用者の真の目的を知っているのだろうか。

「わたしは、同役の水谷信弥も気になっている。留守居役の遠山様が、『そのほう、御算用者か』という問いを投げたとき、庇うような言葉が出た。あれが逆に引っかかっているのだ」

「庇ったのか、あるいは、数之進を信じさせるためのやりとりなのか」

一角は正確に流れを読み取っていた。

「さよう。二人とも同い年ぐらいではないか。松平信明様がお召しになられたという、若い配下にあてはまると思うてな。どちらかが密偵なのか」

「もしや、両方ともそうなのか」

受けた友に頷き返した。

「その可能性も捨てきれぬ。繰り返しになるが、無理は禁物だ。まだ、永代橋の普請の詳細を掴めておらぬゆえ」

「わかっておる」

答えて、一角は立ちあがる。

「人参と牛蒡を収穫せねばならぬゆえ、青菜と大根は一度、大台所に運んでおいた方がよかろうな。本日の献立は、青菜の胡麻和えに大根と油揚げの味噌汁、それから、ちくわ豆腐だったたか。珍しい品を仕入れたと聞いたが」

「鳥取の特産品を扱う豆腐売りが来たのだ。西に住む者は、納豆の匂いが駄目だと嫌って食べぬ。それならばと頼んでみた次第よ。潰した豆腐を棒状にして、竹に巻いて焼いたものだろう。賄方の藩士には好評だったゆえ、朝餉の膳に出してみようと思ってな」

「朝までやった飴作りで手が痺れてしもうたわ。『金がなければ智恵を出せ。智恵がなければ汗を出せ』というが、おれは智恵がないゆえ、汗を出すしかない。時間のかかった飴は夕餉のあとの楽しみか」

「そんなところだ」

「われらの苦労が伝わっているといいがな。ついでに井戸の水を汲んで来よう」

「頼む」

大きな笊に載せた野菜を笊ごと渡して、数之進は雑草を抜き始めた。すぐに一角の姿は見えなくなる。靄は少し晴れてきたが、それでも周囲は白っぽく染まっていた。風でゆっくり靄が流れていた。

「十二月に入って、すでに二人、死んだ」

突然、しわがれた男の声がひびいた。

「え？」

数之進は慌てて周囲を見まわした。今の声はだれなのか。年寄りのようなあれは……靄の向こうにうっすら人影らしきものが見えている。なぜか動けなくなってしまい、その場に座り込んでいた。

「このままでは、自死する者が増えるは必至。わしは幕府の両目付様に、我が藩の酷(むご)い有様(ありさま)をお知らせするつもりじゃ」

しわがれた声は、若くはなかった。五十、いや、六十を超えているかもしれない。両目付という言葉が出て、よけい身体が固まっていた。ひとりではないようだが、だれとだれが話しているのか。

――もしや、この畑の手入れをしている者か？

世話役の弥左衛門に訊いたとき、曖昧(あいまい)にごまかされた相手が、ようやく畑に来たのだろうか。数之進は耳に意識を集める。

「なれど、幕府御算用者など信じられませぬ。表向きは諸藩改革の手助けを謳(うた)っておりまするが、その実、小藩を潰すのが目的と聞いております。潰した後はむろん幕府の領地になるとか。ご隠居様のお考えは、非常に危険な賭けであるように感じます」

反論の声は最初にひびいた声よりも、少し若い男のように思えた。四十代ぐらいだろうか。ご隠居様の部分を心に刻みつける。潜入探索に関わるやりとりとあって、数之進は良心の呵責(かしゃく)を覚えながらも盗み聞きを続けた。

「われら侍は、いったい、だれに食わせてもろうておるのか？」

しわがれた声が問いかける。意表を突く問いかけだった。数之進はとっさに心の中で答えている。

「幕府でござります」

少し若い男は、数之進の考えとは違う答えを返した。

「では、その幕府は、だれに食わせてもろうておるのか」

「それは」

口ごもった男に、しわがれた声の主は告げる。

「民じゃ」

そう、それこそが、数之進と同じ答えだった。

説明が足りないと思ったのか、

「われら侍は、農民や商人、職人らの働きのお陰で、なんとか生計(たっき)を立てられておる。にもかかわらず、大名家では財政が逼迫(ひっぱく)すると『仕法』や『主法』などという勝手な口実を並べて、町人の債権を踏み倒しておる。さよう。幕府が公然と行う棄捐令(きえんれい)よ」

きっぱりと言い切って、続ける。

「大名家は幕府の真似をしているのだが、許されぬことよ。わしは今一度、訊ねたい。民を守るのが侍ではないのか?」

あまりにも率直すぎる問いだったかもしれない。

「…………」

黙り込んだそれが答えのようだった。

「幕府御算用者は、よく口にするそうじゃ。『民富めば国富む、民知れば国栄える』とな。しかし、このままでは」

しわがれた声の主は一度、言葉を切って告げる。

「『民死ねば国死ぬ』じゃ。愚かな幕府は、民の苦しみをわかっておらぬ、いや、わからぬふりをしておる。ゆえに、わしは訴える」

語尾が乱れた。

「まさか」

件の声もまた、狼狽えたように思えた。

「ご隠居様。お腹を召されたのでは……」

「老い先短い身ゆえ、悔いはない。見事、死に花、咲かせてみしょうぞ。さあ、わしを連れてゆけ、両目付様のお屋敷へ」

民死ねば国死ぬ。

それが数之進の耳で木霊していた。お腹を召したというのはつまり、陰腹を斬ったのだろうか。藩の酷い有様を訴えるため、左門の屋敷へ運ばれたはいいが、命を失ったことも考えられる。数之進の胸には、先日、別れ際に告げられた左門の言葉が甦っていた。

〝命か、お役目かとなったときには、迷わず命を取れ。お役目のために死んではならぬ。よいな〟

あれは、訴え出た者の無残な死に様を、目の当たりにしたからかもしれなかった。

「………」

靄が晴れてきたそこに、猫絵の侍が立っている。目鼻立ちの整った貌は、彦右衛門の話を聞きながら描いた絵よりも、美丈夫ぶりが際立っていた。衆道の気はないものの、それでも見惚れてしまうほどの生気を放っている。

数之進は驚きすぎて言葉が出なかった。

「そ、それがし、勘定方にご奉公……」

「お役目は、恐ろしくはござらぬか」

いきなり猫絵の侍は訊いた。

「はい。恐くてたまりませぬ。それがしは人一倍、臆病でござりますゆえ、いつも身体が震えます」

数之進は正直に答えた。

「なれど、恐れるその気持ちこそが大事であると、それがしは考えます。あたりまえになって恐れを感じなくなったとき、お暇(いとま)願いを出そうと決めております」

「………」

唇が動きかけたが、猫絵の侍はくるりと背を向けた。

「お待ちください」

数之進は思わず追いかけている。靄はいまだ晴れきっておらず、あっという間に姿を見失っていた。

「今のは」

気づいたときには、表と中奥の境に設けられた板塀の前に立っていた。遠くの方でウグイスの鳴き声が聞こえている。

靄は消え去って、雲間から朝陽(あさひ)が射し始めていた。

二

「数之進？」

背後で一角の声がひびいた。

「あぁ、おぬしか」

安堵して振り返る。顔色が変わっていたのかもしれない。

「いかがしたのじゃ、真っ青ではないか。幽霊でも見たような顔をしておるぞ」

「いや、たった今、猫絵の侍が」

数之進は片袖に入れておいた絵を取り出した。

「いたのだ、畑でだれかと話をしていた。もうひとりの姿は見なかったのだが、気づいたら目の前にいて……彼の者のあとを尾行けて来たら、ここに」

思いつくまま話すと、一角は周囲を見まわした。

「ここは先程、話をした表と中奥の境目の板塀よ。これに沿って進むと途中から扇形に広がる。表では左、中奥では右。左右に広がる形じゃ。猫絵の侍は、このあたりでいなくなったのか？」

「そうだ。おぬしが言うたとおり、幽霊のようにふっと消えた。もしや、そうだったのであろうか」

急に恐ろしくなり、身体が震え出した。幼子のように一角の袖をきつく握りしめている。友は冷静に板塀を調べ始めた。

「どこかに仕掛けがあるのやもしれぬ」

「からくりか」

聞いたとたん、震えが止まる。幽霊ではないとわかれば、あとは探すのみ。数之進も板塀を調べ始めた刹那、ふたたびウグイスの鳴き声が聞こえた。

「あ。そういえば、さっきも」

「合図か」

一角は言い、促した。

「数之進も鳴いてみよ」

ホーホケキョと本物そっくりに鳴けば、長屋門の方から鳴き声が応えた。しらじらと夜が明け始めた上屋敷は、目覚めたばかりで庭に藩士の姿はない。猫絵の侍は気になるが、今は連絡役に会うことを優先させた。

二人一緒に長屋門から外へ出る。

「生田殿」

待っていたのは、三紗の夫、杉崎春馬と配下のひとりだった。左門の下で働くのが性に合っているのかもしれない。春馬は生きいきとしているように見えた。手短に挨拶をかわして話を始める。

「深川の材木問屋〈岩城屋〉ですが、本店のある尾張から主、もしくは番頭と思しき者が下向した由」

春馬の言葉を、もうひとりが継いだ。

「同じ話かもしれませんが、小萩と申す者の使いが、本材木町の長屋にまいりました。鳥海様は、おそらく〈岩城屋〉の件ではないかと仰せになりまして、早乙女殿に確かめてもらうようにと」

文を一角に渡した。

「読んでもいいと、お伝えしておくべきであったな」

呟いて文を確かめる。勝手に読むことなく、律儀に届けさせるのもまた、左門らしいといえた。

「鳥海様の仰せどおりで間違いない。〈岩城屋〉本店の主が、深川の支店に来ているそうじゃ。この文によると本栖藩の下屋敷で宴が催される由。向島や深川の綺麗所を呼んで接待するのやもしれぬ」

「小萩さんも呼ばれているのか」

「そうらしい。日時はまだ定かではないが、近々、大きな接待の場が設けられるのは間違いあるまいな。上屋敷の下級藩士は、質素倹約と『芸事禁止令』で、がんじがらめになっておるというに」

忌々しげに言った。雲間から覗いていた陽が、本栖藩の下級藩士を示すように翳る。芸事を嗜むのを禁じられただけではなく、能や歌舞伎、宮地芝居や落とし噺などを観に行くことさえできない。光や色とは無縁の世界で、なんの喜びも楽しみもなく、ただ黙々と奉公している藩士たち。数之進と一角がまめやかに膳を調えるようになったことで、多少、表情が明るくなったようには感じているが……。

「最後にもうひとつ、未明に表門に駕籠が二挺、入って行きました。女子用のお忍び駕籠に見えましたが、定かではありません。護衛役と思しき十名ほどの藩士がついておりました」

春馬の報告に、数之進は首を傾げた。

「女子用のお忍び駕籠に護衛役」

護衛役だったのか、見張りを兼ねた監視役なのか。頭の隅にとめて、春馬を少し離れた場所に連れて行った。

「私の話で恐縮なのですが、姉様からの文によると、浅草寺近くの奥山に小店を借りられたとか」

「はい。小さな店ですが、割合、安い値段で借りられました。お店の持ち主は、〈北川〉のご隠居、伊兵衛さんの知り合いだそうです」

「やはり、そうでしたか。扱う菓子については、作り方を記して渡したのですが、うまくできぬとご立腹の様子。なにか聞いていますか」

早く話を終えようとして我知らず早口になった。数之進はよく言えばおっとりした気質、悪し様に言われるときは愚図であるため、忙しいのは苦手である。

「色が綺麗に出ぬと言うておりました。生田殿には、一度、様子を見に行っていただければ幸いです」

春馬もまた、私の話をするのが気になるのだろう。一角たちに素早く目を走らせた。数之進よりも年下でありながら立場的には義兄という厄介な関係ではあるものの、問題が起きるのは常に実姉とだった。

「時間を作って行かねば駄目か」

「生田殿、早乙女殿」

別の配下が二人、足音もなく近づいて来た。いくつか動きが出ると思い、左門は四人を配してくれたようだ。

「ちと来てくれぬか」

一番年嵩のひとりが、顎で奥御殿の方を指した。

「わかりました。では、杉崎殿たちとは、ここで別れたいと思います。鳥海様に小萩さんの文の内容を、一刻も早くお伝えしてほしいので」

「承知しました」

答えた春馬たちとは長屋門の前で別れて、数之進と一角は二人のあとに続いた。阿吽の呼吸で段取りが決まるのは、左門の人選が確かである証かもしれない。四人は海鼠塀に沿って忍びやかに進んだ。

ほとんどの上屋敷は、敷地をぐるりと二階建ての瓦葺きの長屋で取り囲んでおり、下級藩士たちはここを住まいにしている。これを外から見ると、塀の下部が海鼠塀、その上が塗り塀、そして、窓は連子窓という造りになっていた。

角を曲がったとき、

「慌てなくて大丈夫ですよ。ゆっくり梯子を登ってください。そう、焦らないで一段ずつです」

若い女子の声が聞こえてきた。奥御殿の裏門付近の一部が、瓦葺きの海鼠塀だけになっており、他よりも低く造られている。外の道に踏み台が置かれて、その上に乗った女子が海鼠塀の瓦越しに両手を差し伸べていた。塀の内側に梯子を掛けて登り、踏み台を道に落としてから、先に外へ出たのだろう。

「知里ではないか」

　一角の呟きに、数之進は顔を見やる。

「存じ寄りの者か」

「奥御殿の侍女よ。裕福な商人の娘で、行儀見習いのご奉公と聞いた。いったい、なにをしているのか」

「待て」

　友の腕を引いて止めた。

「下手に声を掛けると、驚いて怪我をしかねない。少しの間、様子を見ようではないか」

　配下の二人も無言で、数之進たちの後ろについている。知里は濃やかに指示を与えて、屋敷内にいた者を梯子の上まで登らせた。

　瓦葺きの海鼠塀の上にひょっこり顔を覗かせたのは……由岐姫だった。丸髷に結った髪型や着物は、町娘のそれだった。二人の企みは口にするまでもなかったが、数之進は笑って流せない。

　――おいたわしいことよ。

　息が詰まりそうな屋敷から、逃げ出したくなるのは当然ではないだろうか。後押ししたいぐらいだが、そうはいかなかった。

「だれもおらぬか」

由岐姫は首をめぐらせて訊いた。

「はい。大丈夫でございます」

知里は背伸びして、由岐姫の両手を摑み、引きあげる。海鼠塀の瓦に跨るような格好になってしまい、着物の裾が太股のあたりまでまくれあがった。数之進もそうだが、あられもない姿を見ていられなかったに違いない。

「まかせておけ」

一角は言い、知里の隣に行って由岐姫を地面に降ろした。通りがかった近隣の者とでも思ったのか、

「ありがとうござ……」

礼を言おうとした知里は、目と口を大きく開いて絶句する。腰が抜けてしまったのか、その場にへたり込んだ。

「一角ではないか」

由岐姫は屈託なく笑っている。

「かようなところで、なにをしておるのじゃ。今の時刻は、みな武道場で稽古であろう。ゆえに……」

「この時刻に、上屋敷を抜け出そうとなされたわけですな」

一角は言った。

「膳が喉を通らず、粥をすする状態と伺うておりましたが、元気なご様子に安堵つかまつりました。して、丸髷を結った町娘の姿で、どちらへお出かけあそばされるのでございますするか」

「ちとぶらぶら歩きをしようと思っただけじゃ。振り袖では歩きにくいゆえ、目立たぬ着物を着ただけのこと。それ以外に意味はない」

とっさに考えたにしては上出来だったが、本栖藩成田家の跡継ぎの奥方に町娘の真似など許されるはずもなかった。

「も、申し訳ありません!」

知里は地べたに平伏する。

「わたしの実家へ行くつもりでございました。由岐姫様のお考えではございません。すべて、わたしひとりの考えです。気鬱の病になりかけておられましたので、お慰めできないかと思いまして」

遅ればせながら異変に気づいたらしく、奥御殿ではあちこちで声があがっていた。由岐姫様と呼ぶ声が、外にまで聞こえてくる。

「由岐姫様は、ここにおられます」

一角は踏み台に乗って声を張りあげた。

「ご案じめさるるな、ご無事でございます。それがし、殿の側小姓、早乙女一角。すぐにそちらへお連れいたします」

それを聞きながら、知里は泣き出していた。なにもかも『芸事禁止令』のせい、とまでは言い切れないが、由岐姫の逃避行は間違いなく行き過ぎた定めのせいだろう。ほどなく、乳母の琴音が小走りに近づいて来るのが見えた。顔は雪のように白くなっており、血の気がまったく失せている。

「由岐姫様」

無事な姿を認めた瞬間、意識を失ったに違いない。ふぅっと崩れ落ちるように倒れかけた。後ろを走っていた侍女が抱きとめる。

「琴音様!?」

事ここに至って、ようやく重大さに気づいたのか、

「…………」

由岐姫は呆然と立ちつくしている。琴音ほどではないが、小さな面は可哀想なほど青ざめていた。

三

「わたくしのせいでございます」

琴音は神妙な顔で言った。

「由岐姫様は、立花の件で小森様と早乙女様を庇い、殿にその場はお譲りいただく形になりました。ですが、武家の女子としては、あってはならぬ行い。殿方のお顔を潰してはなりませぬと、少しきつくお諫めしたのです。姫様は不満をあらわにしておられましたが、二度とかような真似をしてはなりませぬと、何度か申しあげました」

その結果、由岐姫は膳を口にしなくなったのだが、理不尽な流れに小さな怒りをふくらませたであろうことは想像するに難くない。このときは密かに知里が握り飯などを運び、詐病であるのをうまくごまかしたようだが、今回の騒ぎでさらに縛りがきつくなるのは必至と思われた。

自分のせいと言いながらも、琴音は立場上、由岐姫に厳しく接するしかないだろう。

知里は実家に帰されて一件落着のように思えるが、はたして、そうだろうか。子どもなりの懸命な訴えに、もはや味方する者はひとりもなく、由岐姫は孤立無援の様相を呈していた。

「『由岐姫逃走之劇』以来、見張りが厳しくなった。扇形の場所に忍び込むつもりだったのだが、猫絵の侍が消えた板塀のあたりは、特に見張りの者が多くてな。からくり仕掛けの戸があるのかもしれぬが、いまだに中の様子はわからぬ」

一角が言った。歌舞伎まがいの大仰な題をつけている。数之進たちが一晩のお暇願いを出したにもかかわらず、丸五日間、許可がおりなかった点にも、本栖藩の強い警戒心が表れていた。二人は昼間、いつもどおりの勤めを終えた後、ようやく、紗が小店を出す浅草に向かっていた。

時刻は七つ（午後四時）ぐらいだろうか。目的地の浅草までは、あと一里（約四キロ）ほどという地点に来ていたが、すでに陽は傾き、闇に覆われるときが迫っていた。冷たい北風に追われるように、自然と足が速くなっている。

「靄とともに消えた男は、猫絵の侍なのであろうか。〈にしき屋〉に猫絵を持ち込んだのは、幕府御算用者になにかを伝えようとしたからだろうか」

数之進は疑問を提示する。彦右衛門への聞き取りで仕上げた『猫絵の侍』の顔は、板塀近くで消えた男に酷似していた。輪宝の家紋が入った印籠を確かめるべきだったと後悔したが、今更、言っても詮無いことと諦めた。

「おれはおまえの言葉を信じるぞ。彼の者が幽霊とは思えぬ。われらが朝晩、畑にいるのを知って現れたに違いない。公にはなっておらぬが、成田家の分家筋かもしれぬな」

「うむ。わたしはしわがれた声の主も、引っかかっているのだ。靄が晴れた後、どこにも年寄りの姿は見えなんだ。あれは、やはり」

幽霊ではなかったのか。と口にするだけで幽霊が現れそうに思えたことから、途中でやめた。

「恐るるに足らず。彼の者が一人二役を務めていたのであろうさ。老人らしき声色を使い、やりとりをしているように思わせたのじゃ。数之進とて、ウグイスの鳴き真似が巧いではないか」

「わたしの稚拙なウグイスの鳴き真似と、人の声では比べものにならぬ。あの老人はどこに行ったのであろうな」

消えない不安を感じ取ったに違いない。

「もしかすると、猫絵の侍は役者なのやもしれぬ。本栖藩では禁じられているゆえ、表に出て来ないのではあるまいか。うん、我ながら良い考えよ。白塗り女のおりくも、美い男だったと言うていたではないか」

「確かにそうだが」

「扇形の場所には、能舞台が設えられているのやもしれぬ。稽古をするため、入って行ったのであろう。さよう。猫絵の侍は役者に相違ない」

ひとりで得心していた。盟友はひとつ厄介な案件を片付けた気持ちらしいが、数之進の胸には別の心配事が浮かんでいる。

「由岐姫様は、大丈夫であろうか」

知里と一緒にぶらぶら歩きをするために、町娘の姿で出かけようとした。という言い訳が、一蹴されたのは確かだろう。琴音がどのように話したのかはわからないが、由岐姫は本当に膳が摂れなくなったらしく、熱が出てしまい、一昨日、昨日と二日続けて医師が呼ばれている。偽りだったはずの病が、今では本物の気鬱の病となっていた。

数之進は友と作った晒し飴を、お見舞いとして差し入れたが、甘い物さえ喉を通らなくなっているのか。返事は伝えられていなかった。

「さすがは苦労性と貧乏性の業を持つ男。次から次へと、よう浮かぶな。とはいえ、こたびの騒ぎは、おれが活けた立花が原因と言えなくもない。立花の件で琴音は由岐姫様を諫め、それを見た知里が気晴らしにと実家に誘い、このような騒ぎとなった。

胸が痛んでならぬ」

明るかった一角の顔が、哀しげにくもる。

「知里が実家に帰されたことも、由岐姫様がご不例になられた理由のひとつであろうがな。年が近いゆえ、良い遊び相手だったと聞いている。お手玉、百人一首、蹴鞠といった遊びや、不満を言える相手がいなくなったのは、さぞお辛かろう」

さらに、と、続けた。

「故郷では、お父上、西尾藩の現藩主だが、村の催事や祭のときは、由岐姫様を始めとするお子たちを、見物に連れて行った由。領地の視察を兼ねての訪いであろうが、割合、ゆるやかな気風だったようだ。それだけに、よけい厳しく感じるのではあるまいか。母上様に逢いたい、故郷に帰りたい、桜が見たいと、熱にうかされて譫言を繰り返しておられる由。おいたわしくてならぬ」

ふだんは聞き役が多いのに、今日は逆になっていた。子ども好きな一角は、由岐姫の具合の悪さを我がことのようにとらえているのかもしれない。ここ数日は、奥御殿の話が多かった。

「だれも悪くない」

数之進は励ますように、友の肩を軽く叩いた。

「悪いのは、わけのわからぬ『芸事禁止令』よ。本栖藩は定めにとらわれるあまり、身動きが取れなくなっている」

「定めというよりは、もはや掟のように思えるがな。反対する者、守らない者は座敷牢に押込よ。見せしめの意味もあるのだろうが、恐怖で支配する政は好かぬ」

話しながら一角は、時折、後ろに春馬たちがついているか、いつものように確かめている。周囲は闇に覆われてしまい、道は暗くて夜目が利かない数之進は、友が頼りだった。

「護衛役のひとりに杉崎殿を配したのは、鳥海様の粋なおはからいであろうな。村上様であれば逆のことをしたやもしれぬ。わざと杉崎殿を外したうえで、夜通し帰れぬお役目を命じたのではないか」

「そんな意地の悪い真似はしないと思うが」

数之進は笑って受け流した。

左門は護衛役として二人を配したが、今宵、春馬を選んだのは、一紗と過ごせというう配慮のように感じられた。豪放磊落でありながら、濃やかな心遣いを見せる上司は、三千石の高級旗本であるにもかかわらず、気取りや驕りはいっさいない。

——なぜ、本栖藩の上級藩士は、自分たちだけよしの『一方よし』なのか。

数之進は、つい比べていた。

「上屋敷は狭いという理由で、江戸家老や留守居役といった上級藩士は、下屋敷や抱屋敷に自分たちの屋敷を持っているようだ。あるいは公儀に届け出ていない贅沢な隠れ屋敷があるのやもしれぬ。留守居役の遠山様などは、いったい、どのような暮らしをしておられるのか」

下屋敷や抱屋敷の調べは、左門の配下が行っている。まだ、結果は届いていないが、そろそろ宴が催される頃ではないだろうか。

「ご家老様はわからぬが、遠山様は派手やかな暮らしをしておるようじゃ。事実上の藩主、大殿の康友様に、愛妾となる女子を世話したとも聞いた。まあ、今のはこれの話ゆえ、あまりあてにならぬがな」

と、一角は眉に唾をつける真似をした。

「そうか。先日、未明に上屋敷へ入ったという女子用と思しきお忍び駕籠は、康和様のご側室やもしれぬな。遠山様が手配りをして、調えたのやもしれぬ」

数之進の考えに、友は首を傾げる。

「なれど、奥御殿にそれらしき新たな女子はおらぬぞ。はて、ご側室かもしれぬ女子は、どこに消えたのか」

「ご側室ではなかったのやもしれぬが」

では、だれなのか。

そこで話は終わる。

「それにつけても、思うのは上屋敷のひどさよ。おまえの同役、中井殿だったか」

「うむ。中井弥左衛門殿だ」

「夕餉の後、配った晒し飴を口にしたとき、子どものように喜んでいた。ああいう表情を見ると、苦労が吹き飛ぶ思いがする。ほとんど寝ずに作ったゆえ……なれど、複雑な思いも湧いてくるのじゃ。いいおとなが飴ごときで、あんなに喜ぶとは」

しみじみ呟いていた。夕餉の後の楽しみにと思い、二人で懸命に飴作りに勤しんだ。三紗の小店で出す飴を試しに作ってみたのだが、殊の外、藩士たちに喜ばれた。代表するような弥左衛門の言葉を思い出さずにいられない。

〝まさか、上屋敷の賄所で飴を食べられるとは思うておりませなんだ。サクサクした歯触りと、嚙んだ瞬間、すぐに舌の上で蕩ける感じがたまりませぬ。旨い飴でございまするな〟

砂糖は高いため、餅米から作った水飴を、丹精込めて何度も引き伸ばし、独特の歯触りを持つ飴を作りあげた。二人が仮眠しか取っていないことに、弥左衛門たちは気づいていたのだろう。是非、飴作りも手伝わせてほしいと名乗りをあげてくれた。

「金がないのだから、自分たちで作ればよいのだ。甘い物は、人の心をなごませる。まさに『金がなければ智恵を出せ。智恵がなければ汗を出せ』よ。旨いものを食べるには、手間暇かけるしかない」

　数之進の言葉を、すぐに一角が継いだ。

「藩政改革にも、であろう。手間暇かけねば、政は変えられぬ」

「然り」

「今朝、ご家老様に伺うたのだが、殿は数之進をお召しになられたとか」

「さよう。『五箇条の勘案書』をご覧になられて興味をいだかれたようだ。わたしは永代橋の普請が今も引っかかっている。ここにきて勘定方を含む表は、やけに人の出入りが多く、慌ただしい雰囲気なのだが、相変わらず、御手伝普請作事方が設けられた勘定方に作事の動きは出ていない。裏があるように思えてならぬのだ。殿にお目通りしたとき、話を引き出せぬかと考えているところよ」

「騙り合戦だな。いよいよ本格的に千両智恵の出番となるわけか。空普請かもしれぬ企みを暴くついでに、『芸事禁止令』を廃止させたいものじゃ。さすれば、由岐姫様はむろんのこと、藩士たちも明るさを取り戻すやもしれぬ」

「わたしもそう願うておる」

数之進は同意して、前方に目を向けた。

「あと少しだな」

暗かった道の前方が、浅草へ近づくにつれて、ほの明るくなってきた。闇に覆われた道の先に灯る明かり。たとえ小さな明かりであろうとも、それこそが生きる力となり、希望の光となる。

本栖藩に必要なのは、闇を吹き飛ばす風と、心を奮い立たせる光だった。

「彦右衛門の甥とやらの飯屋は、確か風雷神門の近くだったな」

一角が立ち止まって紙片に記した町名を確かめた。

浅草は御城の東北にあたり、東は大川を隔てた本所、南は神田川、西は下谷に接して、北は新鳥越や谷中を境にして豊島郡に隣り合っていた。おおむね平坦な区域で、粋が信条の深川とはまた違う独特の下町情緒が育まれている。浅草寺門前は昼間、参拝客で賑わうことから、深川富岡八幡宮の門前町と似た雰囲気があるかもしれない。

しかし、浅草寺に隣り合う奥山は、陽が沈んだ後、賑わう場所であることから、本栖藩の藩士には無縁の町ともいえた。

「間違いない。風雷神門のすぐそばじゃ」

歩き出した一角に、数之進も並んだ。

浅草寺の総門・風雷神門は、雷神門とも雷門とも呼ばれている。明和四年（一七六七）に焼失したが、寛政七年（一七九五）に再建されて、切妻造りの威風堂々たる美を誇っていた。伽藍の守護神として、右に風神、左に雷神が祀られていた。

四

「風神と雷神か」

数之進は、守護神を見あげる。本栖藩の闇を風神の風で吹き飛ばし、雷神が放つ稲妻の光で厳しい掟を打ち破ってほしいと思った。

〃いや、おまえたちが風神雷神にならねば、悪しき慣習は打破できぬ〃

不意に心で声がひびいた。数之進は左門に言われたように感じた。

「本栖藩を暗示しているような守護神だ。さらに、われらが取るべき道を示しているように思えなくもない。風で闇を吹き飛ばし、雷で明るく照らす守護神。恐れ多いことかもしれぬが、なんとなくお役目と重なる」

小さな呟きを、一角が受けた。

「さしずめ数之進が風神、おれが雷神か。ご挨拶申しあげたいところだが、夜ゆえ、参拝はやめておくか」

「そうだな。昼間の方がいいかもしれぬ」

雷門の前に来たとたん、不気味な悪寒に襲われていた。原因はわかっている。般若のごとき形相の三紗が、脳裏に浮かんでいた。

「まずは面倒な厄介事を片付けるか。彦右衛門の甥の飯屋は、と」

友が、建ち並ぶ小店を見やる。奥山と違い、雷門近くの店は主に昼間の参拝客を目当てにしているのだろう。すでに店仕舞いし始めており、探すまでもなく人待ち顔の若い男に呼びかけられた。

「生田様でございますか」

近くに来た瞬間、数之進は思わず笑いそうになった。ひょうたんなまずのようなのっぺりした顔が、大屋の彦右衛門と瓜二つだったからである。

「そうだ」

名を聞いていなかったため、あとが続かない。

「甥の彦太郎と申します。見世はここでして」

建ち並ぶうちの一軒を指した。どの小店もそうだが、広さはせいぜい四畳半程度で、入り口に竈と流しが設けられている。持ち帰る客や、そのへんに腰掛けて食べる客が多いのだろう。調理台代わりの膳台は一つしかなく、丸椅子は二脚だけだった。

すぐに話をしたかったが、いやな寒気をおさめるのが先だ。

「すまぬが、ちと待っていてくれぬか」

数之進は言い、雷門の前にいた春馬たちに走り寄る。

「先程から鳥肌が立っております。姉様が待ちくたびれて怒り心頭だと思うと、生きた心地がしません。杉崎殿だけでも先に行ってください」

率直に告げた。そうすれば、三紗の怒りが多少なりとも和らぐのではないか。春馬への想いをあてにした頼み事だが、訪ねたときに冷たい眼差しを受けるのは、できるだけ避けたいのが偽りのない気持ちだった。

「なれど」

躊躇う春馬に、もうひとりが告げた。

「かまわぬ。それがしと早乙女殿がおるゆえ、大事ない」

「そうですか」

一瞬、嬉しそうな笑みを浮かべたが、数之進たちの目を気にしたのか、すぐに顔を引き締める。

「お言葉、ありがたく存じます。それでは、ひと足早く奥山に行っています」

辞儀をして踵を返したが、その足がはずんでいるように見えた。所帯を持ってわずか二カ月あまり。二人きりで過ごしたいだろうに、春馬は愚痴ひとつ言わず忙しく働いている。年下ゆえ案じられる部分もあったが、杞憂にすぎなかったと安心していた。

数之進はもうひとりの配下とともに、彦太郎の店に戻る。

「旨いぞ、数之進たちも食え」

一角は空きっ腹に、うずみ豆腐を掻き込んでいた。友が食べているのを見たとたん、猛烈な空腹感に襲われる。考えてみれば朝餉を摂って以来、苦労して作った晒し飴すら口にしていなかった。

「おいでになる頃だと思いまして、作っておきました。味見をしてください」

と、彦太郎は数之進たちにも丼を渡した。一番下に山椒と葱を入れた敷き味噌、その上に温めた豆腐、最後に白飯が載っている。本栖藩では麦飯だが、豆腐のなめらかさで、白飯が喉にするすると流れ込み、あっという間に「お代わり」と丼を差し出していた。

「我ながら旨いと思う。これは売れるぞ、彦太郎さん」

偽りのない賛辞に、彦太郎は胸を張って答えた。

「わたしもそう思います。他のお店の主たちにも食べてもらったのですが、みな旨いと褒めてくれましたので、大丈夫だと自信を持ちました」

自信が驕りになっては、助言した意味がない。数之進は別の案も提示する。

「白飯の上に、出汁だけで炊いた人参と大根を載せてもよいかもしれぬ。敷き味噌で味つけは充分ゆえ、人参と大根は薄味にするのがよかろう。目出度い紅白飯、いや、紅白丼の方がいいかもしれぬな。喜ばれるのではあるまいか」

数之進の新たな案に、一角たちは食べながら頷き返した。彦太郎も「なるほど」と合点した様子だった。

「わたしは、うずみ豆腐だけで充分だと考えていました。客足が落ちたら、里芋飯や大根飯を出して目先を変えて、また、うずみ豆腐に戻せばよいと」

彦太郎は自らの意見のように言ったが、すべては数之進が渡した『お店妙案書』の内容だった。しかし、あれこれ細かいことを言うのは性に合わない。

「うずみ豆腐は、定番として出すようにするのがよかろうな。早めに白飯を一度炊いておき、お櫃で冷ます間に、里芋飯や大根飯を作れる。違う丼を出すときは、そういう段取りにするとよいのではないか」

「ああ、そうですね」

「そうですね、ではないぞ、彦太郎。記さずともよいのか、憶えられるのか。千両智恵の持ち主は忙しいゆえ、いつも懇切丁寧な助言をしてくれるわけではない。おまえ自身がしっかり憶えねばならぬ」

一角がぴしゃりと言った。彦太郎は慌てて、紙と矢立を探したが、紙はあったものの矢立は用意していなかった。

「これを使えばよい」

数之進は自分の矢立を渡して、続ける。

「『旬の江戸ごはん』と記した幟を立てる件は」

言いかけた言葉を、彦太郎は仕草で止める。

「お金がかかりすぎて今は無理です。叔父に祝いとして幟をくれないか頼んだのですが、ああいう人なので」

吝嗇家であるのは、当然、知っている。数之進はすぐに別の考えを口にした。

「では、ここに軒を連ねる小店の主たちに話して、いくばくかの銭を出し合えばよいではないか。幟は目立つし、客に『江戸ごはんの小店』と話を広めてもらえる。金ができたら引札を撒けばよし、自分の店だけで稼ぐのではなく、他の小店と一緒に儲けをあげるのがコツだ」

「『自分よし、相手よし、世間よし』の三方よしじゃ。このお店の場合で言えば、自分は彦太郎、相手は客、そして、世間は他の小店や世間一般であろうな。近江商人の教えだが、これを実践すると、不思議に商いがうまくまわる」

一角が補足した。実家は日本橋の一等地に大店を持つ〈北川〉であり、もとは近江店だったことから、その言葉には説得力がある。いつも父親の伊兵衛を悪し様に言うが、武家に養子入りした後も、商人の精神はしっかり受け継いでいるようだった。

「わかりました。他の店にも話してみます」

「しばらくは、うずみ豆腐の紅白丼でやるのがよかろう。これを基本として、四季折々の旬を白飯の上に載せれば、目先が変わるだけでなく、彩りが生まれる。まずは商いを軌道にのせることだ」

「はい」

「案ずるな。評判を聞いて女子が集まり、『あら、彦太郎さん。男前じゃないの』となって縁談が持ち込まれるのは間違いない。じきに嫁女が看板娘になるさ」

友のお世辞には苦笑いするしかなかったが、彦太郎は満更でもない顔をしていた。すでに晩婚という年齢であるため、早く嫁女を迎えたいのだろう。期待満々の顔で深々と一礼する。

「よろしくお願いいたします」

見送られて、三人は外に出る。浅草寺をぐるりとまわって、本堂の西北に位置する奥山に向かった。

三紗が小店を構える奥山は、江戸でも三本の指に入る盛り場だ。葦簀(よしず)張りの水茶屋や矢場(やば)が軒を連ねており、婀娜(あだ)な美女が妍(けん)を競うように客を誘っている。屋台の蕎麦(そば)売りはむろんのこと、山椒や唐辛子、飴屋などの小店が並び、小屋掛けした見世物も数々あって、夜になってからいっそう賑わいを見せていた。

各店の提灯が連なるさまは、どこか夢幻(ゆめまぼろし)のよう。吉原や深川の岡場所とはまた違う庶民的な華(はな)が漂っていた。

「数之進」

突然、一角が立ち止まる。矢場にいた若い侍を避けるように、数之進と配下の陰に隠れて通り過ぎた。年は二十一、二。背丈は六尺（約百八十センチ）近くあるかもしれない。着ていた羽織と袴(はかま)は極上品の絹に思えた。断定まではできないが、提灯の明かりでも美しい光沢(こうたく)が見て取れた。

矢場の二人の美女を横に引き寄せ、両手に花を地でいっている。小判だろうか。胸元に押し込みながら、胸をさわっているようだった。

「今のは？」

数之進の確認に、囁き声で答える。

「江戸家老・山名正勝様の配下よ。まさか、奥山に来ているとは思わなんだ。羽振りが良さそうだったな」

「女子の胸もとに、小判を入れておりましたな」

配下のひとりも見のがさなかった。苦笑いを返したが、数之進の胸には不安と疑惑が浮かんでいる。

「なぜ、われらが奥山に来る時刻にいたのであろうな。たまたまとは思えぬが」

「む」

一角は、配下と目顔を交わし合って受けた。

「尾行けられてては、いなかったはず。先まわりして待ち構えていたと、数之進は考えているのか？」

重い意味を含む問いを投げる。先まわりできたのは、二人の動きを知っていたからに他ならない。身近に裏切り者がいるのだろうか。いったい、だれが話を洩らしたのか。松平信明に通じている者が……。

「いや、そうではないと思うが」

「それがし、矢場の男を見張ります」

配下の申し出に会釈を返して、ふたたび一角とともに歩き出した。話が洩れたわけではなかった場合、敵は数之進たちの動きを読み、先んじて動いたことになる。先まわりできたのは、どうしてなのか。

「あっ」

数之進の目は、三紗の小店でとまる。すぐにわかったのは杉崎家の家紋が入った提灯が掛けられていたからだ。まだ屋号は決めていないため、とりあえず目印として掛けておいたのだろう。数多くの小店が建ち並ぶ奥山では、営む店を探すのも容易ではない。三紗らしい機転をきかせた配慮だった。

先に行った春馬が、さっそく襷掛けをして立ち働いている。

「そうか」

声になった呟きに、一角が笑った。

「なるほど。三紗殿か」

「そういうことだ」

三紗を見張っていれば、遅かれ早かれ数之進が来ると読んだのはあきらかだ。動きは摑んでいるという威嚇を込めた脅しなのかもしれないが、当然、いい気持ちはしなかった。従わぬときは姉たちに危害を加えると、暗にほのめかしているようにも思えた。

「家族を人質に取るような真似もまた、陰湿きわまりないやり方じゃ。新たにお召しあそばされたという若い配下の提案かもしれぬ。おまえを刺した〈岩城屋〉の甚五郎と思しき男のときも、似たような不快感を覚えたが」

友も同じ印象を持ったようだ。お召しあそばされたという、一角にしてはへりくだった言い方に、隠しきれない嫌悪感を込めたように思えた。

「『姿なきウグイス』か」

数之進は告げて、念のためにもう一度、矢場を確認する。女子二人に気持ちが向いているらしく、長身の男はこちらを見てはいなかった。その視線を追った一角が訊ねる。

「あやつが『姿なきウグイス』だと？」

「わからぬ」

彼の者が動かないのを見て、三紗の小店に足を向ける。

背中に視線を感じていた。

五

「遅いではありませんか」

開口一番、三紗らしい不満が出た。数之進は苦労性と貧乏性ゆえ、愚痴や文句を言われると逆に安堵するから不思議だ。

「申し訳ありません」

素直に詫びた。

「つい今し方まで、伊兵衛さんが手伝ってくれていたのですよ。冬馬様が来たのを見て、『馬に蹴られる前に帰りましょう』といなくなってしまいました。数之進からもお礼を言ってほしかったのですけれど」

以前よりは口調がやわらかくなっていた。かつては延々と続いた怒りの小言が、早くも終息の兆しを見せている。

小店は本当に小さな見世で、出入り口に竈と流しが設けられているのは彦太郎の見世と同じだが、広さはせいぜい三畳程度。飴を作るための台を置くと、擦れ違うのがやっとだった。

「馬が蹴らなければ、おれが蹴りとばしてやったわ。隠居爺は暇を持て余しているのであろうさ。飴作りを手伝えば、老耄ずにすむやもしれぬ。けっこう力がいるゆえ、鍛錬にもなるからな」

「力がいるなどというものではありません。わたしは、腕や肩が痛くて眠れないほどです。朝、起きると腕があがりませんから」

「では、やめますか」

冷静な問いには、即座に首を振る。

「いいえ。昨日、今日の二日間は飴に色をつけず、白い氷飴として売り歩きました。伊兵衛さんに店番をしてもらい、周辺をまわってみたところ、売れ行きは上々で大きな手応えを感じた次第です。問題は色をつけることなのですよ」

調理台を振り返る。縁のある大皿に、一晩かけて作った水飴が入っていた。

水飴は餅米をやわらかめに炊き、水または熱湯と大麦のもやしを加えて一晩、置いたものを布袋に入れて絞り、煮詰めて水分を減らすと出来あがる。ここまででも相当、手間がかかるが、水飴は食べ物や酒の味つけなどにも用いられた。

「そなたの『お店妙案書』でしたか。大仰な題をつけた指南書とやらには、『五色飴』と記されておりました」

「やはり、『お店指南書』にいたしまするか。それがしは最初に言うたのですが、数之進はどなたかには似ず、いたって控えめな気質でござりますゆえ、妙案書に落ち着いた次第でござる。さよう。『お店指南書』よ。これでいこう、数之進」

　皮肉まじりに友が告げると、軽く睨みつけて続けた。

「指南書にあったとおり、赤は小豆のシブで染め、黒は灰墨を酒で溶いて利用、黄色はクチナシ、青は青花――露草のことですね。そこに色をつけない白い水飴を加えれば、目出度く『五色飴』が誕生となるわけです」

　三紗はすでに目が据わっていた。口調にも、苛立ちが浮かびあがっている。

「『言うは易く行うは難し』とは、まさに飴作りを指していると痛感いたしました。水飴を作るまでは、割合、たやすくできますが、四色、染めるとなると、これがもう大事です。特に赤が綺麗に出ません」

　やや小さめの縁つきの皿に入れられていたのは、小豆のシブを混ぜ込んだ水飴だ。小豆のシブ自体、色が薄いため、赤ではなく、ほんのり色づいた感じの桜色になっていた。これを丹念に何度も引き伸ばして折りたたむと、空気を含んで硬い飴になるのだが、引き伸ばす回数が多ければ多いほど、薄くなって口に入れたとき、蕩けるような味わいを生む。

数之進の同役・中井弥左衛門が、満面の笑みになったのも道理。二人も腕があがらないほど、大変な思いをしていた。

「赤が綺麗に出ないのです」

三紗はじりっと前に出る。

「数之進の言う『五色飴』は、すべて、どこか間の抜けた色になります。まるで、そなた自身のよう。わたしはもっと、はっきりした色合いの飴がほしいのです。浅草の『五重塔』を象徴する飴なのですよ。五穀豊穣や陰陽五行説といった……」

「三紗」

春馬が小声で窘めた。驚くほど、やさしい声だった。とたんに般若のごとき形相になりかけていた三紗の顔が、ふっとなごむ。福招きのお多福顔に変わっていた。

――すごい。

数之進は驚嘆している。三紗の怒りを一瞬でしずめたのもそうだが、「三紗」と名前を呼んだときの自然さに感じ入っていた。年下なのに父親のような、寛い心を持っている。三姉妹のなかでは、数之進がもっとも恐れる姉と、夫婦になっただけでも尊敬に値するのだが……想像していたよりずっと、三紗は幸せなのだと思った。

なにより男を見る目がある。

「とにかく」

三紗は軽く咳払いして、年下の夫に諫められた照れを隠した。

「白い飴はできますが、他の四色がなかなかうまくいきません。でも、わたしは『五色飴』にしたいのです。そなたの千両智恵は、いかがですか。名案は閃きませんか」

待っていましたとばかりに答えた。

「春は桜色にして、小豆のシブを入れたさくらあめ。梅雨時は菖蒲の花に見立てて、露草の汁を入れたしょうぶあめ。梅雨時の青い花としては、あじさい飴も考えたのですが、勝負に通じることから、しょうぶあめの方が縁起がよいのではないかと思いました」

一度、言葉をとめて呼吸を整える。実の姉を前にして緊張するのもおかしな話だが、怒りを感じると口がなめらかにまわりにくくなるのだ。

「夏はクチナシで染めた黄色いクチナシあめ、秋は灰墨を入れた黒飴。くろあめは苦労に掛けて、口にすると苦労が消えるというような文言をつけてはどうかと思います。黒はなにかと不吉な色に使われますので、苦労を溶かす力を持つ元気が出る飴というようにしてはいかがですか」

色にこだわるのは、色が消えたような本柄藩のことがあるからだ。風神のような風で闇を追い払い、雷神の光で明るさを取り戻したかった。それが『五色飴』を考えついたきっかけのひとつになっている。

「さすがは、千両智恵」

いち早く一角が持ちあげた。

「その四色に白い氷飴を加えれば、目出度い『五色飴』が完成するわけか。いつもながら素晴らしい案よ」

にこやかに続ける。

「今年は季節ごとに一種類ずつ売り、飴作りに慣れてきたら、来年、本格的に『五色飴』として売り出せばよいではござらぬか。うまくいくと、小金が貯まっているやもしれませぬ。それっとばかりに引札を撒けば『五色飴』は大流行。いや、これは目出度い」

立て板に水の口上まがいを聞き、三紗は春馬と頷き合っていた。引き伸ばせば色が薄くなるのは仕方のないことであり、それでもどうにか五色作れば、見た目には立派な『五色飴』が誕生する。五色については、三紗の言葉にも出たが、浅草の五重塔も参考にしていた。我ながら悪くない案だと思った。

「一角が言うとおりだと思います。飴作りに慣れるまでは、稽古がてら氷飴を作って売れば充分です。長く続けるには、無理をしないのが肝要(かんよう)。身体がもちませんので」

「然り。われらも作ってみましたが、いやはや、大変な作業でござった。数之進は自分で試してみないことには、三紗殿に勧(すす)められないと思ったのでござろう。大の男でも両腕が、パンパンになりましたからな。富美殿に合力を頼んだとしても、すぐに音(ね)をあげるやもしれませぬ」

友は、富美をあてにしている三紗の下心を読んでいた。

「姉上は自ら手伝うと言うてくれました」

睨みつけたその顔は、般若に戻りかけている。春馬は今度は声をかけずに、そっと肩にふれた。あまりにも自然な仕草には、わずかな間に深まった想いが表れている。おそらく姑(しゅうとめ)の文乃との間で、三紗がキリキリする場面が何度もあったに違いない。そのたび、若い夫は年上の妻を宥(なだ)め、愚痴を聞き、すべてを受け入れた。

——まこと、似合いの夫婦よ。

美男美女の二人ゆえ、内裏雛(だいりびな)のようだと祝言のときには言われたが、真実の夫婦になりつつある。春馬は公私(こうし)ともに頼りになる男だった。

「春にさくらあめ、梅雨時は青いしょうぶあめ、夏は黄色いクチナシあめ、そして、秋は灰墨を入れた黒飴。そうですね。悪くないと思います」

もったいをつけていたが、満足だと表情に出ている。

「春にさっそく、さくらあめを試してみます。お花見の時期には、さぞ売れることでしょう。大変な作業をやり過ごすには、先の楽しみがないとできませんからね」

「金儲けの楽しみですな」

一角の揶揄(やゆ)には、余裕のある笑みを返した。

「はい。小判を貯めるのは、悪いことではありません。こうやって商いをすれば、多くの人に喜びを与えられるうえ、浅草の賑わいにも一役買えますからね。評判を呼び、行列ができる店にしたいと思います」

「飴はもう、売り切れかな」

突如、聞き慣れた声がひびいた。着流し姿の左門が、供も連れずにひとりで現れた。もちろん配下は近くにいるのだろうが、ぶらぶら歩きのついでに立ち寄った富裕な隠居といった風情(ふぜい)である。冨美に仕立ててもらった冬物の高級木綿の着物に、差し色の臙脂(えんじ)で作った襟巻きを首に巻いていた。

「これは、鳥海様」

畏(かしこ)まった数之進たちを、素早く仕草で制した。

「矢場に江戸家老の配下がいたことは、すでに聞いた。客のふりをして話すゆえ、うまく合わせてほしい」

「かしこまりました」

店先がにわか合議の場となる。先程まで数之進たちと一緒だった配下が、手短に経緯を伝えたに違いない。油断できない状況だった。

「本栖藩の上屋敷には、昨夜、またもや乗物を使う客が訪れた。尾行けさせた結果、こたびは馴染みの紀伊徳川家ではなく、二本松藩の上級藩士だった由。乗物を使うた点を考えても、江戸家老、あるいは留守居役といった上級藩士であろうがな。だれだったのかは、今、調べておるところよ。密談であれば下屋敷を利用するように思えるが、なぜか、上屋敷を堂々と訪れた」

「二本松藩でございますか」

数之進は、すぐさま格式を思い浮かべている。陸奥国安達郡の二本松藩は、十万石の石高の中藩だが、諸藩の例に洩れず、財政は厳しいと聞いていた。

「二本松藩については」

左門は懐から紐で綴じた調書を出して渡した。

「わかるだけの事柄は記しておいた。だいたいのところは摑めよう。追って新たな調書を届ける」

忙しい合間（あいま）を縫（ぬ）い、左門自身がしたためてくれたに違いない。まだ墨の匂いが立ちのぼる調書を、数之進は胸にいだいた。

「お心遣（こころづか）い、いたみいります」

「どうも動きが、よく見えぬ。永代橋の普請を請け負うた本栖藩に、二本松藩はいかような用向きがあったのか」

脳裏にちらつくのは、乱れ飛ぶ黄金色（こがねいろ）の小判だ。この機に乗じて二本松藩は、おこぼれに与（あずか）るべく訪れたのか。だが、本栖藩も簡単に分け前を与えたりはしないだろう。見返りを要求するのは間違いない。左門の推察どおり、よくわからない動きをしていた。

「急いで調べます」

「うむ。なれど、無理はならぬ。二人の正体には気づいているはずだが、留守居役の遠山義胤が投げた問いの後、新たな動きはない。まあ、かなり思いきった問いかけだったゆえ、向こうがしくじったと感じて、警戒したのかもしれぬがな」

左門は言った。

〝新参者ゆえ、ちと気になっておる。そのほう、幕府御算用者か〟

数之進に投げられた問いは、まさに一石（いっせき）を投（とう）じられたがごとく、今もってさざ波がしずまっていなかった。気づいているのに、なぜ、素知らぬふりをしているのか。荒っぽい撃退法を考えているのではないか。

不吉な思いが浮かんでは、尾を引いて、消えずに残る。御算用者の動きを牽制するには、充分すぎる策だった。

「上屋敷を訪れたお駕籠につきまして、他にも気になっていることがございます」

数之進は別の疑問を口にする。

「言うてみよ」

「数日前の未明だったと思いますが、上屋敷の表門から女子用のお忍び駕籠らしきものが運び入れられたと聞きました。一角が留守居役の遠山様の話として、大殿にご側室のお世話をしたかもしれぬと言うたのです。運び入れられた時期などから考えて、もしや、康和様のご側室かと思いましたが、それらしい気配はありません」

幼い由岐姫がしかるべき年になるまでの間、側室を持ち、跡継ぎを作るのは珍しいことではない。それならば、奥御殿に変化が生まれそうなものなのだが、これといった動きはなかった。

「確か二挺の駕籠であったな」

自問のような左門の言葉に答える。

「はい」

「二挺のお忍び駕籠らしきものが、出て行ったという話は聞いておらぬ。まだ、上屋敷に置かれているのやもしれぬが」

「見ておりませぬ」

一角が先んじて告げた。隙を見ては上屋敷内を歩き、調べている。数之進は自分なりの意見を述べた。

「力関係でいきますと、財政面でなにかと助力している西尾藩の方が上だと思われます。それゆえ、康和様はご側室をお断りになられたのかもしれぬと思いましたが」

由岐姫を迎え入れた本栖藩は譜代の名家、そして、西尾藩には財力がある。一角が立花を活けた際に起きた小さな騒ぎの折、由岐姫はなかば強引にその場をおさめた。

「女子用のお忍び駕籠が二挺、なれど出て行った気配はなく、奥御殿に変化はなし、か」

左門は呟いた。

長居しすぎたと思ったのか、

「わしに、ひとつ、考えがある。うまくいくかどうかはわからぬが、連中のやり方を真似て、一石を投じてみるのも一興であろう。試してみるとしようか」

「連中のやり方を真似る」

一部を繰り返した瞬間、数之進は「あ！」と思った。

「そうか。その策があったか」

「なにか閃いたのか？」

一角の問いに短く答えた。

「うむ」

ここで詳しく話すわけにはいかない。切りあげようとしたそのとき、

「お待ちを」

三紗が小さな紙袋を差し出した。

「氷飴でございます。よろしければ、お持ち帰りくださいませ」

店を訪れた偽物（にせもの）の客を本物の客に見せるべく、得意の機転（きてん）をきかせた。

「おお、これはすまぬ。道すがら、いただくとしようか」

破顔して左門は、一分銀を二つ、三紗の掌（てのひら）に載せる。はっとしたように二つの一分銀を見て、目をあげた。

「こんなにいただいては」

「店を構えた祝い金よ。冨美殿も手伝うと聞いている。目をあらためて、買いに来る

としよう」

裾を翻して、立ち去った。数之進は墨の匂いが立ちのぼる冊子を懐に入れる。二本松藩の訪れには、なにか意味があるのか。いまだに作事をしない天下普請への疑惑が、次第に大きくなっていた。

第六章　姿なきウグイス

一

なぜ、二本松藩は、本栖藩に来たのか。なにか頼み事があったのか。あるいは、本栖藩の方が、なにかを依頼したかったのか。

そして、『猫絵の侍』は、本栖藩の藩士なのか。一角とともに上屋敷の藩士たちを、さりげなく確かめたが、彼の者を見つけられてはいない。

答えを得られないまま、二日が過ぎていた。

「中井殿。三度、確かめましたが、計算違いは生じておりませぬ」

数之進は言った。

午後からは勘定方の数人と永代橋へ行く予定になっているのだが、昨日、中井弥左衛門に頼まれて、夜もまだ明けきらぬ未明から、西尾藩の雲母に関する文書の確認作業を手伝っていた。二人だけだが、この機に訊ねてみたいこともある。よい場をもうけてもらったと思っていた。

「さようか。暗いうちから申し訳ない。たぶん大丈夫だろうと思うたが、今ひとつ自信が持てなくてな。生田殿にお願いした次第よ」

白湯のお代わりを注いでくれる。火鉢の使用許可は取っていたらしく、湯は沸かせるが、お茶は贅沢品であるため使えない。小さな火鉢ひとつだけの冷えきった部屋では、白湯の温かさが心にまで沁みた。

「雲母紙を用いた扇子は綺麗でございますね」

計算するついでに雲母紙を用いた品も改めたのだが、中でもひときわ豪華な扇子に目が向いていた。

雲母紙は、のりや陶砂、片栗粉などを混ぜ合わせたものを紙面に塗り、その上に雲母粉をふりかけた一種の装飾紙である。扇面や襖に貼りつけると、キラキラした美しい輝きが、下々は手にできない稀少品なのだと主張しているように感じられた。

「これは『星夜』と名づけられた逸品よ。あるご隠居様が扇の図を描き、それを見ながら職人が作った。見てのとおり、雲母を用いて星のきらめきを表している。持ち主になるはずだったご隠居様は亡くなられての。ご家老様が是非にとご所望なされたゆえ、お渡しすることになっているのじゃ」

弥左衛門は角度によって、さまざまな色に変わる扇子のひとつを取る。陽の光よりも行灯の明かりに照らすと、千変万化の面白さを見せるに違いない。上級藩士と下級藩士の差を、あらためて思い知らされていた。

――ご隠居様。

数之進は、立ちこめる靄の中で聞いた謎の会話を思い出していた。弥左衛門が口にしたのは、あのときの会話に出てきた『ご隠居様』ではないのかと思ったが、問いかけは呑み込む。

「他の扇子は、ご進物用ですか」

「うむ。近々、宴が催されるゆえ、引き出物として配るのがよかろうと命じられたのじゃ。まあ、われらには関わりのない話よ。楽しみは、夕餉の後の晒し飴だが、それにしてもと感心しておるのじゃ」

「晒し飴でござりまするか」

「然り。藩士たちはこぞって、賄方の手伝いをしたいと申し出ておる。ほとんどは飴作りの希望者だが、藩邸に活気が出たのは間違いない。甘い物を口にするのが、楽しみなのであろうな」

「お陰様で、それがしは楽ができております」

「お。藩士は楽しみ、生田殿は楽ができる。楽々でよいな」

「まことに」

笑い合って、場がいちだんと和んだ。しらじらと夜が明け始めている。弥左衛門は閉めきっていた障子を開けて、ふたたび座に着いた。しんと冷えた朝の清々しい空気が感じられた。

「かような話をすると、頭がおかしいと思われるやもしれぬが」

弥左衛門は声をひそめて言った。

「それがしは昨夜、女子のすすり泣きらしきものを聞いたが、生田殿はいかがであったかの。聞かなんだか」

いきなり投げられたのは、苦手な幽霊話の類だった。

「それがしは、聞いておりませぬ。女子の幽霊が出るのでございますか」

「いや、四、五日前ぐらいからであろうかのう。みなが寝静まった頃、シクシクと悲しげに泣く声がひびいてくるのよ。他の者は高鼾で寝入っておるゆえ、気づかぬのか。あるいは、それがしの気のせいなのか」

「それは……まことに恐ろしい話で」

ごくりと唾を呑む。数之進の不安を感じ取ったのか、

「後者であろうさ。風の音だったに相違ない。すまぬ。幽霊話は禁句じゃな」

苦笑いして言った。

「申し訳ありませぬ。臆病者でございまして」

「お気にめさるるな。それがしとて、好きではござらぬ」

「良い機会でございますので、いくつかお訊ねいたしたき儀がございます。よろしいですか」

「むろんじゃ。なんなりと訊いてくれ。わしにわかることであれば、答える」

大歓迎といった答えに、「やはり」と得心している。この場をもうけた弥左衛門の気持ちが表れているように思えた。

「尾張のご領地には、二つの禿げ山があるようです。材木を採り尽くした挙げ句、放り出された山でしょうか」

数之進は潜入探索の傍ら地道に領地の郷帳や万留帳といった書物の調べを続けている。芹や独活といった比較的、珍しい野菜を作る策だけでは、とうてい木柄藩の借財は減らないだろう。もうひとつ、大きな柱を作るにはどうすればよいのか。

日々、考えていた。

「そのとおりじゃ。あのあたりは良木が得られる場所だがの。荒れた山の手入れに金子がかかりすぎると、ご家老様が仰せになられたと聞いた。由岐姫様のお輿入れの方が、安上がりと思うたのやもしれぬが」

言った後で正直すぎる言葉だと思ったのかもしれない。

「今のは失言じゃ。そうそう、ご家老様で思い出したわ。生田殿を下屋敷巡りに連れて行けとの仰せでな。都合の良い日があれば、教えてくれぬか」

下屋敷巡りという表現がおかしくて、つい笑っていた。

「七福神巡りにあやかろうという、お考えでございましょうか」

「さあてな。上の方々のお考えは、わしにはわからぬ。下級藩士に夢を与えるため、などと言うているが、逆に夢を失うのではないかと思うておるがの。一度、足を運んでみるぐらいは、よいのではないか」

下屋敷を調べるには願ってもない好機に思えるが、幕府御算用者を始末するための策かもしれない。

「案内役は、中井殿が?」

さらりと訊ねる。かなり意識して疑いの目を向けないようにした。

「さよう。わしは生田殿の世話役ゆえ、案内役を務めさせていただくことになろう。お頭は、殿へのお目通りもその日にしてはどうかと仰せになられていた。殿はむろんだが、下屋敷との段取りもあるため、日にちだけ先に決めてもらえるとありがたい」

かなり大仰な下屋敷巡りになりそうだった。手練れを揃えている可能性も捨てきれない。数之進と一角を始末し、左門に明確な宣戦布告をしたうえで、潜入探索をやめさせる謀ではないのか。

「承知いたしました。できるだけ早く都合の良い日にちを、お伝えいたします」

「頼む」

弥左衛門が答えた後、ふっと言葉が途切れる。

訊いてみるべきか、やめておくべきか。いつも大きな不安に襲われるのが常。一角が言っていたとおり、潜入探索は藩士との騙り合戦だ。どれだけ正確な話を早く引き出せるか、勝負はそこにかかっている。

流れを見る限り、弥左衛門にもなんらかの思惑があるのは、ほぼ間違いないように思えた。気になることが多いのは、数之進だけではないだろう。

「生田殿のご実家は、兄君が継いでおられるのか」

案の定、さりげなく探りを入れてきた、ように感じられた。実家は能州であり、番最初に奉公したのは能州の加賀藩だという答えを引き出したいのかもしれない。

「それがしの実家は、一番上の姉が婿を取って継ぎました。先日、文が届いたばかりでございまして」

これ以上、踏み込まれないよう、かわす策に出る。

「それがしは元服するまでは、うすぼんやりして、憶えが悪かったのです。藩校の学友たちからは、のろま、愚図、鈍い等々、よく言われておりました」

「まことか。今の生田殿からは、想像もできぬが」

弥左衛門は一角と同じ感想を洩らした。

「まことでござります。それがしには三人、姉がおりますが、みな同じように思っていたのかもしれませぬ。跡継ぎとなった長姉は或る日、思いあまって父に告げた由」

数之進は懐から伊智の文を出している。開いて見せる気持ちまではなかったが、偽りではないのだという自分なりの誠意を伝えたかった。

〝わたくしは、数之進の行く末が案じられてなりませぬ。ゆったり構えていると言えば聞こえはよいですが、要するになにをするのも遅く、ぼんやりして、考えが摑めませぬ。あれが我が生田家の跡取りかと思いますと〟

案じるがゆえの言葉だったろう。それに対して亡き父は答えた。

〝伊智よ。そなたは数之進の『美なるを知らず』。短所はいつか長所になるであろう。わしには、それがわかる〟

このくだりを読んだとき、数之進は不覚にも涙があふれた。海のように深い父の愛を感じて、弥左衛門もじんときたのかもしれない。

「確か荘子の言葉であったな」

訊ねるその目が、すでにうるんでいた。

「はい」

「父君は、今の生田殿の姿を、すでに視ておられたか。ありがたいことよのう」

懐紙で目頭をそっと押さえた。伊智の文をお役目には利用したくなかったが、心を通わせるためと自分に言い聞かせる。弥左衛門と信頼関係を結べるかどうかの瀬戸際だ。姉も許してくれるだろう。

「二本松藩でございますが」

数之進は、思い切って切り出した。

「ん？」

「先日、藩士が訪れたと聞きました。我が藩にどのような用向きがあるのか、気になっております。いえ、中井殿がお答えにくければ……」

「天下普請の話よ」

弥左衛門は即答した。訊かれたときには答えると決めていたような印象を受けた。

「存じておるやもしれぬが、二本松藩は『御手伝藩』と揶揄されるほど数多くの天下普請を幕府より命じられておる。まあ、貧乏藩や見栄張藩よりは、ましな呼び方やもしれぬがな。こたびの永代橋の普請について、是非、二本松藩のご意見賜りたく候となり、留守居役の遠山様が仲立ちなされた次第よ」

「さようでございまするか」

浮かんだ疑問は胸に秘める。

陸奥国安達郡の二本松藩は、関ヶ原の合戦後、いったんは潰された丹羽氏が、許されて復活した外様の藩である。外様とはいえ十万石を与えられたことに恩顧を感じて、徳川将軍家に対する絶対的な忠誠が、藩風となったのは言うまでもない。度重なる幕府の御手伝普請や、重要地警衛に総力をあげて協力してきた。

二本松藩が幕府から命じられた御手伝普請は、江戸城等の修復、日光廟を含む寺社修復、河川改修その他、大きなものだけで十七回にもおよんでいた。

「幕府も頼みやすい藩というのが、あるのやもしれぬ。それにしても多すぎるとは思うがな。しかし、上様や譜代大名家に覚えめでたくなれば、なにかと助かる面はあろう。こたびの訪れは我が藩への助言のためというのが、表向きの理由じゃ」

「え？」

表向きということは、裏があるのだろうか。聞き間違いかと思い、聞き返してみようとしたとき、

「わしも訊きたいことがある」

弥左衛門が覆い被せるように言った。私的な話になったからなのか、「それがし」と言っていたのが、「わし」になっていた。

「よいか」

有無を言わせぬ口調に頷いた。

「はい」

「生田殿は、七日市藩にいたと聞いたが、その前はどこにいたのじゃ？　噂話を耳にしてな。芸事、特に能や謡が盛んな藩の、勘定方にいたという話はまことか？」

「…………」

すぐには返せないほど重要な問いかけだった。探るような目が、真っ直ぐ向けられている。探るようでありながら、それでいて真っ直ぐという、相反するものを含んでいるように感じられた。前者は問いを投げることへの躊躇い、後者はそれでも訊かな

ければならぬという想い。思いつきで投げた問いではないだろう。

――どうする？

数之進は自問した。弥左衛門は意を決して口にしたのではないか。そのために早朝、この場を用意したのではないだろうか。うがちすぎだろうか、もしや罠なのか。幕府御算用者だと確認したうえで下屋敷巡りに連れて行き、始末するつもりなのか。

騙り合戦なのか？

あるいは、胸襟を開いた真実の語らいなのか？

――ええい、ままよ。

肚をくくった。

「さようでございます。それがしが一番始めにご奉公したのは、芸事が盛んな藩でございました。藩主自ら能を演るため、稽古用の能舞台と、客人を招いたときの能舞台が設えられておりました。その藩では『空から謡が降ってくる』と言われるほどに、能や雅楽、茶道、華道、香道といった芸事が、ごく自然に取り入れられておりました」

真っ直ぐ向けられた弥左衛門の目を信じた。騙り合戦ではなく、真実の語らいだと思いたかった。腹の探り合いは大嫌いだが、いやなのは数之進だけではないはずだ。

微妙な間の後、

「さようか」

弥左衛門は大きく息をついた。安堵して、表情がゆるんだように見えた。数之進は頬を撫でる穏やかな風に気づいた。

「風が」

開け放されていた障子から、春を感じるような微風が流れ込んでくる。これは風神の助けか。流れを変える風が吹いたように思えた。

「永代橋の普請でござりますが……」

次に出た問いは、廊下に現れた藩士に遮られる。

「中井殿」

年は三十前後、賄方を手伝う常連のひとりだった。

「おお、生田殿もこちらにおられたか。ちょうどよかった。二人とも、ちと大台所に来てくれぬか」

言い置いて、すぐに大台所へ足を向ける。弥左衛門は怪訝な目を向けたが、数之進はあとを追った。近づくにつれて、大きな声が聞こえてきた。

二

「飴でござる、飴を作っておりまする」

一角だった。

「遠山様におかれましては、飴作りも芸事と仰せあそばされるのか。夕餉の後、飴を食べたいがゆえに、藩士たちは勤しんでおります。お役目を怠けているわけではござりませぬ。ただただ飴を味わいたい一心にござります。それでも『芸事禁止令』で取り締まるという仰せでございまするか」

　大台所の土間で仁王立ちになっている。早朝であるにもかかわらず、二十名ほどの藩士が集まっていた。みな朝餉の支度を手伝いながら、その合間を見て飴作りをしていたのである。夕餉の後に味わう小さな楽しみのためであるのは言うまでもない。

　留守居役の遠山義胤は、板場から藩士たちを見おろしていた。一角は見あげ、義胤は見おろす形になっている。本栖藩の現在を表すかような対立図だった。

「飴を作る者もまた、職人と呼ぶのではあるまいか」

　飴作りは芸事に含まれるという返答に思えた。藩士の内職を禁じるためなのか。木工細工や彫金、浮世絵といった職人たちの技に対しても、冷ややかな眼差しを向けたように感じられた。

「ようわからぬご返答でござりまするな」

一角は退(ひ)かなかった。

「つまり、藩邸の大台所において、飴作りは御法度(ごはっと)。定め、いや、我が藩では掟でございましたな。掟に従い、すぐにやめよという仰せにござりまするか」

「得心できませぬ」

ひとりが継ぐと、次々に声があがる。

「さよう。たかが飴作りではないか。買う銭がないゆえ、自分たちで作るだけのこと。遠山様は、飯も作るな、食うなという仰せでござるか」

飯と飴を同じ位置に置き、それほどに必要なものなのだと迫った。そうだ、認めてほしい、われらの楽しみを奪うな等々、今までたまりにたまっていた鬱憤(うっぷん)が、ここぞとばかりに噴き出しかけていた。

――まずい。今はまだ、稲妻(いなづま)を放つときではない。

この場を穏便(おんびん)におさめる策はないものか。数之進は忙しく考えるが、すぐには浮かばなかった。隣に来た弥左衛門は、無言でやりとりを見つめていた。

「殿に伺うてからじゃ」

義胤は藩主を出して逃げようとする。

「飴作りにうつつを抜かし、お役目がおろそかになっては示しがつかぬ。殿にご裁断を仰ぐのがよかろうな」

上級藩士がよく使う策だ。都合が悪くなると答えを曖昧にして、他に押しつける。藩士たちはいっそうざわめいた。

「この場で決めていただきたい」

「遠山様のご存念やいかに？」

「それがし、すぐにお答えをいただいてまいります」

一角は短気なことを隠そうとしない。襷を解いて、着物や袴を素早く調える。義胤が立つ板場へあがろうとした瞬間、

「大山、か？」

留守居役の目が、大台所の戸口に向けられた。そこには月代を綺麗に剃って、古着と思しき着物と袴を着けた大山周太郎が立っていた。捕らえられたときの無精髭を生やした悲壮感漂う姿ではなく、こざっぱりした身なりだったため、義胤は疑問符まじりの問いになったのかもしれない。

深川の材木問屋〈岩城屋〉の番頭、佐七を殺めようとした賊のひとりであり、表向きは本栖藩を脱藩したことになっている男だ。捕らえられて以来、左門の屋敷で調べを受けていたはずだが……。

――そうか。

数之進は、左門の呟きを思い出している。

〝わしに、ひとつ、考えがある。うまくいくかどうかはわからぬが、連中のやり方を真似て、一石を投じてみるのも一興であろう。試してみるとしようか〟

一石とは他でもない、大山周太郎のことだったのだ。遠山義胤はもちろんだが、藩士たちはみな驚きのあまり立ちつくしている。とうの昔に処分されたと思っていたのかもしれない。幽霊を見るような顔をしていた。

――さて、遠山様はどう出るか。

招き入れるしかないだろうと思った。

もしや、両目付からの使者ではないのか？

幕府御算用者の潜入探索を終わらせるために、内々で話をしないかという申し入れではないのかと、身に覚えがある輩は考える。ゆえに追い出したり、切腹を申しつけたりはできないはずだ。さまざまな事柄に精通した左門ならではの奇策といえた。

「だ、だれかと思えば、大山殿ではないか」

ようやく発せられた藩士の言葉を、周太郎は受ける。

「さよう。小姓方の大山周太郎でござる。いつになく賑やかな声に誘われて大台所にまいりました次第。早朝から大勢の方々がいたので驚き申した。お手数をおかけいたしますが、殿にお取り次ぎいただけませぬか」

以前、見たときよりも頬がふっくらして、かなり印象が変わっていた。思いのほか、左門の屋敷は居心地がよかったのではないだろうか。李兵衛からの知らせでは、武道場で剣術の稽古もしていたらしい。捕らえられたときは痩せて張り詰めた表情をしていたが、なんとなく余裕のようなものが漂っているように感じられた。

——小姓方にいたのか。

数之進は周太郎が小姓方にいたのを初めて知った。佐七の襲撃をしくじった後、だれひとりとして口にする者はいなかった。二度と本栖藩には戻って来るまい、大山周太郎は藩内においては、すでに死人同然よ。

話は禁忌だった。

「わしがお取り次ぎをしてみよう」

義胤が仕方なさそうに申し出た。動かないかもしれないと思ったが、周太郎の意図、いや、後ろにちらつく鳥海左門の意図だろうか。敵方の大将の考えを知るために、仕方なく申し出たような感じがした。

「来るがよい」

二度目の言葉で、周太郎は板場の上がり框に座る。渡された雑巾で足を拭き、刀と脇差を外して板場にあがった。義胤の後ろに従い、慣れ親しんだであろう廊下を歩いて行く。二人の姿が見えなくなると、だれからともなく溜息が洩れた。

「大山殿は、かつて、お伽衆のひとりだったのじゃ」

弥左衛門が、だれに言うでもなく呟いた。お伽衆は、幼い若君の側に侍る者だ。学問や剣術の稽古、そして、遊び相手になって若君とともに成長し、藩士となったとき、そのままお側衆として務めたりもする。

「列びなき遣い手でな。ときには指南役を打ち負かすほどの腕前の持ち主よ。なれど、やさしすぎるのやもしれぬ。真剣を手にしたとたん、動けなくなる。われらもそうだが、一度たりとも人を斬ったことがない。それゆえのしくじりだったのであろう」

最後の部分は、囁くような声だった。他の藩士を慮り、聞き取れないように気遣ったのかもしれない。

戦がなくなって百年以上が過ぎ、人だけでなく、侍が持つ刀も変化している。折れない頑丈な刀から、見た目重視の美しさを求められるようになっていた。折れやすいため、実戦に不向きという面も浮かびあがっている。しかし、剣の達人は折ることなく、峰打ちで相手を倒せると聞いていた。

数之進は何度か、左門の凄まじい技を見たことがある。いずれも二人を助けるためだったが、斬られた相手には申し訳ないものの、配下でよかったと思うのが常だった。

「数之進。野菜が足りぬ。畑に行くぞ」

一角に言われて大台所を出る。が、友が足を向けたのは、すぐ近くの畑ではなかった。

「畑に行くのではないのか」

「真に受けるな。藩邸がざわついている今こそ好機ではないか。かような流れになるとは思わなんだが、藩邸内を見廻る者たちに『黄金色の蜜柑』を渡して、段取りをつけておいたのじゃ」

にやりと笑った。紀伊徳川家が左門に渡そうとした小判を添えた蜜柑の籠。いつもながら素早かった。

「おぬしは、まことに手配りがよいな」

「今ぐらいの時刻に見廻りの者が交代するのじゃ。下級藩士の困窮ぶりは、今さら言うまでもないがな。小判を渡せば、だいたいのことは手配りしてくれそうに見えた。遠慮なく扇形の場所になにがあるのか確かめてみようぞ」

「うむ」

　機をのがさぬ友の動きに感心しつつも、浮かぶのは女子のすすり泣きだ。

「浮かぬ顔をしておるな。こたびはなんじゃ」

　一角は歩きながら訊いた。数之進は弥左衛門から聞いた話を手短に説明する。思っていたとおり、友は笑いとばした。

「武家屋敷に幽霊話はつきものだな」

「念のために訊くが、おぬしは聞いておらぬか。あるいは、女子のすすり泣きを聞いたという藩士はいなかったか」

「おれは聞いておらぬし、噂話をしていた藩士もおらぬ。女子の幽霊ならば会うてみたいものよ。おまえは不安や心配事がないと逆に不安になる気質ゆえ、安堵したであろう。よかったではないか」

　なにが、どう、よいのか。まったく理解できないが、そう言われただけで、ざわめいていた心が落ち着いた。恐れが軽くなる。

「おぬしの言葉は、まさに金言よ。暗く沈みがちな心を軽くしてくれる」

「そうか？」

照れたような笑みを浮かべたが、ゆるみすぎるのは危険だと思ったに違いない。顔を引き締めて、猫絵の侍が消えた板塀に歩を進めた。

「『猫絵の侍』はどうだ。それらしい藩士を見かけたか」

数之進の問いには首を振る。

「いや、気をつけていたが、表と中奥にはおらなんだ。下屋敷か抱屋敷ではあるまいか。大殿付きの藩士かもしれぬな。代替わりに際して、お気に召した者は、あらかた連れて行ったと聞いた。楽しいところらしいぞ、下屋敷は」

「藩士に夢を与える場所か？」

疑問含みになったのは、弥左衛門の意味ありげな言葉が引っかかっているからだ。下屋敷巡りは、七福神巡りのような楽しい訪れではないだろう。

「見廻り役はおらぬな」

一角は用心深い足取りで問題の板塀に歩み寄る。数之進も続いた。

三

「見廻りがおらぬときに調べてみたのだが、板塀の一カ所が他とは違う色になっているのじゃ。おそらく、ここに秘密があるのではないかと」

一角が指し示した場所は、確かに他よりも板の色が褪せている。数多く触れられたからに思えた。

「開くか？」

数之進の問いに、友は躊躇うことなく色褪せた部分を拳で軽く叩いた。次の瞬間、板塀の一部が動いた。小さな戸のような仕組みになっており、手を入れられるぐらいの空間が現れる。さらに右手でそこを探ると細い縄が出て来た。

「よし、次のからくりじゃ」

思いきり引っ張る。

「あ」

数之進は思わず声が出た。ガタンッと音がして、板塀がずれる。引き戸のように開けると、一間（約百八十センチ）ほど開いた。それでも入るのが恐くて、中に飛び込めない。先に立った一角の後ろに、おそるおそる付いた。

「おお」

と、声をあげたのは、自分だったのか、友だったのか。扇形の場所にあったのは

……小さな能舞台だった。

橋掛と呼ばれる廊下のようなものは作られていないが、趣のある素朴な造りの能舞台だった。奥には小さな社があり、赤い鳥居が設えられている。古来、能は神に捧げるものだったことから、能舞台の正面は赤い鳥居に向けられていた。

やわらかな朝陽が射すさまは、別世界に紛れ込んだかのよう。数之進はごく自然に、舞台で舞う『猫絵の侍』を思い浮かべていた。春の気配を感じさせる日差しは、どこまでもやさしく、舞い手を浮かびあがらせる。篝火が焚かれる夜にはまた、別の美しさを見せるだろう。能管（横笛）、小鼓、大鼓、太鼓が奏でられるなか、音もなく幽玄を生み出す舞い手。

「…………」

二人はしばし言葉を失っていた。

「おれは」

一角が沈黙を破る。

「さいぜんの中井殿の話が、重く心にひびいた。おまえが七日市藩で初めての潜入探索をしたとき、おれは生まれて初めて、真剣を実戦で使うたのじゃ。ありとあらゆる武術を会得したくて、日々、鍛錬していたつもりだったがな。なさけないことに身体が震えた」

そんな言葉は今まで一度も聞いたことがなかった。どんなときも明るく豪胆で、恐れを知らぬように見えたものを……。

「おれはおまえの手助けがしたくて、御算用者に加えていただけぬかと思い、鳥海様のお屋敷を訪れた。あらためてご挨拶した折、すぐさまお屋敷の武道場へ連れて行かれてな。真剣で一対一の稽古をつけていただいた次第よ」

左門は稽古をつけながら言った。

〝柳生新陰流は陽の太刀ではなく陰の太刀。構を用いず、構なきを構とする。敵のはたらきに随ってなすところ新陰流の立場なり。斬らず取らず勝たず負けざるの流儀なり〟

数之進は黙って友の話を聞いている。人を斬ることに少なからず抵抗を持ち、苦しんでいたにもかかわらず、こたびは二人、殺めてしまった。数之進は一角の苦悩を知りながら、これといった助言や励ましができなかったのが、ずっと気になっていた。

「人を殺す剣ではなく、人を活かす活人剣。頭ではわかっていたつもりだったが、心がついていかなんだ。できるだけ足を狙い、動きを封じれば充分だと指南していただいたのじゃ。おれもそうだったが、近頃は人を斬ったことのない侍が多い。斬られたことで驚き、だいたいの者は戦意を喪失すると」

一角は言葉を切って続ける。

「あのとき」

少し遠い目をした。

「暗かったゆえ、おまえにはよう見えなんだやもしれぬがな。刺客のひとりが、佐七を後ろから斬ろうとしていた。おれはとっさに、手前にいた大山周太郎の後頭部を拳で打つと同時に、足払いをかけて倒した。やつの刀を奪い取って、佐七を斬ろうとした刺客の背中を後ろから刺しつらぬいたのじゃ」

そのあたりからは数之進にも見えた。後ろから刺したことにも後悔があったに違いない。一角は、二人に気づいた刺客のひとりが反撃に出るより先に、今度は真正面から袈裟斬りを叩きつけた。

まさに雷光のような速さだったが、判断を誤ればおそらく佐七と数之進は斬られていただろう。

「われらは丸腰(まるごし)だった」

何度目かの言葉を告げた。

「一歩、間違えれば、わたしはこの場にいなかった。おぬしが助けてくれたのだ。大山周太郎も、たいした怪我を負わずに済んだではないか。わたしは一角の判断が間違っていたとは思えぬ」

「なれど、二人、死んだ。遺骨は家族に引き取られておらぬ。彼(か)の者たちの魂は、この世とあの世の境を彷徨(さまよ)っているだろう。それを思うと胸が痛んでならぬ」

二人の姓名はわかっていたが、本栖藩はすでに脱藩した藩士だと言っている。数之進を刺した甚五郎と思しき商人の遺骨もまた、左門の屋敷に引き取られたままだ。涙を流していた〈岩城屋〉の御内儀から、引き取りたいという知らせは届いていない。

尾張本店の主は、どう考えているのか。

——三柱(みはしら)の遺骨。

一日も早く家族のもとに帰してやりたかった。

「あれ以来、暇を見つけては、鳥海様の屋敷に通うているのじゃ。おまえには言わなんだが、大山周太郎とも手合わせをした。七日市藩にいたときの自分を見るようでな。手に取るように不安や恐れが理解できた」

それほどに真剣を使うのは、覚悟がいるのだろう。ましてや他者の命を奪った後は、どれほど辛いことか。そもそも数之進が相手の命を奪わずに済んでいるのは、鬼神のごとき一角の働きに負うところが大きい。

決して他人事ではなかった。

「自分なりの助言をしたつもりだが、はたして、大山に伝わったかどうか」

友の言葉に即答する。

「伝わったと、わたしは感じた。ゆったりとして、余裕が出たような雰囲気がある。鳥海道場での稽古が、奏功するのを祈るしかないな」

「鳥海道場か。いつもながら、数之進はうまいことを言うな。そうじゃ、近頃、鳥海道場には、村上様も顔を出すようになったぞ。『若い女房殿を娶ると苦労が多いのう』とは、鳥海様のお言葉よ」

ふだんどおりの口調になっている。早く引きあげようと目を転じたとき、数之進は赤い鳥居のそばに布を掛けられた大きなものが置かれていることに気づいた。高さは一間まではない、せいぜい五尺（約百五十センチ）程度だが、幅は二間（約三百六十センチ）ほどある。重ねた材木の上に、布を掛けたように見えた。

「あれは……なんだろうな」

「永代橋の普請に使う材木であろう。おれは見た瞬間に、そう思うたがな。念のために確かめておくか」

視線を追うや、一角は不審なものに駆け寄っている。勢いよく布を外したのも女らしかった。

「お」

急に目を輝かせた。

「女子用のお忍び駕籠ではないか。しかも、二挺じゃ。鳥海様が言うておられたとおりよ。屋敷から出てはおらなんだ」

「ここに隠していたとは」

数之進も近寄って中を覗き込む。

「香の薫りが」

「するな」

友が継いで、続けた。

「こちらの駕籠も似たような薫りが漂っている。練り香やもしれぬな。梅か、桜かはわからぬが、良い薫りじゃ。この駕籠を使うたのは、井戸端会議をする下町のかみさんではなかろう」

「もしや」

数之進は不意に閃(ひらめ)きを覚えた。

「板塀のところで消えた『猫絵の侍』、扇形の場所には、能舞台と女子用のお忍び駕籠が二挺。待てまて、もしかすると、中井殿の話も関わってくるかもしれぬ。これを伝えたかったのか？」

思いつくまま口にしながら、最後は自問の呟きが出た。

「中井殿の話とはなんじゃ」

一角の問いに答える。

「言うたではないか、女子のすすり泣きよ」

すすり泣いているのは、女子用のお忍び駕籠で連れて来られた者ではないのか。極(ご)秘裡(ひり)の動きから良い話は浮かばない。もしや、拐(かどわ)かされた女子のことを教えるために、弥左衛門は偽りの幽霊話を口にしたのか。

「幽霊などいるかと、笑いとばせぬな。お忍び駕籠でここに来たとしたら、その女子たちはどこにいるのか」

「奥御殿は？」

「わからぬ。由岐姫様のご不例(ふれい)が続いておるゆえ、あまり侍女たちとも会えぬからな。

「それに、おれが入れるのは渡り廊下の手前までじゃ。懇意にしていた知里が、実家に帰されたのは痛手であったわ」

と、ふたたび素朴な能舞台に目を向ける。先程は後ろ側からだったが、今は小さな社に面した正面から見ていた。

「私見だが」

前置きして、数之進は言った。

「『猫絵の侍』のお家が本栖藩の支藩、しかも芸事に通じた家だった場合、大殿や殿と反目していることも考えられる。なんらかの確執が、今もあるのではないか。扇形になったのは、後から板塀を作ったからやもしれぬ。彼の者は、そのことと女子用のお忍び駕籠のことを、伝えようとしたのではあるまいか」

「ありうるな。確かに不自然な形の板塀よ。板塀がなければ、表と中奥のどちらからも鑑賞できるものを」

「どちらからも鑑賞できぬようにした結果、扇形になったのやもしれぬ」

「話を戻すが、おれが言うたとおり、『猫絵の侍』は役者なのであろう。彼の者が舞うさまを観てみたいものよ」

一角の呟きには、実感が込められていた。本栖藩の下級藩士が置かれた状況を自分事として感じるため、二人は芸事の鑑賞を控えていた。落とし噺や宮地芝居で息抜きするのをやめて、潜入探索を続けている。気晴らしができない状態が、本栖藩の藩士の日常だ。

「わたしもだ。特に相談したわけではないが、二人とも自然にそうしていた。美丈夫ゆえ、直面でも映えるであろうな」

「うむ」

一角が答えたとき、背後で空咳がひびいた。

「中井殿」

数之進は慌てて、一角とともに布を二挺のお忍び駕籠に掛ける。読めない表情の弥左衛門のもとに行った。

「申し訳ありませぬ」

謝ろうとしたが、

「手入れをするために入った者が、たまに閉め忘れるのじゃ。遅いのでな。様子を見に来た次第よ」

弥左衛門は答えた。自らからくり扉を閉め始める。

「おれは外で待つ配下に事の次第を知らせる。おまえは大台所に戻れ」

一角の小声に頷き返した。

「わかった」

扇形の場所を出て、左右に分かれる。弥左衛門は味方なのか、あるいは……数之進は懐の手札を握りしめていた。

四

その夜。

村上杢兵衛は、深川の富岡八幡宮の参道に面した二軒茶屋に来ていた。むろん自分の楽しみのためではない。役目に関わる話を仕入れるべく、江戸城で奥坊主を務める知人の弘順のために一席、もうけたのだ。

「おぬし、見た目はどこから見ても立派な爺様じゃが、あそこは若いようだな。噂では、行儀見習いで屋敷に出入りしていた若い女子を孕ませたとか。達者じゃのう」

唇をゆがめて告げる。遠慮のない物言いが常の男だった。杢兵衛はなぜか一角を思い出している。遣い手の伊達男には遠くおよばないものの、弘順もそれなりに整った顔立ちの持ち主だ。では、やはり、自分は数之進かという複雑な思いが湧いてもいた。一角であれば思いあがりも甚だしいと言ってのけるに違いない。

――遠く及ばぬか。

思わず自嘲する。

江戸城の奥坊主は、御目見以下の身分だが、茶室の管理や世話役を務め、将軍の前に出て諸役人へ伝達するのが役目だ。小姓の下廻り役として、諸役人や大名家から幕閣へ上申する文書などを取り扱っていた。そういったことから役得が多く、小金を貯めて金貸しをやる者も少なくなかった。

「久方ぶりに会うた挨拶がそれか」

李兵衛は、いつも以上の渋面になる。同い年の弘順とて、負けず劣らずの立派な爺様ではないか。こいつにだけは言われたくないと思った。

「辛気くさい面をするな。せっかく江戸でも指折りの料理茶屋に来たのではないか。おぬしの仏頂面を見るだけで、旨い酒と料理がまずくなる。せめて綺麗所がおれば良いのだが、贅沢は言うまいさ。ほれ、遠慮なく、一杯、飲め」

と、掲げたちろりを、李兵衛は酒をこぼさないように奪い取る。

「とぼけたことを言うでない。ここの支払いは、こちらもちではないか」

「両目付様持ちであろうが。とぼけているのはどっちかのう。いかにも自分が払うような顔をするでない」

本当のことだけに、よけい腹が立つ。高い酒を飲ませたくなかったが、舌をなめらかにさせるために注いだ。

「くーっ、旨い！　やはり、ここの酒は旨いのう」

「さっそくだが」

長居したくないので促した。

「この男を存じよるか」

懐から『猫絵の侍』の絵を出して、見せる。数之進にもう一枚、描いてもらい、持参したのだった。もちろん弘順には事前に文を出して、知らせてよい範囲の話は伝えてある。同席する時間を可能な限り短くしようと苦心していた。

「三河国本栖藩成田家か」

渡された絵に視線を落とした。

「成田康晴、年はおそらく二十五、六。美い男よの。凜とした若侍という風情が、たまらぬわ。衆道の気がないわしでも、ぐらりとくる」

「会うたことがあるのか」

思わず腰を浮かせたとたん、イタタタタと顔をしかめた。腰に刺すような痛みを覚えたのである。弘順は冷ややかな目を投げた。

「昨夜は励みすぎたか」

「いや、そうではない、剣術の稽古で……かような話はどうでもよいわ。その男は成田家の者なのか」

「さよう。本家の跡継ぎ・成田康晴様よ。本栖藩の現藩主・康和様の兄君じゃ。母上様が前殿のご愛妾だったことや、伯父上の成田康陽様にご嫡男がおられなんだことから、ご本家に入られたらしい」

「ご本家？」

意外すぎて問いが出る。

「成田本家の跡継ぎは、康和様であろう。違うのか」

「わしが聞いた限りでは、違う。ご本家は陽の成田家よ。内々だけしか知らぬ話のようだが、成田家には陽と陰の二家があっての。ご本家の跡継ぎには、必ず陽を表す語が入るとか。貧乏藩がなんとか生き延びてこられたのは、陽の成田家あればこそ。なれど、近頃は軽んじる傾向がなきにしもあらず、とも聞いた」

話を聞きながら、杢兵衛は年とともに危うくなる記憶を必死にたぐり寄せた。配下によって届けられた数之進と一角の調書を、弘順が来る前に目を通している。が、靄の中での曖昧な語らいの後、『猫絵の侍』を見たという話は記されていなかった。

「どこに住んでおるのじゃ。下屋敷、あるいは抱屋敷か？」

「いちおう抱屋敷に居をかまえておるようだが、ほとんどは御城や大大名家に客人として滞在しているらしいな。前殿や現藩主とは、折り合いが悪いのやもしれぬ。成田家の上屋敷には、ほとんど近寄らぬとのことであったわ」

折り合いが悪い点については、数之進の調書にも記されていた。扇形の場所に作られていた素朴な能舞台。表からも中奥からも観劇できるものを、わざわざ無粋な板塀で囲ったのは、まさに確執の表れかもしれなかった。

「はて、客人とな」

李兵衛は、またもや意外さを覚えている。

「成田康晴様は、剣の遣い手なのか？　指南役として招かれるのか？」

「なにを言うておるのやら」

弘順は苦笑する。

「おぬし、まことに知らぬのか」

苦笑が嘲笑になっていた。

「だから訊いておるのではないか。もったいをつけずに教えろ」

口から唾をとばして不満を口にする。酒の旨さを味わえるのは、気持ちに余裕があればこそだ。気が急いていた。

「気が短くなったのう。これだから年寄ると、ああ、わかった、わかった。これ以上、唾を飛ばされるのはいやなので、教える。成田本家は、能楽で成り立っておる家よ。前の康陽様は天賦の才の持ち主と言われたようだが、後を継がれた康晴様もまた、勝るとも劣らぬ稀有な能楽師であるとか。観阿弥、あるいは世阿弥の再来と噂されるほどである由」

観阿弥・世阿弥親子は、滑稽卑俗な物真似芸能であった申楽を、芸術性豊かな歌舞本位の新しい申楽に演りかえたとされていた。芸の実力を養い、実力を発揮する方法を工夫し、芸術の本質を考究した芸術論が『花伝書』であり、これは父の観阿弥が口述して、息子の世阿弥に授けたと言われていた。

「あ」

そうか。

能舞台が設けられていた理由はわかったが、次から次へと疑問が浮かんでくる。

「大名家の藩主になるべき者が、狂言で生業をたてておるのか」

考えがついていかず、目眩がしそうだった。そういえば、と、ようやく錆びつきかけている記憶の箱が少しだけ開いた。変わった大名家があり、卓越した技を持つ稀代の当主が、能楽師として生計をたてている……と。

　しかし、それは大昔の話だと思っていた。本柄藩成田家がそうだったとは、弘順が口にするまで気づかなかった。

「そういうことじゃ。先代の康陽様の話だが、大名家の要望で八月に冬の演目をやったそうな。演目の途中で急に寒くなり、震えていたところ、雪がちらついたらしい。他にも見たことのないような蝶が舞ったとか、真冬にウグイスが飛来して鳴いたとか、まあ、摩訶不思議なことが起きるという話じゃ」

「また、おぬしは大袈裟なことを」

　そう言いかけて、急に数之進の調書を思い出した。〈にしき屋〉の女房・おりくが、『猫絵の侍』が持ち込んだネズミ除けの絵のことを、興奮気味に言っていたと記されていたのではなかったか。

〝おわかりになっておられませんねえ、生田様は。この猫絵だから売れるんですよ。この猫絵でなければ、駄目なんです。他のものとは違うんですよ。夜中、目が光りましてね。ネズミは恐れおののいて姿を消しました〟

　やはり、首をひねってしまうが、弘順は黙り込んだ意味を察したに違いない。

「似たような話を聞いたか」

笑って訊いた。

「まあ、あまり、あてにはならぬ話だがな」

李兵衛は否定することで、妙な寒気を追い払おうとする。数之進と同じく幽霊やわけのわからない話は苦手だった。

五

「招いた大名家が、八月に冬の演目を要望したのは、康陽様のぞっとするほど美しい舞いと、それに呼応するように起きる自然の変化が観たかったからやもしれぬ。残念ながら先代の康陽様は亡くなられたらしいがの。早晩、康晴様が『康陽』を継ぐとか。代々、本家の主は康陽を名乗る由」

弘順は手酌で酒を注ぎながら言った。

先代の康陽様は亡くなられたの件で、李兵衛は胸が痛んだ。直接、会っていないし、亡骸を見たわけでもないが、成田康陽はあらかじめ陰腹を斬ったうえで、鳥海左門の屋敷に駆け込んだ。命懸けの嘆願を即座に受け入れて、左門はすぐさま幕府御算用者に潜入探索を命じたのである。

——鳥海様もお人が悪い。なにゆえ、成田本家のことを教えてくだざらなんだのか。

左門への疑問や不満が正直に出たのかもしれない、

「成田本家のことは、ご公儀内でも秘中の秘よ」

弘順が告げた。

「将軍家や御三家はむろんのこと、大大名家がこぞって舞台を観たがるがの。おぬしも知っているだろうが、なにしろ成田藩には『芸事禁止令』なる厄介な定めがあるではないか。藪をつついて蛇を出すような真似はしたくなかろうさ」

もっともな意見だった。それゆえに思うほどの話を得られず、後手後手にまわるような事態が生じている。数之進が商人に刺されたことも、杢兵衛にとっては衝撃だった。

「本当に能楽師として生計をたてておるのか」

杢兵衛は話を戻した。疑り深い気質ゆえ、半信半疑の気持ちが消えなかった。そもそも陽だの、陰だのと騒ぐほどの大名家ではない。譜代の名家とはいえ、たかだか一万二千石ではないか。

「おぬしのその人を信じぬ気質、相変わらずだのう。わしは金子をもらった以上、正しい話を伝えるべく調べ直した。陽の成田家を擁護しておるのは、ご公儀よ。家斉様は康晴様をご寵愛しておられるらしゅうてな。断定はできぬが、康晴様は今、御城に滞在しておられるとか」

「江戸城に」

その部分を繰り返して、絶句する。上屋敷や下屋敷で康晴を見かけないのも道理、だろうか。遅ればせながら配下の調べが浮かんでいた。

――葵のご紋入りの乗物が、本栖藩の上屋敷に出入りしていたのは、康晴様が御城と上屋敷を行き来していたからか。

気持ちを切り換えて別の話を口にする。

「知らせておいた三人については?」

ふたたび仏頂面になって促した。

数之進は『姿なきウグイス』などと知らせて来たが、永代橋で刺される直前、本当にウグイスの鳴き声が聞こえたのだろうか。李兵衛は疑問に思っていた。橋番の男に鳴いてみろと命じたのだが、下手くそで、とうていウグイスの鳴き声には聞こえなかったと左門は言っていた。

だが、わざと下手なふりをしたことも考えられる。

「はて、なんだったか」

弘順は紐で綴じた紙片を取り出した。杢兵衛は苛立ちを抑えつつ言った。

「成田家、おぬしの言葉で言えば陰の成田家じゃが、小姓方の小森拓馬。勘定方の水谷信弥。もうひとりはまだ調べがついておらぬが、江戸家老・山名正勝様の配下よ。浅草は奥山の矢場で女子と戯れていた背丈のある若侍。この三人の話が知りたいのじゃ」

「まあ、そう急かすな。三人の調べは、次でもよかろうさ。こたびは秘中の秘がわかっただけでもよいではないか。わしも陽の成田家に関しては、色々気になることが……お、来たな」

運ばれて来た料理を見て、弘順は破顔する。『姿なきウグイス』の調べを先に延ばしたのは、さらに一席もうけろという催促に違いない。

「鳥海様は気前がいいのう。高い膳ではないか。『黄金色の蜜柑』を突き返したと聞いていたゆえ、さして期待はしておらなんだが」

料理屋の常連であるのを隠そうとはしなかった。杢兵衛は高い膳なのか、安い膳なのかさえ、わからないが……『黄金色の蜜柑』と言われて、あのときのことが甦った。

――鳥海様がおいでにならなければ、わしは受け取っていたかもしれぬ。

中途半端に宙で止まった手のことを、思い出すたび冷や汗が出る。村上家を継いだ嫡男のことや、新たに生まれる子の明日がよぎり、俗に言うところの魔が差しかけた状態になった。

「おぬしにしては、良き上役を選んだものよ」

弘順の言葉で目をあげる。

「なに？」

皮肉なのだと思ったが、真面目な顔で続けた。

「鳥海様じゃ。変わり者だと言われておるが、それはまっとうな侍の証よ。賄賂を突き返された紀州徳川家は、上を下への大騒ぎだったようだがの。あたりまえのことが、今はあたりまえではなくなっておる。それこそが奇妙な話なのだが、われらもおかしくなっているのであろう。見なかったふり、聞かなかったふりをするのが、賢い侍の嗜みと言われてひさしいゆえ」

淡々と話していたが、悲哀のようなものが滲んだ。一年に数回、会う程度の付き合いであり、深く踏み込んだ話をすることはない。

——鳥海様を選んだのは、わしではないが。

声をかけてきたのは左門の方だ。理由はわからないが、幕府御算用者の話を聞いたとき、杢兵衛は身体が震えたのを覚えている。他の者からは小藩を潰すための策だと言われたが、左門はきっぱり否定した。

〝小藩を救えればと思うておるのじゃ。ある有能な勘定方の侍を知ったがゆえなのだがな。足繁く通って、ようやく色よい返事をもろうた。彼の者が応と言わねば、わしは断念していたやもしれぬ〟

それほどまでに惚れ込んだ相手が、生田数之進だった。

「そうそう、おぬしが喜ぶ話を聞いたぞ」

弘順の呟きで気持ちを戻した。どうせろくなことではあるまいと、はなから馬鹿にしていたが……。

「鳥海様は、おぬしを御旗本に推挙した由」

「な、なに？」

驚きのあまり、並べられた料理の小鉢を倒してしまった。

「もったいない。わしがいただくわ」

小鉢を取った弘順など目に入っていない。

「そうか、鳥海様が、さようであったか」

嬉しくて笑みがこぼれた。今の徒目付組頭という役職には、特典がもうけられており、長い年月を勤めあげると旗本への道が開ける。しかし、活躍の場が少ない状態では、無理だろうと諦めかけていたのだが……これで後を継いだ嫡男に、大きな顔ができるだろう。還暦を過ぎた年寄りが若い女子に手をつけた云々と言われ続けなくて済む。

「おぬしの上司は、人の心の機微を読むのが上手い。爺様の考えなど百も承知であろうさ。『黄金色の蜜柑』のやりとりのとき、わしも近くにいたのだがな。よう受け取らなんだものよ。危うかったであろう？」

　一歩、踏み込んでくる。

「さあてな」

　李兵衛はとぼけた。ニヤニヤ笑いが止まらず、見ていた弘順もつられたように笑っている。どちらからともなく、ちろりに手を伸ばしたとき、

「失礼いたします」

　女子の声がひびいた。

「おい、綺麗所も呼んだのか」

　弘順は目を輝かせる。

「うむ」

　杢兵衛は立ちあがって、廊下に面した障子(しょうじ)を開けた。贅沢すぎると反対したのだが、気を利かせて左門が手配したのだろう。二人の芸者が入って来る。障子を閉めようとした杢兵衛は、少し離れた座敷に一角の知り合いの小萩が入って行くのを見た。

　――向こうも予定どおりか。

　座敷にいる三人――数之進と一角、そして、左門とは、後で合流することになっている。芸者たちを呼んでくれたのは、早めの昇進(しょうしん)祝いなのかもしれない。左門は、弘順が旗本に推挙されたという話を出すのを読んでいたに違いなかった。

「そうか」

　この嬉しさ、はずむような想い。これこそ、本栖藩の下級藩士に必要なものではないのだろうか。少し鈍いところがある杢兵衛は、やっと数之進の調書に記されていた色や音のない暮らしを実感できた。

　それにしても、と、あらためて感じている。

　――『黄金色の蜜柑』を受け取らなくてよかった。

六

「お座敷が控えておりますので、手短にお話しさせていただきます。さっそくでございますが」

挨拶もそこそこに、小萩は懐から一枚の絵を出した。数之進が描き直した深川の材木問屋〈岩城屋〉の元主・甚五郎の絵だ。目を開けている点は前に描いた絵と同じだが、希望に満ちた明るい表情にしていた。明日を見つめる穏やかでありながらも力強い目に、ありったけの気持ちを込めている。我ながら悪くない出来だと思っていた。

「あたしのご贔屓筋のなかにも、深川で材木問屋を営む方がおりますので、この絵を見ていただきました」

小萩は言った。

「間違いなく、〈岩城屋〉の甚五郎さんだと言っておりました。ただ、眉間に黒子があったので、そこだけは違うかもしれないと」

「そういえば」

言われて数之進は思い出した。

「おれも今、眉間の黒子が浮かんだわ。数之進が刺されたことで、柄にもなく動転していたのかもしれぬ。つくづく修行が足りぬと思い知った次第よ」

一角も同じ言葉を口にする。私的な場なので堅苦しい口調ではなかった。二人とも刺された衝撃が大きすぎて、細かい部分までは残らなかったに違いない。数之進は矢立を取り出して眉間の黒子を描き足した。

とたんに、甚五郎の表情が、さらに生きいきしたように見えた。

「おぉ」

思わず声が出る。額に黒子を加えただけなのに、絵が魂を持ち、今にも語りかけてくるかのようだ。

またもや同じ印象を持ったのだろう、

「額の黒子は、まさに天紋だな。あまり上手くない喩えかもしれぬが、達磨に目を入れたときのような感じがする。甚五郎の生き様が、視えるかのようじゃ」

一角が呟いた。

「然り」

左門は継いで、小萩に目を向ける。

「他にはなにか聞いておらぬか」

「その方のお話では、甚五郎さんの姿は大晦日に見たっきりのようです。正月の挨拶のときも、番頭さんが来ただけだとか。寄合にも姿を見せないとのことでした。尾張の本店に行っているという話しか伝えられていないそうですが、正月に顔を見せないことなど、今まで一度もなかったと」

念のために、数之進は手留帳を確かめている。刺されたのは挨拶廻りが行われる一月二日の仕事始めの日だ。その後、甚五郎は小伝馬町の牢屋敷に入れられたため、大晦日以降、材木問屋の仕事仲間は甚五郎を見ていないことになる。

——辻褄が合う。

今更ながらの裏取りだったが、万に一つも抜け落ちがあってはならない。念には念を入れるのが、左門のやり方だ。

「造作をかけたな、小萩さん。あらためて一席、もうけるつもりじゃ。そのときには、是非、踊りと三味線を披露してもらいたい。忙しいなか、すまなんだ」

労りに満ちた挨拶を、小萩は笑顔で受けた。

「水くさいことを、おっしゃらないでください。いくらでも、使ってくださいまし。鳥海様のお役にたてるのが、あたしは嬉しいんです」

艶やかな芸者姿なのに、可憐さが漂っている。素人っぽさが良い意味で魅力のひとつになっていた。

「それでは、失礼いたします」

深々と辞儀をして座敷を出て行った。二人は杢兵衛よりも早く来て豪華な膳を味わい、余韻に浸っている。酒は一滴も飲まなかったが、本栖藩の潜入探索に就いて以来の満足感を覚えていた。数之進は、後ろめたさのようなものを感じている。

「かような膳を馳走になりまして、恐悦至極に存じます。まだ、お役目は終わっておりませぬものを」

「お、苦労性と貧乏性の業が疼いたか。なれど、確かに胸が痛む部分もある。藩士たちはわれらが作った晒し飴を、子どものように楽しみにしているからな。料理屋の膳などは、夢のまた、夢。知らぬまま一生を終える者が、少なくなかろうさ」

「板塀のところで消えた『猫絵の侍』と、女子のすすり泣きのことだが」

左門は、別の話を口にする。数之進と一角の調べについては、配下が午前までには知らせていた。記した調書は先程、渡したばかりなので、別室の杢兵衛はぎりぎり間に合ったぐらいかもしれない。

「屋敷に投げ文があった」

左門が差し出した紙片を、数之進は一角と読む。

〝女子用のお忍び駕籠で本栖藩の上屋敷に運び込まれた宝物は、持ち主のもとに無事、送り届けて候〟

宝物がなにを意味しているのか、すぐにわかった。

「われらに気づかれたと思い、先手を打って騒ぎを『なかったこと』にする策なのか。あるいは、われらが気づいたので、敵ではないことを示すために中井殿たちが動いたのか」

数之進の考えに、左門は同意する。

「新たな騒ぎにならなんだのは、幸いであろうな」

弥左衛門も迷い、惑いながらではないだろうか。やはり、手札を示すべきだったろうかと、数之進は今も悩んでいた。

「ちとお待ちくだされ。それがし、今ひとつ状況が摑めませぬ。蚊帳の外でござりまするな。村上様がいれば、互いになんとなく安堵した場面かもしれませぬが、む？」

問いかけの途中で一角は、音もなく立ちあがる。いち早く廊下に人の気配を感じたに違いない。案内して来た店の者が、障子を開ける前に開けた。

「あ、あの、お客様をお連れいたしました」

仲居の女子は、立ったまま驚いたように見つめている。膝を突いて挨拶するより早く障子を開けられてしまい、吃驚していた。

「ご苦労。酒は要らぬ。しばらく、人払いじゃ」

一角は、仲居の後ろにいた男を招き入れる。尾張の〈岩城屋〉本店の主が来る話は聞いていた。三紗の小店の前で話したときに閃いた考えを、数之進は左門に伝えてある。はたして、それを使うのかどうか。

「お邪魔いたします」

長兵衛が、おそるおそるという感じで座敷に入って来る。仕立ての良い着物と羽織は、おそらく紬だろう。江戸では中店だが、尾張では一、二を争う材木問屋本店の主だ。

「〈岩城屋〉の主、長兵衛でございます」

緊張を隠せない様子で畏まる。年は五十前後、甚五郎の実兄であることは、そっくりの顔が物語っていた。なぜ、呼ばれたのか、当惑しているのが見て取れる。数之進と一角は、上座に座した左門の後ろに控えた。

「江戸に着いた後は、連日、料理屋通いであるとか」

開口一番、尾行をあきらかにする。両目付であることは、呼び出しをかけた時点で伝えてあるのだろう。そういった挨拶は省いていた。

長兵衛の顔が強張る。

「あ、はい。商い先の方々へのご挨拶などが、ございまして」

口が重かった。本店の主・長兵衛、江戸店の主・甚五郎、そして、佐七はおそらく甚五郎の実弟であろうと思われた。未来永劫、商いを続けたいと考えるのが人情ではないだろうか。

――甚五郎が侍を襲ったことが公になれば、お取り潰しは免れない。

ゆえに、甚五郎の御内儀と佐七は、小伝馬町の牢屋敷で死んだ男は見知らぬ赤の他人と言い張るしかなかった。また、甚五郎も当然、その覚悟を持って事におよんだのは間違いない。問題は、だれに命じられたのか、である。

起きたことを、なかったことにする武家の悪しき慣習を断ち切れるかどうか。真実をあきらかにするためには、長兵衛たちの証言が必要だった。

「主殿の大切な宝物は、無事、お手許に届いたであろうか」

まずは『宝物』で口火を切る。おそらく妻子を拐かされて人質に取られたのではないだろうか。死人に口なし、よけいなことを喋るな。本栖藩か、後ろにいる紀伊藩なのか。下手人はわからないが、脅されていたのは間違いなかった。

「はい」

短く答えた。硬かった長兵衛の表情が、このときだけ、わずかにゆるんだ。しかし、多くを語ろうとはしなかった。

「見てほしいものがある」

差し出された左門の手に、数之進は額に黒子を加えた絵を渡した。受け取らないと思ったのかもしれない。左門はそれを両手で持ち、長兵衛の眼前に掲げた。

「侍を刺して捕らえられた男じゃ。ひと言も語ることなく、小伝馬町の牢屋敷で果てた。商人のように思えるが、彼の者は間違いなく武士であった。わしはゆるやかな白死のように感じたが、深川の材木問屋〈岩城屋〉の主・甚左郎ではないかという者がいてな。来てもろうた次第よ」

「…………」

長兵衛が、息を呑んだのがわかった。大きく目を見開いた顔は、あのときの甚左郎にいっそう近くなる。数之進は悪夢を見ているような感じに襲われた。膝の上できつく拳を握りしめたそのとき、一角が落ち着けというように肩を叩いた。些細な変化を察してくれたに違いない。

大丈夫だ。

と、数之進は会釈で応える。肝心の長兵衛は、額に冷や汗を滲ませていた。

長く感じられた沈黙の後、

「てまえの弟では、ございません」

掠れた声で答えた。

「もう一度、よく見てはもらえぬか。額に黒子まである。こうやって並べると、さよう、兄弟にしか見えぬがな」

左門は長兵衛の隣に甚五郎の絵を並べた。認めてほしい、そうすれば遺骨を引き渡せる。が、認めればお店は存続できなくなるかもしれない。心の中で手を合わせつつも、口では違うと言うしかなかったのか、

「存じ、ませぬ」

顔をそむけ、やっとという感じで声を絞り出した。痛々しくて立ち会うのは辛かったが、数之進と一角はその場にとどまっている。想像どおりの流れになっていた。

「さようか」

ふう、と、小さく息をついた。

「あらためて相談いたしたき儀がある。この男、甚五郎は、深川の材木問屋〈岩城屋〉の甚五郎ではないようじゃ。似て非なる他人であろう。なれど、いかがであろうな。主殿の弟と同じ名のよしみということで、遺骨をお引き取りいただき、懇ろに

弔っていただくというのは」

数之進の提案を口にする。

「え」

長兵衛は驚きのあまり、声を失った。なにを言われたのか、すぐには理解できなかったのかもしれない。数之進は内心、気が気ではなかった。武家がよく使う『起きてしまった厄介事をなかったことにする策』を、逆手に取った意表を突く策だ。

家族のもとに一日も早く遺骨を返してやりたい。

その一心だったが、長兵衛の心に届くだろうか。

「身内と同じ名を持つ者の弔いは、唐の国でもよく行われることだと聞いております」

数之進は後押しする。

「特別な功徳がある由。鳥海様の仰せに従い、遺骨を懇ろに弔っていただきますれば、甚五郎の霊が合力して、お店はいっそう栄えることと存じます」

「え、あ、あの、それでは」

言葉にできない部分を、左門は鋭く読み取った。

「甚五郎なる男の遺骨を引き取ったからとて、江戸と尾張本店の〈岩城屋〉には、なんのお咎めもない。赤の他人を弔うという崇高な行いを罰する者などおらぬ」

「まことでございますか？」

確かめずにいられなかったのだろう。だがしかし、察しの悪い者に本店の主は務まらない。喜びと興奮で頬が赤くなっていた。

「武士に二言はない」

左門は言い切った。

「ああ、ああ、ありがとうございます、本当にありがとうございます。このご恩は決して忘れません。一度、深川の店に帰りまして、家人と相談したうえで遺骨を引き取りに参ります」

参りますと言ったが、どこへ行くつもりなのか。

「わしの屋敷じゃ」

左門は告げて、笑った。長兵衛は何度も何度も辞儀をして、目に涙をためながら、座敷をあとにする。

「鳥海様。まさに千両智恵でございましたな」

一角も笑っていた。

「さよう。さすがは、数之進よ。もはや千両智恵を超えておるわ。万両智恵じゃ」

「鳥海様の手配りがあればこそでございます。それがしの考えだけでは、とうてい、うまく運ばなかったのではないかと存じます」

「これで夜、ゆるりと休めるであろう。枕元に甚五郎と思しき男が、夜毎、現れるのじゃ。わしも幽霊は好かぬゆえ、数之進に千両智恵を頼んだ次第よ」

いっとき笑い合って、心に爽やかな風を感じた。このまま何事もなく、本栖藩の上屋敷に戻れたら……。

「さて、と」

一角が刀と脇差を持って立ちあがる。

「行くか、数之進」

「うむ」

数之進も友に倣い、立ちあがった。

「気をつけろ」

左門が声をかける。

「わしもすぐに参るゆえ」

「はい」

答えて、二人は座敷を出た。

料亭の中庭から見あげた空には、星がきらめいている。『星夜』と名づけられた扇子のようだと、数之進は思った。

第七章　天下普請の真実

一

二軒茶屋の外は、凍てつく寒さに覆われていた。

「いるか？」

数之進は囁き声で訊いた。つい早足になっている。吹きすさぶ北風で耳がちぎれそうなほどだった。隣を歩く一角もまた、小声で答えた。

「いる」

吐く息が真っ白だった。午過ぎに本栖藩の上屋敷を出て以来、尾行の気配を感じていた。いち早く気づいた左門は、配下に連絡を取って、すみやかに段取りを整えた。万が一にそなえて酒は一滴も飲んでいない。

「む」

一角は緊張したが、夜目の利く男ゆえ、すぐに近づいて来る人影を見極めたようだ。左門の配下のひとりだとわかった。

「永代橋においでください」

短く告げて踵を返した。永代橋の天下普請がよぎり、数之進はいやな予感に襲われる。すでに走り出していた一角を急いで追いかけた。橋を渡り始めるや、いっそう北風の冷たさを感じた。橋の真ん中あたりに、いくつかの人影が見える。

「富美殿！」

先に行った一角の大声がひびいた。

「三紗殿も一緒とは、驚いたものよ。いかがなされたのか。かような時刻に、かような場所でなにをしておられるのじゃ」

「姉上、姉様まで」

数之進は慌てて駆け寄る。そこには、二人の姉が立っていた。寒くてたまらないのはあきらか。姉たちはお高祖頭巾を目深に被って震えていた。今日の護衛役だったに違いない。二人の後ろには杉崎春馬と、たった今、知らせに来た配下のひとりが立っていた。

「なにをしているのですか」

問い質す声が、つい尖った。騒ぎあるところには姉ありと思った刹那、不意に「おかしい」と胸がざわめいた。

ふと首をめぐらせたとき、

「あっ」

東河岸の小さな灯が目に入った。

「伏せろっ」

数之進はとっさに飛びつき、手前にいた三紗を押し倒した。一角もほとんど同時に、冨美の上に覆いかぶさる。とそのとき、一発の銃声が轟いた。

火縄銃で撃つそれが合図だったのだろう、水代橋の東河岸と西河岸に、複数の人影が集まって来た。西河岸にいた春馬たちとは、早くも斬り合いが始まっているのかもしれない。続けざまに刃鳴りが起きている。二人の姉は間一髪、直撃を免れたものの、三紗は悲鳴をあげ続けていた。

「姉上、ご無事ですか？」

声のしない冨美を気遣ったが、答えは返らない。

「数之進」

一角はとうの昔に立ちあがって、刀を抜いている。東河岸から橋に駆けあがろうとする賊たちは、みな目の部分だけ空いた頭巾を着けていた。顔がわからないだけではなく、寒さ避けにもなる。

「われらを本栖藩の藩士と知っての狼藉か!?」

数之進は叫び、突き出された刀を撥ね返した。星明かりの下、橋の上に来ようとしていた賊の後ろには数多くの提灯がちらついている。鳥海左門と配下が、不穏な輩を背後から包囲していた。

「幕府両目付、鳥海左門である」

力強い声が夜気を切り裂いた。

「顔を隠しての襲撃、卑怯千万なり。捕らえよ!」

手配していた配下が、いっせいに動いた。この事態を想定できなかったとは思えないが、火縄銃を使えばという自信があったのかもしれない。さらに冨美と三紗を巻き込むことによって、数之進たちは狼狽える。そこを狙ったのか。

西河岸にも、かなりの数の提灯が見えた。東河岸と同じように斬り合いが始まっているらしく、刃鳴りが続いている。春馬は配下のひとりと橋の上に立ち、背後に姉妹を庇っていた。駆けあがって来ようとする刺客を、春馬が受け、もうひとりの配下が足を狙って突き刺した。

「姉上、姉様。立ちあがってはなりませぬ」

言い置いて、一角と迎え撃つ。まさか、ここまでの人数を揃えておくとは思わなかったのかもしれない。狼狽えたのは、刺客たちのようだった。

「おれにまかせろ」

友は左右から突き出された刀を弾き返すや、踏み込んだ。右のひとりの太股を刺しつらぬき、流れるような動きで左のひとりと刃を交えた。がっと闇に火花が飛び散る。力で一角が勝ったのだろう。友の刃が上から押さえつける形になった瞬間、数之進は威嚇の一撃を放った。

「うっ」

さがった刺客の足首に、すかさず一角が刃を一閃させる。はじめに右足首を斬り、返す刀で左足首を斬った。声にならない叫びをあげて、男はその場に座り込む。痛みでとうてい立っていられなかったに違いない。

橋のたもとでは、左門たちの死闘が繰り広げられている。そちらに加勢するしかなかったらしく、東河岸の橋の刺客は、あとひとりしか残っていなかった。

退くかと思ったが、すり足で前に出て来る。数之進は友の斜め後ろで刀を青眼に構えた。先程のような場面になったときには、いつでも加勢できるようにする。それが刺客を殺さないことに繋がるのだと、たった今、悟った。

一角はじりっと前に出る、刺客はわずかにさがって間合いを保とうとする。が、かまわず友は斬りつけた、ように見せかけて引き、わざと隙を作る。そこへ刺客が踏み込んで袈裟斬りを放った。

ふわり、と、一角が浮いたように思えた。実際にはさがっただけなのだろうが、動いた気配が感じられなかった。空を切った刺客の刀を、ふたたび上から押さえつけたように見えたとき、

「うぁっ」

刺客の両手から刀が飛んでいた。数之進にはよく見えなかったが、おそらく搦め捕るようにしたのではないだろうか。

──腕があがった。

数之進は橋の上に落ちた刀を、足で蹴り飛ばして遠くに追いやる。刺客は目を向けたまままさがって、東河岸にいた仲間たちと合流する。さがる間に彼の者が、脇差を抜き放っていたのは言うまでもない。

「と、鳥海様っ」

冨美が不意に叫んだ。もしかすると、銃声音を聞いたとたん、意識を失ったことも考えられる。永代橋に伏せた姿勢でいたのだが、それまで左門は、橋の上に姉妹がいるとは思っていなかったのかもしれない。

「冨美殿っ!?」

なぜ、ここにという疑問含みの絶叫が夜気を震わせた。その後に浮かんだのは、刺客たちの卑劣な企みだったのではないだろうか。女子を巻き込む陰湿な手口は、甚五郎を使った襲撃騒ぎや、〈岩城屋〉の騒ぎに表れている。

「おのれっ、下郎めが！」

二度目の絶叫は、凄まじい技とともに放たれた。斬りつけて来たひとりの手首を刀で打ち、後ろから襲いかかった別のひとりには振り向きざま、刀を横薙ぎに振り払った。腹を斬られた刺客は、声をあげる暇もなく地面に沈む。

「来い。わしが相手じゃ」

左門は脇差も抜いて二刀流になった。仁王立ちになった体躯は、ひとまわり大きくなったように感じられる。風雷神のごとき憤怒の形相に、数之進は焦った。

「姉上は無事でございますっ」

声を張りあげて、少しでも上司の怒りをしずめようとする。

「足でござる、殺してはなりませぬ」

わかりきっていることを敢えて告げた。届いたかどうかわからないが、左門の刃が閃くたびに一人、また、一人と地面に倒れていく。数之進は春馬たち同様、背中に二人の姉を庇い、橋を駆けあがって来ようとする刺客を友と防いでいたのだが……。

「あれは」

一角が突如、永代橋を駆けおりる。仲間割れだろうか。頭巾を着けたひとりが襲われていた。一角は狙われた者と背中合わせになり、突き出される刀を受け、弾き返した。左門の配下も合力して、なんとか攻撃をかわし続ける。

「ひ、退けぃっ」

頭と思しき者の号令で、刺客たちはいっせいに逃げ始めた。まさに蜘蛛の子を散らすように闇の中へ消える。助けられた刺客も、仲間を追うように立ち去りかけた。

「『盡己』じゃ！」

その背に向かって、左門は叫んだ。

「忘れるな。いつでも武道場で待っておる」

己を尽くす、という意味だが、仲間に制裁されかけた男はだれなのか。もしや、と、浮かんだ姓名を隣に来た一角が口にした。

「大山周太郎よ。太刀筋でわかった。われらを仕留めれば帰参が叶うと言われたのやもしれぬ。しくじったとたん、今まで味方と思っていた者が敵になるとはな」

「冨美殿は？」

左門が橋を駆けあがって来た。

「鳥海様」

冨美が欄干に摑まりながら立ちあがる。刀と脇差を鞘に納めて、姉のもとに走り寄る。鬼神のごとき戦いぶりに、左門の想いの深さを見た気持ちがした。

二

なぜ、冨美と三紗は、深更に永代橋へ来たのか。

「浅草の奥山の店に使いが来たのです」

三紗が答えた。問い詰められて渋々という感じがした。

「以前、買い求めた富籤が当たったと言われました。外れ籤だけの再抽選が行われた際、わたしたちの買った籤が、見事に当たったのだと」

いかにも怪しげな使いは告げた。

〝本日の夜五つ（午後八時）ぐらいに永代橋へ来ていただけますか。迎えの者が行きます。近くの料理屋で祝いの膳とともに、十両、差しあげることになっておりますので〟

普通は信じない話を信じてしまうのが生田姉妹である。

「姉上も当たったので一緒に来てくださいと言われました。それで一度、本材木町の家に行ったのです」

「それがしは、反対しました。これはなにかの罠に違いない。自分が行って確かめてみるから、本材木町の家で待つように言うたのですが」

春馬は面目（めんもく）ないという顔だった。冨美と三紗を止められるのは、故郷の伊智と左門ぐらいだろう。押し切られてしまい、やむなく護衛役を務めたに違いない。永代橋近くの料理屋を話に出したり、十両という魅力的でありながら、手が届きそうな金額にも、提案した者の狡猾（こうかつ）さやしたたかさが表れているように思えた。

――われらが深川で合議するのも、知っていたのだろうか。

どこからか話が洩れたのは間違いない。二人が狙われることは考えないではなかったが、まさか、詐欺話で釣るとは思わなかったうえ、護衛役もいたことから油断しきっていたのは事実だ。また、金額が百両や二百両になれば、姉たちもさすがに疑ったかもしれないが、十両で見事に騙されたのだ。少しでも蓄財が増えればと、欲が出たのだろう。

自ら動く者を止めるのは簡単ではなかった。

――それにしても。

数之進は、あらためて不気味さを覚えていた。小判に対する姉妹の執着心を知るがゆえの策であり、十両という微妙な額を決めた点などは、老成した幕府の重鎮を想起させた。

若いはずなのだが、それは噂だけなのだろうか。数之進が『姿なきウグイス』と呼ぶ者の案なのか。今回は無事に済んだが、次は……。

手強い相手なのは、間違いないようだった。

三日後の夕刻。

数之進と一角は、巣鴨の本栖藩下屋敷を訪れていた。

巣鴨は、日本橋から、およそ一里半（約六キロ）のところで、南に小石川がある。中山道板橋宿に至る町方支配の北端であり、東南は駒込、西北は滝野川村庚申塚までの沿道をはさんだ町屋が続いていた。東側はほとんどが武家地や御薬園、耕地などが入り交じっており、狭小な町地があるにすぎない場所だった。

日本橋や浅草、深川の門前町などに比べると物寂しい感じがする。もっとも『芸事禁止令』を掲げている本栖藩にとっては、格好の立地かもしれない。これといった楽しみがないので、さぞかし武術の鍛錬に励めるだろう。そういう点においては、上屋敷と同じだと思った。

「勘定方は、こちらでござる」

弥左衛門は下屋敷巡りの最後に、勘定方の部屋に連れて行った。今まで案内されたどの部屋にも、立花や書、扁額といったものは飾られておらず、みな黙々と役目に勤しんでいた。勘定頭と目が合ったときも、かすかに会釈らしき挨拶をされただけだった。

――この中に永代橋の襲撃に関わった者がいるかもしれぬ。

どの部屋でも感じたのは、刺すような冷たい視線だ。数之進と一角が幕府御算用者なのは、もはや周知の事実ではないだろうか。話しかけられることもなければ、笑みを向けられることもなく、取り付く島もない扱いをされていた。

「こちらで、しばしお待ちくだされ」

と、黒書院に通された。

「大殿と殿が、お目通りなさるとのことでござる。生田殿が提出なされた新たな勘案書は、お渡ししておき申した。我が藩の改革への熱意を感じまして、それがし、胸が熱くなりました次第」

弥左衛門は深々と辞儀をして、顔をあげる。物言いたそうな目を向けたが、呑み込んだのかもしれない。

「知らせて参りまする」

立ちあがって姿を消した。すでに陽は落ちて、片仮名のコの字形になった下屋敷の中庭は、闇に覆われ始めている。部屋に灯された行灯(あんどん)の明かりが、木々をうすぼんやりと浮かびあがらせていた。

「まるで上屋敷に戻ったかのようではないか」

一角は不満を洩らした。

「変わりばえのしない屋敷じゃ。多少、黒書院は広いやもしれぬが、あとは取り立てて違うところがない。下屋敷巡りは下級藩士に夢を与えるためという話だったが、期待すると裏切られるな」

「中井殿は『逆に夢を失うのではないかと思うておるがの』と言うておられた。信じてよいお方ではあるまいか。私見だが、深川の材木問屋〈岩城屋〉の宝物を送り届けたのは、中井殿たちのような気がしてならぬ」

味方だと信じたい気持ちが勝ってしまい、冷静な判断ではないかもしれなかった。

「うむ。なにか言いたそうな顔をしていたな。そうじゃ、今朝、中奥の掃除をしていたとき、奥御殿に続く渡り廊下の先にある戸が開き、知里が顔を覗かせたので驚いたわ。由岐姫様たっての頼みで戻されたのやもしれぬ。ご不例続きだったゆえ、殿が折れたのではなかろうか」

「動きが出たか」

数之進の胸には、不安が渦巻いている。

「大山殿は無事であろうか。わたしは案じられてならぬ」

自分もそうだが、弥左衛門と大山周太郎も、迷い、惑っているのではないだろうか。特に周太郎は闇のなかに消える直前、左門に言葉を投げられた。

『盡己』――己を尽くすという言葉は、だれのために尽くすのか、なんのために尽くすのかという大きな疑問も含まれている。

本栖藩のためか、藩主のためか、それとも、民のためか？

非常に重い、意味のある言葉だと思った。

「大山殿とご本家の康晴様の姿を、それとなく探したが、上屋敷ではいっさい姿を見ておらぬ。下屋敷か、抱屋敷にいるのか。なれど、しくじった藩士は大山殿ひとりだけではないものを……あそこで私の制裁が始まるとは思わなんだ」

一角が考えながらという感じで継いだ。少なからず衝撃を受けた様子が読み取れた。

「わたしもだ。藩士たちの間には、大山殿への嫉みがあったのかもしれぬ。お伽衆として康和様のお側に侍り、大殿にもご寵愛されていたとすれば」

「役に立たぬ飾り小姓など目障りだ、いっそ、となったか」

友の呟きに頷いて、続ける。

「大山殿は遣い手だが、思うように真剣を使えなんだ。それを腹立たしく思っていた輩がいたのやもしれぬ」

「男の嫉みも恐いからな」

「雰囲気が少し康晴様に似ているのだ。整った顔立ちや凜とした風情が、侍らしいと言えなくもない。小姓方に相応しい藩士であるのは確かだろう。殿のお側に侍っているがゆえの、形にならぬ利も多かったのではあるまいか」

「おれは康晴様に会うておらぬが、おまえの絵で見る限り、美丈夫であるのは確かだ。我が殿はそれに比べてとなるのが人というものよ。鳥海様への調書にも記したが、とにかく、若いというか、幼さが目立つ。藩士たちは、不可思議な雰囲気を持つ康晴様に惹かれるであろうな」

「うむ」

と、同意する。

村上杢兵衛が御城の奥坊主から得た話によって、いくつかの疑問はあきらかにされた。板塀で不自然な形に仕切られた扇形の場所は、やはり、本家の成田家と、支藩の成田家との間に生まれた確執を示すものだった。もしかしたら、と、数之進は思っている。

――ご本家の能楽師たちは、支藩に舞いを奉納したことがないのかもしれぬ。

いつから始まった対立なのかわからないが、『芸事禁止令』は支藩の藩主がなかば意地になって、もうけた定めではないのだろうか。本家もそれならばと対抗心をあらわにした結果、藩士は色や光のない暮らしに追いやられた。

「二本松藩の話は、まだ、調べがついておらぬ。昨夜も上屋敷の中奥で、殿がお目通りなされたがな。おれも同席していたが、これといった話は出なかった」

「永代橋の普請について、豊かな経験を持つ二本松藩に、指南役をお願いするというのが表向きの理由だが」

数之進は言葉を止める。上級藩士たちが、黒書院に入って来たからだ。留守居役の遠山義胤が配下を随えて所定の位置に落ち着くや、作事方の頭役、側用人、そして、家老の山名正勝といったお歴々が次から次へと姿を見せる。

――浅草の奥山の矢場で見た男はおらぬな。

新たな不安が生まれた。勘定方の水谷信弥と小姓方の小森拓馬も、昨日から姿を見なくなっている。もしや、松平信明の新たな若い配下かもしれないと思ったのだが、この分だとだれがそうなのかわからないまま、姿を消してしまうかもしれなかった。

――あるいは、三人とも新たな配下なのやもしれぬが。

疑問と不安は抑えて、眼前のことに気持ちを戻した。配下たちは音もなく、数之進と一角の後ろに座していった。入りきれない者は、当然のように廊下に腰を落ち着ける。

次に現れたのは、弥左衛門をはじめとする下級藩士だ。勘定方や賄方、そして、飴作りを指南した藩士たちが、十重二十重に黒書院を埋めていく。

異様な光景に思えた。

「…………」

数之進と一角は、どちらからともなく顔を見合わせた。やはり、幕府御算用者を始末するための謀か。お目通りの場合、帯刀は非礼であるため、二人は丸腰だ。数之進は冷や汗が滲(にじ)んできた。

落ち着け、大丈夫じゃ。

というように、友が軽く肩を叩いた。一角は朝晩、懸命(けんめい)に丸腰の状態を想定した剣術の稽古をしていた。数之進が小さく頷いたとき、

「大殿と殿のお成(な)りでござります」

先触(さきぶ)れの声で、いっそう畏(かしこ)まる。平伏したのでわからないが、最初に大殿の康友、二番目に現藩主・康和だろう。衣擦(きぬず)れの音が続き、やがて、聞こえなくなった。

第二幕が静かにあがる。

三

「面(おもて)をあげよ」

家老の正勝が言った。数之進は、ゆっくり顔をあげる。向かって右に康和、左に康友が座していた。二人の小姓役がついていたのは康和だけであり、そのうちのひとりが大山周太郎だったことに、数之進は思わず安堵(あんど)していた。

——無事でよかった。

素直に気持ちが出すぎたかもしれない。口もとに浮かんだ笑みを、なかば強引に引き結んだ。

「直答を許す。勘定方の生田数之進」

康和の呼びかけに頭を垂れる。

「ははっ」

若いというよりは、幼いという友の感想が甦っていた。二十一は官年であり、実年はせいぜい十六、七。下手をすると元服したばかりかもしれない。目元などは康晴に似ているかもしれないが、全体的に左側の大殿に似て凡庸な印象を受けた。弱々しく、頼りない雰囲気であるのはいなめない。

――康晴様には、遠くおよばぬ。

だれもが抱くであろう感じを覚えた。

「昨日であったか。勘定頭より、新たな勘案書が届けられた。領地の山に木を植えて、伐採した木材を本栖藩の特産品にしたらよいのではないか、という内容だったが、樹木を育てるには長い年月がかかると聞いた」

言葉を切るのと同時に唇をゆがめる。

「知ってのとおり、我が藩は貧乏藩でな。樹木が育つのを、のんびり待つ余裕はないのじゃ。にもかかわらず、敢えて新たな勘案書を出した存念やいかに？　忌憚なき意見を聞かせてくれぬか」

大人なのだと思わせたいがゆえの表情に思えた。馬鹿にされたくない、名家の藩主なのだからと、精一杯、背伸びをしているように見えた。

「おそれながら申しあげます」

数之進は答えて、続ける。

「藩内の山に、八尺（約二百四十センチ）周り以上の材木が、二百五十万本あったといたします。一カ年に五万本を伐採いたしますると、五十年で伐り尽くしてしまうことになりまする」

ここまではいいか、というように視線を向ける。

「続けよ」

「は。なれど、その五十年間に七尺（約二百十センチ）周り以下の木を二百五十万本育成すれば、これを伐り尽くすまでにまた、五十年間を必要といたします。このやり方にいたしますれば、藩内の材木は伐り尽くすことがない計算になりまする」

「わかりやすく話せ」

よけいな数字は要らぬと告げていた。

「ご無礼つかまつりました。簡単に申しますと、五万本伐採したら、すぐに植林するというのがひとつ。もうひとつは、苗木の育成場をもうけて、ある程度の大きさの木を育てておくというやり方でござります。伐ったら植える。これが肝要であろうと存じます」

「なるほど、な。さすれば、禿げ山にはならぬか」

気のない返事に感じられた。

「なれど、山は手入れが大変であろう。いかがじゃ」

これまた、気のない問いに思えたが、答える。

「仰せのとおりにござります。植林後には絶えず下刈りを行って雑草を取り除かねばなりませぬ。生い茂るままにしておきますと、丈高く伸びた雑草に日差しを遮られてしまい、苗木が充分に育たず、樹木として成長するのはむずかしくなりますゆえ」

数之進は告げながら、本栖藩の下級藩士を思い出さずにいられない。『芸事禁止令』によって色や光を遮られた者は、思うように育たないのではないだろうか。藩にとっても損であるものを、そのことに気づいていないのがもどかしかった。

「さもありなん。役に立たぬ雑草を刈り取るだけでも大変な作業ぞ。民が進んでやるとは思えぬがな」

「おそれながら申しあげます。雑草は、役に立ちます。刈敷、これは山から採ってきた若草や新芽・若葉などを踏み込んで田植えの前に田畑へ入れるものですが、毎年、繰り返すことで田畑の自力が保たれるようになりまする」

数之進は、背中が痛くなるいやな感じを覚えていた。背後や廊下に居並ぶ家臣群の注視が、大きな負の力となっている。それでも懸命に訴えた。

「我が藩の場合、領地には汐川干潟が広がり、藻草や巻貝が繁殖しております。それは田畑の肥料として販売・換金されております。これらの肥料と併せて刈敷を行いますれば、非常に良い田畑になるものと存じます。試してみないことには、はっきり申せませぬが、朝鮮人参の栽培にも良い結果を生むのではないかと」

「む」

家老の正勝が興味を示した。むろん、それを考えたうえでの流れである。具体的な数字を出したのが、家老にはひびいたのかもしれなかった。

「殿。今度、審議する価値があるやもしれませぬ。植林の件は、それがしが与ることにいたします」

「さようか」

康和は相変わらず、退屈そうな顔をしていた。

「次は、飴じゃ。近頃、大台所で藩士が飴作りに興（きょう）じている由（よし）。新たな勘案書には領地から庄屋や大百姓（おおびゃくしょう）を呼び、彼の者たちに飴作りを指南して、街道筋で売ればよいと記されていたが」

語尾に否定の気配が出た。

「肥料屋に続き、飴屋か。高い砂糖を使わぬ点は、悪くないと思うがな。大殿。いかがでございますか」

つまらない話なので振った、ように思えた。大殿の康友も、さして興味がないのかもしれない。欠伸（あくび）を噛み殺していたところに答えを求められてしまい、睡（ねむ）そうな目を向けた。生気がまったく感じられなかった。

「雲母（きらら）飴であったか。よいのではないか、やらせてみれば。さして金子が要らぬのであれば、試してみるのも一興よ」

遊びのように扱われるのは、心外だったに違いない。背後の家臣群がざわめいた。おそらく下級藩士たちであろう。

「殿におかれましては、別のお考えがあるように思えまする。それがし、新参者でござりますゆえ、是非、ご意見を賜（たまわ）りたく存じます。もしや、永代橋の普請に関わることでござりましょうか」

数之進は思い切って罠を仕掛けた。二本松藩が藩邸を訪れているのは、作事の指南のためなのか。真実はどこにあるのか。

「さよう」

と、答えたものの、言葉が途切れる。さすがに口にするのは憚られるのか。数之進はかまわず、さらに踏み込んだ。

「作事に関して我が藩は未熟であることから、二本松藩に助けを求めたと伺いました。まことでございまするか」

敢えて偽りを口にして挑発する。

——これは戦だ。

心の中で自分に言い聞かせた。

「…………」

みるまに康和の頬が赤く染まる。我が藩は未熟の件に腹を立てたのは間違いないだろう。怒りが燃えあがりかけていた。もうひと押し、数之進は言った。

「自信のない天下普請を執り行うのは、殿はむろんのこと、藩士にとりましても、利になりませぬ。財政改革は旨い料理を作るのと同じで、手間暇かけねばできませぬ。初心にかえって執り行うのが、よろしかろうと存じます」

よく口にする言葉の最初の部分を変えて、さらに攻めた。

「自信がないと申したか？」

康和は耳まで赤くなっていた。

「下級藩士たちは与り知らぬことやもしれぬが、二本松藩が来ているのは、指南するためにあらず。我が藩が二本松藩に指南するためじゃ」

かかった！

数之進は手応えを覚えたが、家老たちは慌てたに違いない。

「殿」

正勝が腰を浮かせ気味にして止めた。これこそが天下普請の真実であり、公にしてはならない禁忌の話なのだが……康和は意に介さなかった。

「我が藩は、永代橋の普請で多額の金子を集めた。言うまでもないことだが、借財を減らす策よ。幕府のお歴々にも色々とお力を貸していただいた。どこから噂を聞きつけたのか、是非、我が藩もと頼まれてな。指南せざるをえなくなった次第じゃ」

傲然と言い放った。

指南するのは『商人喰い』であり、民を犠牲にする非情な武家の商いだ。深川の材木問屋〈岩城屋〉の甚五郎も含めて、すでに三人が命を落としている。甚五郎の前に死んだ者は自死だと言い張るかもしれないが、用立てた金子は一銭も戻らなかったはずだ。

本栖藩に殺されたも同然ではないか。

「肥料屋や飴屋など笑止千万。譜代大名家のなかでも、本栖藩は名家ぞ。商人の真似などできるわけがない。天下普請は将軍家のお墨付きのお役目じゃ。貧乏藩などという不名誉極まりない異名は、二度と口にさせぬ」

若さゆえの驕りが、赤く染まった顔に表れていた。小判集めに成功した本栖藩は、次に諸藩の連絡役となり、仲介料のようなものを搾取する心づもりに違いない。懐が潤うのは御城の重鎮や諸藩の上級藩士たちであり、下級藩士の暮らしぶりは変わらないだろう。さまざまな意味において、譜代名家の看板が役に立つのかもしれなかった。

「殿。飴につきましても」

留守居役の遠山義胤が促すと、康和は「ああ」と応じた。

「上屋敷の大台所で、飴屋の真似をするのは禁止じゃ。譜代名家の誇りを忘れてはならぬ。今後いっさい飴を作ってはならぬ。飴作りは職人技、我が藩には『芸事禁止令』があるゆえ、定めに則ってこれを禁ずるものとする」

どよめきが起きた。思いのほか下級藩士たちの反論が強かったことを、義航は危惧したのかもしれない。謀反、暴動、下剋上といった物騒な事態になるかもしれぬと大袈裟に注進したことは充分、考えられる。その結果がこれだ。

「従えませぬ」

「さよう」

「飴作りが、領地の民を助けるやもしれませぬ」

下級藩士たちは立ちあがって訴えた。数之進の案に賛成しているに違いない。街道筋で雲母飴を売れば、そこそこ利益があがるのは自明の理だ。借財を返済する一手になる。

「誇りだけでは食えませぬ」

「『芸事禁止令』こそ、禁止にするべきじゃ」

そうだ、そうだと、唱和するように繰り返した。真っ赤になっていた康和の顔が、徐々に青くなってくる。面と向かって反対されたのは、若き藩士にとって耐えがたいほどの屈辱だったのだろう。大殿もまた、狼狽えたように家老の正勝を手招きして呼んだ。

「ええい、しずまれ！」

康和は上段で勢いよく立ちあがる。

「あらためて『芸事禁止令』を我が藩の定めとする。従わぬ者は、即刻、座敷牢、いや、打ち首じゃ。打ち首を命じる！」

打ち首、名誉ある切腹ではなく……下級藩士たちの怒号が止まる。黒書院は不気味な静寂に包まれた。が、下級藩士たちは立ったまま、康和を睨みつけていた。

「おそれながら申しあげます」

数之進は、膝でじりっと前に出る。答えはなかったが、さらに言った。

「本栖藩の今日は、昨日から続いているだけの今日でございます。明日に続く今日にしなければなりませぬ」

一気に告げる。

「茶道や華道、香道、さらに能楽といった芸事は、人にとって必要なものであると、それがしは考えます。『文なき武は、誠の武にあらず』、文事あるものは必ず武備ありと申しまする。文を芸に置き換えますれば、たやすく受け入れられるのではござりませぬか」

「定めじゃ。定めは変えられぬ」

「殿」

「さがれ、もう用はない」

「殿」

死に物狂いでくいさがった。

「定めの前に、人の道がございます」

「……………」

康和は言葉が出ない。茫洋とした両目が、宙を彷徨っている。だがしかし、次の瞬間、邪悪な笑みが浮かんだ。小姓のひとりが抱えていた刀を取るや、上段から降りて数之進の前に立つ。

「ようた。藩主に逆らう藩士は、もはや我が藩の者にあらず。余がこの手で成敗してくれるわ！」

「康和っ⁉」

悲鳴のような大殿の声と、刀が振り降ろされるのが同時だった。数之進は真っ直ぐ康和に目を向けている。脳天に刃が届く刹那、一角が動いた。

「う」

康和の刀を素手で受け止めた。微動だにしない姿勢に、覚悟のほどが表れていた。

いつの間にか、上段にいた大山周太郎が、数之進の右隣に来ていた。万が一にそなえていたのか。左手で脇差を持ち、右手で柄を握りしめていた。

「し、周太郎」

康和は呟き、尻餅を搗くように座り込む。お伽衆であり、こたびの騒ぎでも側に置いた周太郎が、まさか自分に刃を向けるとは思わなかったのかもしれない。

「拙者、幕府御算用者にて候。この場は拙者が与り申し候」

数之進はおもむろに手札を取り出して、前に掲げた。

「生田数之進でござる」

「同じく、早乙女一角でござる」

一角は無刀取りで奪った刀を畳に置いた。康和は、いきなり笑い始める。弥左衛門を始めとする下級藩士たちが、ひとり、二人と、上級藩士を押しのけるようにして前に出て来た。

不自然な高笑いの後、

「片付けろ」

康和はひと言、命じた。さっと場の空気が緊張する。命じられても、すぐには動けないようだった。幕府御算用者を名乗った以上、数之進と一角を始末するのは、幕府に刃向かうことになる。それでも、ゆっくり上級藩士は立ちあがって、下級藩士と対峙した。万が一にそなえていたのか、脇差や短刀を握りしめている者もいた。

殺気が高まり、一触即発の緊迫感が漂ったとき――。

突如、澄んだ笛の音がひびきわたった。

四

中庭に、次々と篝火が灯り始める。

妙な暖かさを感じるのは、危険な気配の残照だろうか。あわやの場面を見て、かっと身体が燃えあがったのか。笛の音と篝火に導かれるように、居合わせた藩士たちは中庭に目を向けた。

鬼の面を着けた能楽師が、ふっと、影のように桜の木から現れた。むろん、そう見えたにすぎないのだが、人の気配がまるで感じられない。まさに妖のような舞い手は黒っぽい能装束をまとっている。音は笛だけであり、驚いたことに奏でているのは、地味な色目の着物を着た由岐姫だった。床几に座した少女の横には、知里がついている。

だれかを探しているのか、だれかから逃げているのか。鬼は桜の木に隠れては、音もなく姿を見せる。動かしていないように見えるのに、身体は前に動いていた。不可思議な足さばきと、ゆったりしているにもかかわらず、すみやかに見える舞い。宙に浮いているかのごとき錯覚に陥らせる動きだった。

何度目かのとき、能楽師は鬼の面を外して直面になる。

篝火に照らされた康晴は、この世のものとは思えない美を放っていた。演じているのは中庭であり、能舞台ではない。にもかかわらず、あるはずのない舞台が視えた。直面の舞い手は、時折、だれかを追い求めるように右手を差し伸べる。動きはわずかであり、本当に右手を前に出しただけなのに、行かないでと告げているようだった。

桜の木に隠れた後、ふたたび鬼の面になった康晴の能装束には、一輪の桜花が咲いていた。おそらく羅のような生地に、紅花で染めた雲母の粉を貼り付けたのだろう。

篝火を受けて煌めいている。

天には満天の星、地にはあえかな煌めきを放つ桜花。

天の星と地の桜が呼応して、輝きを増したように思えた。

鬼は由岐姫の笛に合わせるように、わずかに動いては、制止する。時折、足を止めて首を傾げる仕草は、追いついて来るだれかを待っているように感じられた。

鬼はまた、桜の木に隠れる。

直面で現れたときには、能装束に桜花が五輪、咲いていた。重ね着した羅を脱いでいるだけなのだろうが、季節（とき）の移ろいを表しているようで儚（はかな）さがつのる。わけもなく、せつなくなってくる。

直面の舞い手は、だれかを追い求めるように扇子を前に差し出した。ゆっくり開いて顔を隠すと……『星夜（せいや）』と名付けられた扇子であるのが見て取れた。

黒子（くろこ）の役を果たす後見（こうけん）が動く。

星夜の扇子をおろした康晴は、直面のまま、今度は桜花が咲き誇る能装束になっていた。黒かった能装束の地色も、明るい桜色に変化していた。一人二役だった舞い。それが今はひとつになって、桜花が咲き誇っている。

藩士たちは息を呑（の）み、まばたきするのも忘れて魅入（みい）っていた。いや、息をすることさえ忘れていたかもしれない。おそらく、みなこの場に居合（いあ）わせた幸せを噛みしめているに違いなかった。

天と地がつながる、

陽（ひ）と陰（かげ）が結ばれる、

心が、ひとつになる。

あれだけ凄まじかった殺気が、跡形（あとかた）もなく消えていた。

同じ場、同じ時、そして、同じ喜び。

今、心を満たしているのは、限りなく幸せな気持ちだった。舞いが終わった後も、動くことができずにいる。いつまでも余韻に浸っていた。

「亡き養父の名跡を継ぎ、成田康晴あらため、成田康陽となりましてございます。即興で『桜鬼星夜之舞』を演らせていただきました」

康陽は地面で平伏する。後ろには、由岐姫と知里が、同じように畏まっていた。夢の続きを見ているようで頭がぼんやりしている。これが真実の舞いなのか。凄まじい技に圧倒されていた。

康陽は一度顔をあげた後、

「大殿と我が藩の新たな藩主、康和様に捧げたく存じます」

ふたたび平伏した。

「康陽様」

大殿の康友は、感極まった様子で階から地面に駆け降りる。後ろには康和が、影のごとく随っていた。大殿と二人で康陽の手を取り、言葉にならない嗚咽を洩らし始めた。

——鳥海様。

静かに、鳥海左門と村上杢兵衛が現れた。数之進は一角とともに地面に降りるや、駆け寄って蹲踞の姿勢を取る。

「両目付・鳥海左門景近様である」

手札をもう一度、眼前に掲げた。

「一同、その場に控えい」

とっさにそう告げたのは、庭に降りて来られると身動きできなくなって危ないと思ったからだ。上級藩士だけでなく、下級藩士も黒書院の廊下や座敷に平伏した。

「三河国渥美郡本栖藩においては、いささか不審の儀あり。ゆえに配下を送り込み、探索した次第。先程のやりとり、庭の片隅で聞いており申した。永代橋の普請は、天下普請にあらず」

ひときわ声が大きくなる。今更ながら罪の大きさに戦いているのか、平伏した康和の身体は震えていた。

「偽りの作事を公に広め、多くの商人から多額の金子を集めたのは許しがたき悪行である。改易が……」

「両目付様」

康友が、左門の足下ににじり寄る。

「天下普請につきましては、すべて、この康友が考えたことにございります。兄、前康陽様の、命を懸けた訴えによって目が覚めました次第。なれど、止めるに止められず、思案していたところでございました。康和に罪はござりませぬ。実年はまだ、わずか十五。どうか、どうか、ご容赦いただきますよう、枉げてお願い申しあげます」

どこか茫洋としていたように見えたのは、康陽を失った衝撃のためだったに違いない。慌てて藩政を仕切り直そうとしたのかもしれないが、動き出した空普請の企みは、もはや止められない状態になっていた。

「父上」

隣に跪いた康和は、労りに満ちた言葉を聞き、感無量という様子に見えた。康陽の舞いによるものだろうか。邪気が去って良心に目覚めた、ように感じられた。

「あいわかった。跡継ぎを慮る気持ち、確かに受け止めた。本栖藩においては、本来であれば改易であるが、上様たってのお口添えによって、藩主・成田康和は一カ年の登城禁止とする」

「え」

驚いたように、康和は顔をあげた。震えが止まっていた。

「今のお達しは、まことでございまするか」

おそるおそるという感じで訊いた。

「まことじゃ」

左門は同意して、ぐるりと見まわした。

「さらに、本栖藩に定められた『芸事禁止令』は、今をもって廃止とする。以後、いかような習い事をしようとも罰せられることはない。藩士は、自由である」

おお、と、大きな声があがった。下級藩士から出た声が、上級藩士にも伝わり、うねるような喜びの声となる。すべての上級藩士が、永代橋の空普請にともなう恩恵に与っていたわけではない。また、反対したくても、できなかった者がいたのだろう。なかには泣き出す老藩士もいた。

「本栖藩においては、藩邸や下屋敷、抱屋敷などにおける質素倹約は言うにおよばず、領地でのさまざまな改革や、肥料屋、飴屋といった小商いを取り入れて、藩政改革をするのが上策。幕府より相談役を遣わすゆえ、彼の者の助言に従い、推し進めるものとする。よいな」

左門の勅言に、一同、ははーっと平伏する。

天の星に呼応するかのごとく、康陽の装束の桜花が、ひと足早く煌めいていた。

五

「それがしは、生田殿と同じでござった」

康陽は言った。

「幼い頃は、愚鈍でござりました。剣術や弓、柔術などの武術は、まったくできませなんだ。いつも父には『なさけない、それでも侍の子か』と木刀で打ちつけられるばかりでござった」

数之進の脳裏に浮かぶのは、故郷の姉・伊智からの文だ。

〝伊智よ。そなたは数之進の『美なるを知らず』。短所はいつか長所になるであろう。わしには、それがわかる〞

数之進の明日を案じた姉に、父が返した言葉である。この話を聞いた弥左衛門が、康陽に話したのだろう。荘子の語とされており、数之進も今回の文で思い出したのだった。

鬱々とした日々を送っていた康陽に、養父となった伯父が声をかけた。

〝おまえには、才がある。わしのもとに来るか？〞

来いではなく、「来るか？」と意思を尊重してくれたのが、まず嬉しかった。舞いや雅楽、華道、茶道、香道。所作を憶える手段として、武術も習ったが、養父のもとでは不思議に会得できた。

「こたび初めて父は、『すまぬ』と詫びてくれました」

穏やかな表情で康陽は告げた。

〝わしは、そなたの『美なるを知らず』であった。兄上に引き取られたそなたが、才能を開花していくのを見るにつれて、虚しさと悔しさがつのった〟

広い意味を持つ語だが、そのままでも通じる。まことの美を知らず、それゆえに美を拒み、美を封印することによって、辛くも保たれていた藩政は、だがしかし、美によって鮮やかに打ち破られた。

なぜ、猫絵を本材木町の絵双紙屋〈にしき屋〉に持って行ったのか？

この問いに、康陽は答えた。

「陰腹を斬った養父のことを、本栖藩の現在を知らせたく思い、訪ねました。猫絵というネズミ除けの絵があることは、これまた、初めて知り申した。面白いと思い、描いてみた次第」

幕府御算用者は、はたして、信頼できるのか？

「それがしは、今ひとつ、信を置けませなんだ。なれど、寒風が吹き荒ぶなか、朝夕、上屋敷の畑の手入れをしているのを見て、心が動きましてござります」

あの畑は、養父の康陽が耕していたものだった。そして、扇形の場所に設えられた小さな能舞台も然り。本家と支藩が手を結び、力を合わせる日を夢見て建てた能舞台。両家の確執を示すかのような板塀に、日々、心を痛めていた。

「もうひとつ、信を置けるお方たちと思うたのは、生田殿との短いやりとりでござった。『お役目は、恐ろしくはござらぬか』と、訊いたとき」

康陽は告げる。

〝はい。恐くてたまりませぬ。それがしは人一倍、臆病でござりますゆえ、いつも身体が震えまする〟

数之進は正直に答えた。

〝なれど、恐れるその気持ちこそが大事であると、それがしは考えます。あたりまえになって恐れを感じなくなったとき、お暇願いを出そうと決めております〟

心打たれたと康陽は言った。

「それがし、両目付様に連絡を取り、『桜鬼星夜之舞』を演じたいと告げました。無粋な板塀を壊すには、それが一番の策ではないかと」

素晴らしい芸は、戦いを止め、対立をおさめた。色と光を失っていた本栖藩は、見事に生気を取り戻した。あの夜以来、藩士に笑顔が増えて、殺伐とした空気が穏やかなそれに変わった。

「前康陽は本栖藩のために命を懸け申した。悔いはないと思いまするが」

あの舞いが二度と観られないのは、本当に寂しゅうござる。

それが最後の言葉だった。

本栖藩の藩政改革は、これから始まる。

十日後。

二月に入って浅草は、いっそう賑わいを見せている。数之進は一角と三紗の飴屋がある奥山に、様子を見に来ていた。

「まだまだ、足りませぬ。何度も丁寧に伸ばしてください。怠け心は禁物ですよ。舌の上で蕩ける飴を作るには、これでもかというほどの作業が必要なのです」

三紗は、弟子入りした弥左衛門に指南している。店が狭いため、教えを請いたいという本栖藩の藩士たちが、日替わりで来ているのだった。

「いかがでござろうか」

弥左衛門は汗だくになりながら訊いた。三紗はなかなか応と言わず、伸ばす作業を繰り返させている。

「だめですね。伸ばしたとき、もっと薄く、そう、淡雪のごとき様(さま)にならねば、美味(おい)しい飴はできません。さあ、繰り返して」

「三紗殿は、厳しゅうござるな」

などと言いつつ、飴よりも鼻の下が伸びていた。数之進は苦笑いして、友と一緒に奥山巡りを始めた。

「『武士残酷鬼語(もののふざんこくものがたり)』じゃ」

一角は演目の言い方を真似て、笑った。

「いいように使われておるわ。三紗殿は、黙っていても飴が出来あがって万々歳よ。しばらく楽ができるであろうさ。冨美殿の手伝いも要るまい。中井殿も村上様と同じく、瓜実顔(うりざねがお)の美人が好みなのやもしれぬな」

「姉上が手伝わずに済むのは、喜ばしいことよ。あそこが痛い、ここが痛いと、八つ当たりされるのは間違いないゆえ」

継いだ数之進の目は、矢場に向けられていた。六尺ほどの若い大男は、左門が現れる前に姿を消していた。他の二人――勘定方の水谷信弥と、小姓方の小森拓馬も然(しか)りである。騒ぎに紛れて藩邸からいなくなっていた。

「『姿なきウグイス』は、捕らえられなんだ」

数之進の言葉を、一角が受ける。

「うむ。村上様の話では、三人とも偽名だったらしいではないか。われらの潜人探索を阻止するためだったのかもしれぬが、もっと人手があれば突き止められたであろう。返すがえすも口惜しいことよ」

「人手で思い出したが、鳥海様は大山殿を配下になさるお心づもりだったとか。断られてしまい、落胆なされていたな」

数之進も笑みが浮かんだ。大山周太郎は、結局、成田康和に仕える道を選んだらしい。悩み、惑い、苦しんだ挙げ句、出した答えだった。

〝やはり、それがしは、殿にお仕えしたいと思いました次第。恐れ多い考えかもしれませぬが、いずれ、生田殿と早乙女殿のような盟友になれればと存じます〟

尽己。己を尽くす相手として、康和を選び、なにが起ころうとも仕えると決めたようだ。とはいえ、鳥海道場への稽古には通うとも言っていた。

しかし、数之進は得心できないことがあった。なぜ、土壇場で康和を裏切り、反旗を翻したのか。

〝笑顔でござる。生田殿は、それがしを見たとき、『無事でよかった』というような顔をなされました。案じてくれていたのが、伝わった次第。胸が熱くなり申した。後のことはわからない。なれど、今はとにかく助けなければ、と〟

揺れ動く気持ちに、敵も味方もないだろう。おそらく周太郎は考えるより先に、身体が動いたのではないだろうか。

「靄（もや）に覆われた藩邸での不可思議なやりとりは、やはり、康陽（やすはる）様が一人二役を演じたらしいな。亡くなられた前（さきの）康陽様と、弥左衛門（やざえもん）殿の声色（こわいろ）を真似（まね）た由。密議に集（つど）うていた五人に、ご家老も加わっていたのには驚いたが」

一角は幽霊の類（たぐい）ではないと安心させたいようだった。康陽が舞いに用いた『星夜』の扇子は、家老の山名正勝が贈ったものだと聞いた。弥左衛門もまた、さりげなく手を貸してくれていた。

祈りにも似た想いが、頑（かたく）なな藩主の心を動かしたに違いない。

「深川の材木問屋〈岩城屋〉の甚五郎は、懇（ねんご）ろに弔われたと聞いた。本栖藩が借りた金子も、半分ほどは返された由。天下普請を餌（えさ）にした作事は、これからも執り行われるやもしれぬ。商人喰いが、なくなるとは思えぬが」

友の言葉には、同意するしかなかった。

「小判を集めるための餌かもしれぬと思いつつなのだろうが、以前、話したように藩の飛脚札や家紋入りの提灯を使えるのは、商人にとっても利がある。やめておけ、という声と、受けろという声の板挟みであろう」

「そうじゃ。〈岩城屋〉に関しては、ひとつ、嬉しいことがあったな。おまえが描いた甚五郎の絵をいただけないかという文が届いたではないか」

「さよう。拙い絵が少しでも慰めになるのなら、と、思うた次第よ。御内儀は泣いて喜んでくれた。康陽様の舞いには遠く及ばぬが、絵の力も馬鹿にできぬ」

「おれが斬った二人もまた、遺骨が家族に届けられた由。両家ともに跡継ぎがいるため、官年を用いて元服させ、急いで家を継がせることになったとか。心底、安堵した次第よ」

　一角にしてみれば、見舞金を届けたい心境だったに違いない。だが、公にできぬ以上、勝手な真似は許されなかった。

「本栖藩は両家に、しかるべき金子を支払ったようだ。廃絶されずに済んだだけでも、喜ばしいことだろうがな。お家存続のうえ、跡継ぎが殿のお役に立てるとなれば嬉しかろう。とりあえず、一件落着よ」

「それにしても」

友は遠くを見やった。

「あの夜、観た康陽様は、まさに桜鬼、いや、神がかっていた。やけに暖かくなったと思うていたのだが、翌日、桜が満開になったではないか。神か、はたまた、鬼か。世阿弥の再来という噂は真実であったわ」

「この目で観られたのは、幸いよ。舞いはもちろんだが、話ができたのもよかった。本栖藩の上屋敷で、稽古をすると言うていたな。いつでも観に来てくだされと言われたが」

数之進は、ふと言葉を止める。

「ウグイスか」

代弁するように一角が言った。同意したかったのだが、表情に不安が出たのかもしれない。

「『姿なきウグイス』やもしれぬと、思うておるのであろう。苦労性と貧乏性の業が疼くのは、おまえらしいと言えなくもない。それを見て安堵するおれも、厄介な業がうつったかもしれぬな」

「然り」

笑い合って、平らかな気持ちにひたる。

奥山でもウグイスが鳴き始めていた。

〈主な参考文献〉

「江戸東京年表（増補版）」吉原健一郎・大濱徹也・編　小学館
「花伝書（風姿花伝）」世阿弥・編　河瀬一馬・校注　講談社文庫
「文政　江戸町細見」犬塚稔　雄山閣
「大名やりくり帖　金持大名・貧乏大名」松好貞夫　新人物往来社
「中国名言集　一日一言」井波律子　岩波書店
「江戸の野菜　消えた三河島菜を求めて」野村圭佑　八坂書房
「猫絵の殿様　領主のフォークロア」落合延孝　吉川弘文館
「江戸の橋」鈴木理生　三省堂
「大江戸暗黒街　八百八町の犯罪と刑罰」重松一義　柏書房
「事典　和菓子の世界」中山圭子　岩波書店
「シリーズ藩物語　田原藩」加藤克己・石川洋一　現代書館
「人づくり風土記（23）愛知」農山漁村文化協会
「非常の才　肥後熊本藩六代藩主・細川重賢・藩政再建の知略」加来耕三　講談社
「江戸の町奉行」南和男　吉川弘文館
「江戸町奉行所　事典」笹間良彦　柏書房

「こよみ読み解き事典」岡田芳朗+阿久根末忠　柏書房
「森林の江戸学　徳川の歴史再発見」徳川林政史研究所　東京堂出版
「江戸東京野菜　物語篇」大竹道茂　農山漁村文化協会
「飴と飴売りの文化史」牛嶋英俊　弦書房
「江戸時代役職事典」川口謙二・池田孝・池田正引　東京美術
「おいしい江戸ごはん」江原絢子・近藤恵津子　コモンズ
「歴史探偵　忘れ残りの記」半藤一利　文春新書
「老子・荘子の言葉100選　心がほっとするヒント」境野勝悟・三笠書房
「砂糖の文化誌　日本人と砂糖」伊藤汎・監修　八坂書房
「お能の見方」白洲正子・吉越立雄　新潮社
「大江戸の姫さま　ペットからお輿入れまで」関口すみ子　角川選書
「名言で楽しむ日本史」半藤一利　平凡社
「徳川家の家紋はなぜ三つ葉葵なのか　家康のあっぱれな植物知識」稲垣栄洋　東洋経済新報社
「江戸の大普請　徳川年計画の詩学」タイモン・スクリーチ　森下正昭・訳　講談社
「江戸のまかない　大江戸庶民事情」石川英輔　講談社

「江戸大名廃絶物語　歴史から消えた53家」新人物往来社編　新人物往来社
「江戸の台所」源草社編集部　人文社編集部・編集企画　人文社
「江戸の病」酒井シヅ　講談社

あとがき

お助け侍が帰ってまいりました！

長かったです。一昨年から書きたいとお話ししていたのですが、思うようにいかず、やっと刊行となりました。いずれまた、時代物をと思い、そのときには『御算用日記』をと考えていた次第です。いや、本当に書けなくて辛かった。

その反動でしょうか。

もう、だーっと一気にいきました。とはいえ、寄る年波と毎年のように訪れる凄まじい暑さには勝てずで、時々ダウンしながらでしたけれど……。

生田数之進と早乙女一角は、待ちくたびれていたのでしょう。嬉々&喜々として動き出したような感じでした。もちろん資料や既刊本を読み返すのに、かなりの時間がかかったのは言うまでもありません。でも、ごく自然に、本当に、「待ってました！」という感じでしたね。

楽しかった。

この一語につきます。

東日本大震災の後、関節リウマチを発症してしまい、思うように痛みをコントロールできないなか、仕事をしていました。ここにきて、ようやく自分に合う薬に出会い、サプリメントなども取り入れながら、前向きに動き出しておりました。そこにコロナです。

警察小説を書いていたのですが、なにをテーマにしたらよいのか、悩みました。こういうときこそ、時代小説ではないかと思い、お願いしていたわけです。

『御算用日記』は、十三巻目になった『石に匪(あら)ず』で一度、お休みさせていただき、その後、『御算用始末日記』を二冊、書きました。年老いた数之進と一角が、幕末というむずかしい時代に、それぞれの孫たちと活躍する話です。

今回は、生田三紗が祝言を挙げた『石に匪(あら)ず』の続きになります。お騒がせ姉妹は相変わらず健在でして、数之進の苦労性と貧乏性の業(ごう)もまた、疼くばかり。杉崎春馬と祝言を挙げた三紗は、ここから商人(あきんど)として開花し始めます。もちろん、ちゃっかり数之進の千両智恵を利用するのですが、彼女自身も持ち前の聡明さと頑張りで道を開きます。そんなところも読んでいただければと思います。

カバーは、村上豊先生にお願いしました。ご高齢ではありますが、やはり、『新・

御算用日記』も村上先生でなければ駄目だと思いまして……よろしくお願いいたします！

あと、能についてですが、江戸時代は申楽（さるがく）と表現されていたようです。能楽や狂言という言葉になったのは、明治以降であるとか。ただ、文中では敢（あ）えて能楽を使わせていただきました。能楽が非常に重要な役割をはたしますので、いちいち申楽（能楽）としたり、能舞台を「申楽の舞台」と表現するのは、不自然な感じがしたからです。この点、ご了承ください。

さて、私も高齢者の仲間入りをして、持病に悩まされつつですが、一冊でも多く『新・御算用日記』を続けたいと思っています。なにかと気持ちが沈みがちなとき。少しでも読者の方々の、小さな楽しみと慰めになれば幸いです。

二巻目は来年の春頃に刊行予定です。

皆様、くれぐれもお気をつけて！

二〇二一年　九月吉日

この作品は徳間文庫のために書下されました。

徳間文庫

新・御算用日記

美(び)なるを知(し)らず

2021年12月15日 初刷
2022年1月31日 2刷

著者 六道(りくどう)慧(けい)
発行者 小宮英行
発行所 株式会社徳間書店
東京都品川区上大崎三-一-一 〒141-8202
目黒セントラルスクエア
電話 編集〇三(五四〇三)四三四九
販売〇四九(二九三)五五二一
振替 〇〇一四〇-〇-四四三九二
印刷 製本 大日本印刷株式会社

ISBN978-4-19-894704-0 (乱丁、落丁本はお取りかえいたします)